매직비전 속 아이돌의 교복 차림 공개!

*"치마가 짧다고?
그래도 귀엽잖아?"*

*"차분한 배색이라
왕족의 공무에서도
반응이 좋답니다.*

레리아렛 실버

짧은 치마 밑단으로
들여다보이는 파니에,
머리와 세트로 맞춘
새빨간 구두로 교칙
위반이 되지 않는
선에서 세련된 멋을
연출!

Check it!
힐데트라 알투아르

드레스 같은 풍성한
치맛자락으로 숙녀로서의
기품을 어필!

알투아르 학교 초등학부

여학생 교복 소개

"아주 좋은 교복이야.
　피가 튀면 눈에 띌 것 같지만."

학생모(남녀 공통)

주머니엔 학교
상징 자수가
새겨져 있다.

교복
카멜 원단으로 앞이 트인
타입의 세일러풍 원피스.
황금색 타이가 눈길을 끄는
디자인.
흰색 카라에는 흰색 선으로
라인이 들어가 있다. 곳곳에
장식되어 있는 금색 버튼이
포인트.

Check it!
니아 리스톤
표준 치마 기장, 지정
비트로퍼로 지극히
표준적인 차림새.

양말(학교 상징 포함)

브라운 비트로퍼

알투아르 학교 초등학부

남학생 교복 소개

Check it!
닐 리스톤

지정 양말, 지정
코인로퍼로 지극히
표준적인 차림새.

주머니엔 학교 상징
자수가 새겨져 있다

교복

여자와 똑같은 카멜
원단에 더블 브레스트
블레이저. 황금색 타이가
눈길을 끄는 디자인. 흰색
카라에는 흰색 선으로
라인이 들어가 있다.
곳곳에 장식되어 있는
금색 버튼이 포인트.

통학 가방(남녀 공통)

양말(학교 상징 포함)

블랙의 코인로퍼

커버 그림, 본문 일러스트 | **지샤쿠**

Contents

　드문 일, 아니, 아예 처음이 아닐까.

　오늘은 촬영 마지막 날이다.

　이것이 끝나면 당분간은《니아 리스톤의 직업 방문》촬영은 쉬게 된다.

　오늘의 현장은 과자 전문점이다.

　장인과 함께 만드는 것이라 곧바로 주방에 서게 되었다.

　완제품인 케이크나 파이를 보면 섬세하고 정밀한 기술의 결정체임을 알 수 있다. 입에 넣으면 금방 녹아 사라질 정도로 부드럽고 덧없지만, 만드는 쪽은 의외로 힘이 많이 들어간다. 아직도 섞는 건가. 그렇군. 머랭이라고? 잘은 모르겠지만 내 진심을 보여주지. 극히 일부지만.

　촬영은 순조롭게 진행되었다.

　나에게는 평소와 같은 촬영이었다.

　처음에는 당황하기도 했지만, 이제는 익숙해졌다. 무슨 일이든 몇 번이고 반복하다 보면 익숙해지는 법이다. 무 역시 기본은 반복 연습이니까.

　"아아, 니아, 이제 됐어. 이제 충분해!"

　거품기도 그릇도 짓뭉개버릴 기세로 세차게 거품을 내자 여성 요리사가 황급히 말려왔다.

　뭐, 이런 작은 해프닝도 촬영에는 따르기 마련이다. 물론 일부러 그런 것은 아니다. 나는 그런 재주는 없다.

평소와 같은 촬영이다.

평소와 같이 원만하게 촬영은 진행되었다.

평소와 다른 것이라고 하면, 오늘은 양친이 견학을 와 있다는 점이다.

가끔가다 "현장이 근처에 있어서" 하며 촬영을 보러 오는 일은 있었지만, 처음부터 끝까지 견학하는 것은 처음 있는 일이었다.

뭐, 나는 아이가 아니니 부모가 보고 있어도 상관은 없지만.

촬영이 끝나고 양친과 가까운 레스토랑으로 향했다. 함께 저녁 식사를 하기 위함이다.

"당분간 만날 수 없으니까."

부친에게 그 말을 듣고 그러고 보니 그랬지, 하는 생각이 뒤늦게 떠올랐다.

요즘은 촬영 스케줄이 빼곡해 눈앞의 일을 해내겠다는 생각밖에 없었다.

오늘 촬영이 마지막.

최근에는 그것만을 목표로 달려왔다.

그래, 당분간 리스톤령을 떠나게 되었기 때문이다.

"아버님도 어머님도 그래서 촬영을 보러 오신 거군요."

오늘로 촬영은 끝났고 한동안 다음은 없다.

왜냐, 내가 왕도에 있는 학교 기숙사에 들어가게 되었기 때문이다. 일정상으로는 내일인가? 내일 밤엔 이미 기숙사에 들어가 있겠지.

앞으로 왕도행 비행선을 탈 예정이라 집으로 돌아오는 것은 여름 방학이 될 것이다.

당분간 만날 수 없으니 마지막으로 딸을 만나 두고 싶었던 걸까.

내가 니아였다면 좋아했을까. 아니면 한동안 만날 수 없다는 사실에 외로움을 느꼈을까.

"아버님과 어머님과 떨어져 사는 건 싫어요. 집에 가고 싶어, 라고 말하는 편이 좋을까요?"

일단 물어보았다.

"아아, 신경 쓰지 않아도 된다."

부친은 주저함 없이 "그런 건 됐다"라며 거절했고,

"괜찮아? 연속으로 촬영해서 지친 거 아니니?"

모친은 대놓고 내 정신 상태를 걱정해 왔다.

으음.

어쩌면 나는 좀 담백한 아이였을지도 모른다. 양친은 완전히 내 성격을 그런 쪽으로 받아들이고 있는 것 같았다.

뭐, 상관없나.

내가 니아를 대신할 수는 있어도 니아는 될 수 없으니까.

……아니, 이것도 새삼스러운가.

내가 니아가 된 지 벌써 1년 반이 지났다.

갈등도, 진짜 니아에 대해 생각하는 것도 이미 충분히 지나왔다.
새삼스럽게 이 생활에 당황할 이유가 없는 것이다.

알투아르 왕국에서는 6살부터 12살까지, 총 6년간 왕립 배움터에서 보내는 것이 의무였다.

그것이 바로 알투아르 학교다.

힘없는 아이는 노동력이라고 해도 대단한 일은 시킬 수 없으니, 어느 정도 몸이 자라 노동력으로 쓰임새가 생길 때까지 면학을 시키려는 거다.

아이들조차 노동력으로 쓰이는 집도 아직 드물지 않다지만, 몇 대 전 국왕이 정한 법이라 어쩔 수 없었다.

귀인의 자녀도, 농민의 자녀도, 왕족조차도 어지간한 사정이 아니고서야 알투아르 학교 초등학부에 속하게 된다. 옛날에 있던 귀족용 학교는 오래전에 문을 닫았다나 뭐라나.

왕도에 집이 있는 자는 자택에서 통학할 수 있지만 각지의 부유섬에 집이 있는 아이들 대다수는 기숙사에 들어가 생활하게 된다.

그런 이유로 나도 오늘부터 기숙사에서 지내게 되었다.

촬영 스케줄 관계로 전날 밤 비행선을 타고 다음 날 왕도에 도착하는 일정이었다.

그렇군. 자는 동안 이동하는 건가.

오라비도 말했지만, 밤에 하는 장거리 이동은 꽤 좋다. 시간 절

약이 가능하다.

"저는 중등학부까지 나왔거든요."

"그러고 보니 그런 말도 했었지."

비행선 식당에서 아침을 먹으며 리노키스가 이야기하는 알투아르 학교에 대해 들었다.

지금까지도 단편적인 정보는 여러 가지 들었지만 제대로 들은 것은 이번이 처음이다.

특히 입학이 의무라는 것은 처음 듣는 말이라서 꽤 놀랐다.

나는 그저 양친이 가라고 해서 가는 것뿐이었으니까. 그런데 설마 이 나라의 의무일 줄이야.

게다가 재학 중 학비와 식비는 면제된다고 한다. 그렇기에 의무적으로 아이들을 모을 수 있었겠지.

나는 위정자가 아니기 때문에 그것이 옳은지 나쁜지는 판단할 수 없다.

하지만 국민들에게 거둬들인 세금이 이렇게 알기 쉬운 형태로 환원된다는 것은 나쁘지 않은 시정이네, 라는 생각은 했다.

"분명 모험과를 졸업했다고 했지?"

"네."

우선 초등학부에서 6년을 보낸다. 이것은 의무이고, 그 후에 진학할 것인지 아닌지를 결정하게 된다.

다음 학부부터는 학비가 들기 때문이다.

리노키스는 초등학부 다음까지 나온 것 같았다.

귀인의 자녀도 적어도 중등학부까지는 졸업하는 것이 일반적이라고 한다. 이른바 귀족 특유의 허영심 때문이었다.

"중등학부는 3년이고 그리고 그 위의 고등학부도 3년간. 성적이 좋거나 어떤 공적을 인정받으면 왕정 학부라고 하는, 극히 일부만이 가는 최고 학부에 초청된다고 해요."

흐음.

솔직히 면학에는 자신이 없으니 나는 초등학부만 나오면 되지 않을까.

하지만 뭐, 나의 진학은 양친의 의향으로 결정되는 것이니……

양친이 진학을 원하면 니아로서 더 위의 학부에 진학해야 할 것이었다.

머리 쓰는 일은 잘 못한다. 박치기는 잘하지만.

"……바빠지겠네."

본격적으로 매직비전에 출연하기 시작한 작년 봄부터 꽤 분주해졌다.

앞으로는 학교 스케줄도 소화하면서 촬영도 소화해내야 한다.

작년 한 해는 촬영이다 뭐다 하면서 이리저리 정신없이 바쁘게 오갔다.

그렇게 고생한 보람이 있었는지 리스톤령에서 매직비전의 보급률은 상당히 늘어났다.

여기서 공격적인 움직임을 멈출 이유가 없다.

계속해서 매직비전에 출연하고 계속해서 매직비전과 마정판

시장을 확장해야 했다.

아직 매직비전업계는 궤도에 올랐다고 보기 어려운 상황이다. 리스톤 가문의 재정이 어떻게 돌아가고 있는지는 모르겠지만, 아직 기울어져 있을 가능성도 있다.

어쨌든 열심히 벌어서 집안을 지켜야 했다.

이것은 내가 져야 할 책임이다.

"아, 그러고 보니 왕도의 방송국에서도 아가씨를 기용하고 싶다는 목소리가 나오고 있대요."

"응, 들었어."

얼마 전 오랜만에 촬영장에 온 벤델리오가 느끼한 얼굴로 그런 말을 했었다.

"한번 저쪽 방송국에 인사하러 가야 하나?"

왕도 방송국에 인사…… 만약 그렇게 된다면 라임 부인 쪽에서 연결해 준다면 좋을 텐데.

뭐, 어느 방송사의 촬영이든 방송되는 영상은 리스톤령에서도 볼 수 있다.

다시 말해 설령 왕도 측 촬영이라 하더라도 매직비전에 나오는 데엔 아무런 지장이 없는 것이다. 나오기만 하면 그것이 곧 나의 광고가 되고 나아가 리스톤 채널의 광고가 된다. 게다가 돈까지 받을 수 있다면 일석이조였다.

솔직히 앞으로의 학교생활보다 매직비전 쪽 일이 훨씬 더 신경 쓰이는 상황이었다.

오늘부터 기숙사에 살게 된다.

기숙사에서 생활하면서 촬영도 해 나갈 것이다.

앞으로는 무를 단련할 시간을 만들어내는 것이 더욱 어려워질지도 모른다.

아침 식사가 끝나자 곧바로 알투아르 왕국의 왕도가 보였다.

정오 전에는 이착륙장에 도착해 왕도의 대지를 밟을 수 있었다.

항구 주변에는 사람이 많았는데 특히 아이들의 모습이 눈에 띄었다.

아마도 나와 마찬가지로 올해부터 알투아르 학교 초등학부에 들어가는 신입생일 것이다.

허름한 옷을 입고 신기한 얼굴로 주위를 둘러보는 아이들 무리는 모두 같은 고향에서 온 걸까.

깔끔한 차림에 하인을 데리고 있는 것은 귀인의 자식임이 분명했다.

이번에 내가 탄 비행선은 오라비 닐이 가져온, 고풍스러운 취향이 고스란히 드러나는 바로 그것이었다.

오라비는 바쁜 것인지 이번 봄 휴가에는 리스톤가에 돌아오지 않았다. 뭐, 애초에 봄방학은 짧기 때문에 돌아가지 않는 학생도 많다고 하지만.

"니아!"

그런 오라비도 여동생의 도착에 맞춰 항구까지 마중을 나와 있었다.

오라비가 전속 시녀 리넷을 데리고 이쪽으로 다가왔다. 남자도 여자도 매료시키는 그의 미모는 주위 사람들의 눈길을 사로잡았다.

"오라버니, 오랜만이에요."

"응, 겨울방학 이후로 처음이네. 너도 건강해 보여서 다행이다."

그러면서 오라비는 아무렇지도 않게 내가 들고 있던 작은 가방을 집어들었다. 으음…… 남자다운 에스코트 같은 것도 몸에 밴 듯했다. 이래서야 울리는 여자가 더 늘어나겠군.

……음?

오라비 옆에 바싹 붙어 있는 여자애가 있었다. 오라비와는 관계없는 애라고 생각했는데.

이 느낌을 보니 일행인 것 같았다.

다시 봐도 타인의 거리감은 아니다.

고급스러운 원피스를 입고 있고 챙이 넓은 모자가 그림자를 드리우고 있어 얼굴이 잘 보이지 않았다. 우리 또래의 아이는 맞는 것 같은데.

"오라버니, 이분은? 연인인가요?"

"어? 아니……! 이상한 소리 하지 마."

냉정하고 온화한 오라비치고는 당황하며 작은 소리로 그런 말을 한다.

"처음 뵙겠습니다. 드디어 만났군요, 니아 리스톤."

티 없이 맑은 종 같은 목소리로 인사한 그녀가 모자챙을 조금 올렸다.

목소리만큼이나 아름다운 생김새를 가진 소녀지만, 특히나 눈에 띄는 것은 그 눈동자였다.

초록색 눈동자에 붉은 점이 찍혀 있다.

신비로운 색과 모양의 눈동자를 응시하다 보니 매혹되는 듯한 착각이 들었다.

이 신비로운 색감의 눈동자는━━.

"……아! 니아 리스톤!"

매혹된 나를 되돌린 것은 옆에서 다가온 소녀의 우렁찬 목소리였다.

타는 듯한 붉은 머리에 강한 의지가 담긴 회색 눈동자.

이 생김새, 어디선가 본 적이 있는 것 같은데……?

━━이것이 바로 장차 오랜 인연이 될 제3 왕녀 힐데트라와 5계급 귀인인 빅슨 실버의 막내딸 레리아렛과의 만남이었다.

"후훗. 즐거웠죠!"

그런가? 나로서는 평범하게 달려온 것뿐인데.

"뭐야! 갑자기 달리면 어떡해!"

아니, 왜 나한테 화를 내나. 나는 손을 잡혀 끌려온 것뿐이다.

붉은 머리 소녀가 큰 소리로 이름을 부르는 바람에 쓸데없이 주목을 받았다.

아직 매직비전 보급률이 낮아 서민들은 모른다 해도 마정판이 집에 있는 귀인의 아이들에게 내 이름은 이미 유명했다.

호기심 어린 시선이 모여드는 가운데——결코 무시할 수 없는 이름이 나왔다. 내 귀를 의심함과 거의 동시에 모자 쓴 소녀는 내 손을 잡고 달리기 시작했다.

갑작스러운 행동에도 침착하게 따라오는 리노키스, 오라비 닐과 리넷. "기다려!"라고 하면서 어째서인지 쫓아오는 붉은 머리 소녀와 그녀가 데리고 있는 시녀.

그런 무리가 사람 많은 항구에서 넓고 깨끗한 메인 스트리트까지 달려갔다.

상당한 거리를 달렸음에도 숨조차 몰아쉬지 않고 뒤돌아보는 모자 쓴 소녀——아니, 무시할 수 없는 이름의 소녀가 명랑한 미소를 지었다.

돌발적인 도피 행각에 "즐거웠죠"라면서.

"일단 근처 가게로 들어갈까요?"

이어서 오라비의 상식적인 진언이 들려왔다.

"그럴까요. 우연이라고는 하지만 레리아렛 실버를 만난 것도 운이 좋았고요."

"잠깐 당신, 으븝."

아직 그녀의 정체를 눈치채지 못한 붉은 머리 소녀가 이번에는 그쪽으로 달려들려 했다. 하지만 그녀의 시녀가 입을 꾹 다물게 했다. 본인은 몰라도 시종은 알고 있는 듯했다.

뭐, 어쨌든.

지금은 오라비의 말을 따르는 게 무난하겠지.

못할 것도 없지만 서서 이야기할 수 없는 상대가 나타나 버렸으니.

오라비의 안내를 받아 메인 스트리트에 자리한 고급스러운 홍차 전문점으로 들어갔다. 전에 왔을 때 내가 할아버지에게 비싼 홍차를 대접받았던 가게다.

주 손님층이 귀인이나 상인 가문이라 가격도 격조도 높은 가게였다. 이곳에는 시음하는 손님들을 위한 테이블과 다과도 있고 개인실도 있었다.

가게 주인인 노신사는 오라비와 모자 쓴 소녀를 보고는 별다른 말 없이 룸으로 안내했다. 강하지는 않지만 부주의함도 빈틈도 없어 보이는 남자다.

"──후우."

숨을 내쉰 뒤 그녀가 모자를 벗었다.

꿀처럼 반짝이는 길고 아름다운 금발, 초록색에 붉은 점이 박힌 신기한 눈동자가 드러났다. 그것을 본 붉은 머리 소녀가 "앗" 하는 소리를 냈다. 이제야 깨달은 듯하다.

"다시 한번 인사드리죠. 저는 힐데트라 알투아르라고 해요."

미소를 지으며 당당하게 자신을 소개하는 소녀를 보며 역시나, 하고 생각했다.

그래, 저 아이가 힐데트라…….

왕도 방송국 매직비전에 나오는 인기인인가.

"우선은 니아 리스톤. 갑작스러운 방문을 사과드립니다."

"반갑습니다, 힐데트라 님. 니아 리스톤입니다."

어설픈 태도를 보일 순 없는 상대였으므로 사과에 관해서는 언급하지 않고 자기소개를 해 두었다.

나 자신은 아무래도 상관없지만, 양친의 일이나 오라비의 일에 지장을 주는 것은 원치 않았다.

"그리고 레리아렛 실버."

"예, 예!"

"난 당신과도 대화해 보고 싶었어요. 따라와 줘서 고마워요."

"아, 아뇨! 저는, 딱히…….."

아아, 어쩐지 익숙한 이름에 익숙한 얼굴이라고 생각했는데.

붉은 머리 소녀는 실버 가문 사람이었나.

실버령에서 방송국을 열었을 때 양친, 촬영반과 함께 방문한 적이 있다.

기억하기로는 그때 실버가 당주 빅슨 실버의 딸, 장녀와 만났었다. 다시 생각해 보니 그 사람과 좀 닮았다.

"앉아서 얘기해요. 시간이 오래 걸리진 않을 테니까요."

……이야기라.

이 멤버로 봤을 때——거의 확실히 매직비전과 관련된 이야기일 것이다.

나는 딱히 거부할 이유도 거절할 이유도 없었기에 힐데트라의 권유를 받아들여 아름답게 세공된 엔틱풍 의자에 앉았다.

애초에 이미 오라비가 앉아 있으니 동생으로서 그의 얼굴에 먹칠할 수는 없었다.

그리고 이유는 모르지만 흥분했었던 붉은 머리…… 레리아렛은 힐데트라의 정체를 알게 된 순간부터 꿔다놓은 보릿자루처럼 얌전해졌다.

……아니, 힐데트라를 대하는 태도뿐만이 아니다.

힐끔힐끔 오라비 닐을 보고 있는 것을 보니 가엾게도 그녀 역시 오라비의 미모에 사로잡힌 것 같았다.

"단도직입으로 말할게요."

미소를 잃지 않은 힐데트라가 본론을 꺼냈다.

"저는 왕정의 일부인 매직비전의 보급에 분골쇄신하는 각오로 임하고 있습니다."

음, 왕정 운운하는 것은 둘째치고 나도 매직비전 보급은 바라던 바다.

그리고 그것은 방송국을 연 지 1년도 채 되지 않은 실버령도 마찬가지겠지. 아니, 오히려 새로 시작한 실버령이 의욕은 더욱 클 것이다.

"비행선이 탄생하고 하늘을 나는 배가 드물지 않아질 무렵부터 왕족이나 귀인이 가진 지배자 특권에 큰 그림자가 드리워졌습니다.

일찍이 존재했던, 차례차례 이어진 침략 전쟁을 통해 세계의 3할을 지배하며 세계 정복을 코앞에 두고 있던…… 그 정도의 영화를 누리던 천공 제국 미스갈리스.

그런 강대국이 비행선으로 인한 일반 서민 대량 망명이라는 현상으로 자연 소멸한 역사적인 대사건은 전 세계 지배자들에게 충격을 안겨주었습니다.

백성은 이 땅의 피. 극히 일부라면 몰라도 잃으면 잃을수록 몸의 움직임은 둔해지고, 곧 움직일 수 없게 되며, 장래엔 생명에 지장을 미치죠.

그 대사건 이후, 서민들은 부유섬이라는 큰 봉쇄 공간에서 '도망칠 수단'이 있다는 것을 알게 되었고, 압력 정치나 중과세라는 부담을 강요하는 지배자에게서 도망치기 시작했습니다…….

대략적으로 말씀드렸지만, 이런 사정으로 인해 요즘 왕족이나 귀인들은 예전만큼 힘이 없어졌습니다. 어느 나라나 많든 적든 그런 경향을 볼 수 있게 되었죠.

그렇다 해도 이미 우리가 태어났을 때보다 훨씬 오래전부터 있었던 일이라 우리에겐 서민들이 가까운 곳에 있는 것이 평범한 일이 되었지만요."

그런 말이었다.

전생의 기억이 없다 보니, 내가 살았을 때는 어땠는지 잘 모르겠다.

그보다 애초에 나는 어느 시대에 살고 있었을까.

아마도 그 천공 제국이 살아 있었던, 꽤 오래전 인간이 아닐까 하는 생각은 들지만…… 뭐, 기억나지 않으니 생각해봐야 어쩔 수 없다.

"이대로라면 왕족이나 귀인의 권위는 멈출 줄 모르고 추락해 머지않아 그 쓸모마저 없어지게 될 겁니다. 제 목적은 지배자로서의 권위 유지, 혹은 과거의 영광을 되찾는 것에 있습니다."

뭐, 왕족으로서는 무시할 수 없는 부분일 것이다.

특히 그녀의 경우는 왕이 아버지다.

분명 아버지를 지지해 주고 싶은 마음이 강한 거겠지.

"매직비전을 제압하는 자가 세계를 제압한다…… 저는 그렇게 생각합니다."

변함없는 미소 속에서 힐데트라의 진심이 엿보였다.

"우선 이 나라에 매직비전을 보급할 겁니다. 그리고 다른 나라도 차차 끌어들일 생각입니다. 이를 통해 매직비전에 의한 정보 조작 및 사상 유도를 진행해 매직비전의 시스템을 장악한 알투아르 왕국이 세계의 패권을 거머쥔다……. 저는 왕족의 권위 회복과 동시에 그런 거창한 꿈을 꾸고 있답니다."

확실히 거창한 꿈이다.

세계의 패권을 거머쥔다라. 아이가 지니기엔 지나친 야망이다.

나쁘지 않은데?

"추측해 보건데, 함께 해 달라는 말씀이신가요?"

내가 묻자 힐데트라는 망설임 없이 고개를 끄덕였다. 역시 진심인 건가.

"혼자 할 수 있는 것에는 한계가 있습니다. 하지만 둘, 셋이 되면 할 수 있는 일도 늘고 상승효과도 바랄 수 있겠죠. 닐 리스톤을 제외하고, 우리 셋은 어린아이이지만 이미 매직비전에서 활약하고 있는 자들입니다. 매직비전의 보급이 진행되면 앞으로는 여러 사람이 대두될 것입니다. 그것은 권력자일 수도 있고, 평범한 서민일 수도 있겠죠. 혹은 나라를 움직일 수 있을 정도의 대상이거나, 다른 나라의 누군가이거나, 이미 유명한 모험가일지도 모릅니다. 매직비전의 발전에는 많은 협력자가, 야심가가, 라이벌이 필요합니다. 지금 우리는 누구보다 앞서 있습니다. 그런 우리가 협력 관계가 된다면 후발을 견인하는 존재도 될 수 있겠죠."

흠, 대단한 야심가로군. 싫지 않아.

"음…… 어려운 말은 잘 모르겠지만……."

힐데트라의 거창한 발언을 잠자코 듣고 있던 레리아렛이 누가 봐도 당황스러운 표정으로 말했다.

"……매직비전을 퍼뜨리자는 이야기라면, 저는 협력할게요."

레리아렛은 힐데트라의 말을 전부 이해하지는 못한 것 같았다. 그러나 본질은 벗어나지 않았다.

그래, 정보 조작이니 사상 유도니 하는 것은 보급되고 난 이후의 이야기.

우선 매직비전을 확산시키기 위해 서로 협력하자. 힐데트라의 목적은 현재로서는 그것뿐이다.

그렇다면 나도 거절할 이유가 없다.

오라비가 아무 말도 하지 않는 것도 현시점에서는 힐데트라의 방침에 찬성하기 때문이겠지.

"저도 상관없습니다."

어느 쪽이든 리스톤 가문이 몰락하지 않도록 더 열심히 벌어야 할 나로서는 선택의 여지가 없었다.

오히려 일의 폭이 더 늘어난다면 기쁜 일이다.

그건 그렇고 아직 어린아이인데 참 복잡한 일을 생각하고 있다.

전생의 내가 여섯 살, 일곱 살, 여덟 살 때쯤에는 뭘 하고 있었을까. 코를 흘린 채 들판을 누비며 무술에 대한 것조차 생각하지 않았을지도 모른다. 아이는 보통 그런 존재라고 생각하는데.

……생각해보면 이번 생의 나도 별 대단한 생각을 하지는 않았다.

니아를 대신한다는 것 외에는 어떻게 사람을 때릴지, 어떻게 마수를 때려잡을지, 어떻게 피해자 행세를 하면서 가해자가 될 수 있을지 정도의 고민밖에 없다.

권력에 그늘이 보인 것이겠지. 비록 어린아이일지라도 역시 왕족은 생각하는 바가 다른 것 같았다.

……혹은 힐데트라를 조종하고 있는 사람이 있다든가, 그런 성가신 배후 관계가 있을 수도 있다.

어린애치고는 사상이 너무 완성된 것 같은데…… 뭐, 아니면 먼 훗날을 생각하는 군사와 같은 선견지명을 가진 것일지도 모르지.

뭐, 어느 쪽이든 그녀가 목표로 하는 전 세계에 매직비전을 보급하겠다는 생각은 아직 엄청난 시간이 필요하다는 생각이 들었다. 국내 보급조차 아직 부실하지 않은가.

도저히 우리가 살아 있는 동안에 달성할 수 있을 목표 같지는 않지만…….

그러나 목적지가 아무리 먼 곳에 있어도 가는 곳이 같다면 함께 걸어가는 것도 좋겠지.

적어도 서로의 이상이 부합하는 동안에는.

"오래 기다리셨습니다."

이야기가 끝나자 타이밍 좋게 가게 주인인 노신사가 홍차 주전자와 버터향이 나는 스콘을 가져다주었다.

음, 점심 식사 전이라 그런지 위장을 자극하는 냄새다.

게다가 노신사가 손수 끓여준 홍차도 제법이다. 내가 아껴 마시고 있는, 할아버지가 사주신 홍차와는 다른 향인데, 이것도 참 좋았다.

은은한 색과 달콤함이 느껴지는 부드러운 향은 실로 고급 찻잎이라는 느낌이었다.

아마도 힐데트라가 좋아하는 상표일 것이다. 제3 왕녀라고 해도 어엿한 공주다. 좋은 것을 먹고 있으리라.

아무도 손을 대지 않은 상황에서 노신사가 방을 나갔고 힐데트라가 움직였다.

"그렇겠죠. 두 분이 거절할 이유는 없으니까요."

홍차를 입에 머금고 아까의 이야기를 이어가기 시작했다.

"그래서 현재 상황은 어떻게 되어가고 있죠?"

거창한 야망을 얘기하긴 했지만, 이번에는 제대로 현실적인 화제로 돌아왔다.

"리스톤령의 매직비전과 마정판 보급률은 닐 리스톤에게 들었습니다. 아직 10%도 되지 않는다고요?"

오, 내가 대답해야 할 질문이군. 이쪽을 보고 있기도 하고.

"저도 그렇게 들었지만 자세히는 모릅니다. 거의 알려주지 않으셔서요."

한 달쯤 전에야 겨우 8%를 넘었다는 식의 이야기를 들었지만 그뿐이다. 그게 사실인지도 묻지 않았다.

리스톤가에 온 벤델리오가 느끼한 얼굴로 양친과 그런 이야기를 나누는 것을 아주 잠시 귀에 주워담은 정도였다.

여전히 이면의 사정은 나에게 쉬이 알려주지 않는다.

……뭐, 아직 나는 6살이다.

돈 이야기, 빚 이야기, 일에 대한 개런티 이야기 등등.

부모로서 너무 드러내놓고 말하고 싶지 않은 심정은 이해할 수 있다.

만약 내게 아이가 있다고 해도 나 역시 굳이 나서서 말해 주고 싶은 내용은 아니었다. 특히 돈과 관련 얘기는 하고 싶지 않다.

"참고로 왕도에서는 어느 정도인가요?"

"6% 정도일까요. 하지만 왕도는 인구가 많으니까 단순히 마정판의 실질적인 매수만 따진다면 리스톤령을 넘었을 거예요."

그렇군. 하긴 그렇겠지.

"실버령은 어떤가요? 방송국이 생긴 지 반년 정도 됐으니 아직 낮지 않을까요?"

"아, 아아, 네…… 으음…… 에스엘라, 설명해 줘."

아무래도 레리아렛 역시 그쪽의 사정을 잘 모르는지, 배후에 선 키 큰 시녀를 돌아본다. 나도 우연히 들은 것뿐이니 그녀의 지식도 나와 별반 다르지 않았다.

"아직 4%가 안 되는 것으로 알고 있습니다. 리스톤의 영주이신 올닛 님의 지도 덕분에 보급 속도가 빠른 편이긴 하지만요."

막힘없는 대답이 돌아왔다. 우리 부친 이름까지 거론하면서.

……반년 만에 3%를 넘었다면 확실히 빠른 편이다. 리스톤령에서는 방송국이 생긴 지 1년이 넘었을 때도 그렇게 널리 퍼지진 않았을 테니까.

"그럼, 앞으로 1년 안에 각 영지의 매직비전 보급률 10% 이상을 목표로 하죠."

"……"

"무리 아닐까요?"

목표를 내건 왕녀 본인에게는 입장상 아니라고 말할 수 없었기에, 나는 남의 일처럼 홍차를 마시며 스콘을 먹고 있는 오라비에게 말해 보았다.

지금 매직비전은 상당한 속도로 퍼지고 있다고 한다.

나와 힐데트라, 레리아렛, 방송사 사람 등의 노력이 결실을 보아, 존재 자체를 몰랐던 일반인들이 매직비전을 접할 기회도 많아졌기 때문이다.

하지만 그렇다 해도 1년 안에 각 영지 인구의 10% 보급, 그것이 가능한가라고 묻는다면…… 어렵다.

어쨌든 10%라는 것은 단순하게 생각해서 10개의 가정 중 한 곳에는 마정판이 있는 상태다.

마정판은 여전히 고가의 가격대를 유지하고 있고, 마정판을 움직이는 마석도 공짜가 아니다.

그런 점을 생각하면 서민들의 지갑 사정으로는 아예 못 살 것은 아니지만…… 그런 내 심정을 헤아린 것인지 오라비도 선뜻 동의했다.

"응, 나도 정공법으로는 무리일 거라 생각해."

정공법으로는…… 아아, 과연.

"정공법 이외의 방법이 있는 거군요?"

지금까지는 어쨌든 매직비전에 출연함으로써 나와 매직비전의 지명도를 높이는 일만 생각해왔다.

그 이외의 것은 주위 사람들이 해 왔기 때문에 아무 생각도 하지 못했는데, 거기서 수를 쓰겠다는 건가.

"맞아요."

힐데트라는 출연 이외의 방법으로 보급 활동을 펼칠 생각인 것 같았다.

그래, 확실히 그쪽은 건드리지 않은 영역이다. 뭔가 할 수 있는 것이 있을지도 모른다.

과연 힐데트라는 어디서 수를 쓰겠다는 것일지——.

"그 방법을 다 같이 생각해보죠!"

음?

설마 무계획?

힐데트라가 당당히 던진 말에 잠시 얼이 나갔다.

말투를 듣고 뭔가 계획이 있는 줄 알았는데.

그것도 획기적이고 악마적인 번득임이라고 할 만한 사악한 무언가, 금기와 종이 한 장 차이인 아이디어가 있다고 생각했는데.

그런데 없는 것 같다.

……없는 건가.

그렇구나, 없군.

아니, 뭐 무리도 아닌 이야기다.

아무리 거창한 야망을 말한다 해도 그녀는 아직 열 살도 채 안 된 어린아이다.

그렇게 손쉽게 하늘의 계시를 받을 리도 없는 것이다.

갑자기 '매직비전 보급률을 높일 방법이 없는가'라는 말을 들어도 구체적인 방안이 나올 리가 없다.

그래서 오늘은 인사만 나누는 선에서 해산하게 되었다.

매직비전과는 별 상관없는 잡담을 나누며 홍차와 스콘을 비운 뒤 홍차 전문점을 나섰다.

그리고 오라비 닐과 힐데트라의 안내를 받아 우리는 알투아르 학교 초등학부 부지로 왔다.

메인 스트리트에서 크게 벗어난 곳이다.

조금 가자 높다란 벽이 나오고, 그것을 눈에 담으며 끝없이 이어지는 길을 따라가자 비로소 커다란 문이 보이기 시작했다.

이곳이 알투아르 학교 정문이다.

문은 열려 있고, 부지 안팎으로 아이와 어른들의 모습이 드문드문 보였다.

"저는 성에서 통학하고 있으니 여기까지입니다. 새 학기에 뵙도록 하죠."

오라비와 동급생이라는 힐데트라는 그런 말을 남기고 부지 안팎을 나누는 길가에 대기한 마차에 올라탔다.

"조심히 들어가시길."

공주님께서 창문 너머로 손을 흔들자 마차는 천천히 달리기 시작했다.

……휴우. 갔네.

왕도에 도착하자마자 왕녀의 습격이라. 갑자기 피곤해진다.

매직비전과 관련된 한 그녀와는 앞으로 깊고도 긴 교제를 이어

나가게 될 것이다.

빨리 적응해서 그 이상으로 빨리 상업적인 전략 방침을 세우고 싶었다. 시간은 유한하니까.

——아, 맞다.

"너희 집은 괜찮아?"

"……뭐? 뭐가?"

나와 마찬가지로 힐데트라를 태운 마차를 배웅한 뒤 조용히 한숨을 내쉬던 레리아렛이 험악한 눈길을 향해왔다.

뭐랄까, 첫 만남…… 아니, 항구에서 그녀가 말을 걸었을 때부터 적의가 느껴졌다.

불만이 있다면 언제든 덤벼들어도 되는데, 역시 그런 짓은 하지 않겠지. 해도 되는데. 아니, 차라리 해 줬으면 좋겠는데. 덤벼든다면 아이가 상대더라도 인정사정없이 반격해 줄 수 있는데.

"방송국 건설비 말이야. 틀림없이 막대한 비용을 들여 진행됐을 텐데. 리스톤 가문 재정으로도 어려웠던 것 같고. 그러니 그쪽은 괜찮냐는 거야."

"뭐? 지금 5계급인 실버 가문의 재력을 우습게 보는 거야? 깔보는 거야?"

"재정 걱정을 하는 것뿐인——크흠! 커험! 흠! 으흠! 흠흠흠! 끈질크흐흠!"

위험하다. 이건 위험해.

지금 내 뒤에 서 있는 리노키스가 확실하게 혀를 찼다. 게다가 끈질기게 대여섯 번이나. 확실하게 레리아렛에게 적의를 향하고 있었다.

"끄, 끄질……? 갑자기 뭐야……."

순간적으로 얼버무렸지만 일단 성공한 것 같다.

레리아렛은 의아한 표정을 짓고 있을 뿐, 내 시녀의 적의는 알아차리지 못했다. 리노키스, 승부가 보이는 싸움은 걸지 마라. 받아들이는 건 상관없지만 걸지는 마.

"그러게. 나도 조금 신경 쓰였어."

혀를 찬 것에 대해 어떻게 생각한 것인지는 모르겠지만, 오라비에게서 그런 지원의 말이 들어왔다.

"어디까지나 일반론으로서 말하는 거지만 4계급인 리스톤 가문조차 버거웠을 정도야. 계급이 비슷한 실버 가문도 그렇게 여유는 없었을 텐데."

"아…… 네, 네에……."

불과 조금 전까지 적의가 드러난 얼굴을 하고 있었는데, 오라비를 향한 표정은 소녀 그 자체. 이렇게 노골적이면 알기 쉬워서 차라리 좋다.

"저기…… 에스엘라, 우리 재정에 대해 들은 말 있어?"

질문을 받은 레리아렛의 시녀는 이번에도 막힘없이 대답했다.

"맞습니다. 주변에 있는 부유섬 몇 곳을 담보로 돈을 빌리거나 당주님 따님께서 일으킨 회사에서 대규모 투자를 받았다는 것까지는 파악하고 있습니다. 그 이상은 모르겠지만요."

귀인이라는 입장상 자세한 이야기를 들을 수 있을 거라고는 생각하지 못했는데, 생각보다 자세한 설명을 들을 수 있었다.

거기까지 말해도 되는 건가, 싶을 정도였다. 담보 이야기도 그렇고.

나조차도 리스톤 가문의 이야기를 할 때는 신경을 쓰는데.

"그럼 그쪽도 조속히 매직비전 사업을 궤도에 올려놓을 필요가 있겠군요."

"……네, 그러게요. 하지만——."

불쑥, 레리아렛이 나에게 다가왔다.

강한 빛을 머금은 회색 눈동자가 똑바로 나를 바라보았다.

"힐데트라 님의 체면을 위해 나도 너에게 협력은 하겠지만, 너에게는 지지 않을 거야."

……?

무슨 뜻의 '지지 않는다'라는 것인지도 모른 채, 자신의 할 말만을 마친 레리아렛은 그대로 학교로 가버렸다.

"죄송합니다."

그리고 남아 있던 그녀의 시녀가 장신을 굽혀 몸을 숙였다.

"레리아렛 님은 매직비전에서 활약하는 니아 님의 모습을 보고 자극을 받으셨습니다. 더구나 동갑이라서 그런지 일방적으로 라이벌이라고 생각하시는 것 같습니다. 몹시 대항 의식이 강하십니다."

아아, 매직비전에 관해 라이벌이라고 생각하는구나.

하긴 같은 나이에 활약하고 있는 자를 보면 지지 않겠다는 기개가 생겨나기는 한다. ……뭐야, 그야말로 무(武) 아닌가. 무에서 지지 않겠다는 뜻 아닌가. 조만간 주먹으로 때려눕혀 주겠다는 선언이 아닌가.

"앞으로도 도를 넘는 발언이 있을지도 모르지만 어디까지나 대항심. 악의는 없으시니, 부디 온정을 베풀어 주시기 바랍니다. 하지만 물론 마음에 들지 않으신다면 한마디 해 주세요. 제가 제재를 가할 테니까요. 부디 너른 아량을."

흠…… 뭐, 나는 딱히 일에 지장만 없다면 저대로도 상관없지만.

"너도 고생이 많겠구나."

"배려의 말씀 감사합니다. 실례합니다."

다시 한번 깊이 고개를 숙여 보인 시녀는 짐을 들고 빠른 걸음으로 레리아렛을 쫓아갔다.

"대체 뭐죠, 저 실버 가문의 건방진 딸은? 아가씨, 저런 애송이는 그냥 해치워 버려요."

"그러지 마."

리노키스, 자꾸 귓전에서 투덜투덜 떠들지 마. ……요즘 촬영할 때도 마음에 안 드는 일이 있으면 귓가에서 구시렁대던데. 반항기인가.

"좋네, 레리아렛 양. 니아의 친구로 잘 어울릴 것 같아."

오라비는 태평했다. 시녀가 살벌한 소리를 하는 것을 눈치챈 건지 아닌 건지.

"그런가요?"

오라비의 말은 과연 맞을까. 나는 어느 쪽이든 상관없지만.

하지만 친구가 되는 것은 그렇다 쳐도 문제는 역시 리노키스겠지. 내가 모르는 곳에서 사고만 치지 않는다면 좋겠는데.

"저런 것과 친구가 되지는 않으시겠죠? 저는 싫어요."

"그러니까 그만하래도."

내 편인 건 알지만 과격한 말을 한다.

……뭐, 리노키스 이상으로 과격한 생각을 하는 내가 말할 처지는 아니지만.

아아.

빨리 강자를 때리고 차면서 싸우고 싶다.

니아 리스톤,

병으로 죽은 어린 소녀의 몸에
기억 없는 영웅의 혼이 들어가
되살아난 존재. 싸움에 굶주려
있으며 강자와의 사투를 바라고
있다.

Status

연령

6살

직함 / 직무

4계급 리스톤 가문의 딸
매직비전에 나오는 인물.

선호하는 싸움 방식

맨손이야말로 최강.

전생에서의 삶의 보람

강해지는 것, 단련하는 것,
자신보다 강한 상대와 싸우는 것.

좀 더 알기 쉽게
말해 줄까?
나는 지금 싸움을 걸고 있는 거야.

"신입생분들은 우선 접수처로 가주세요."

학교 문장이 수놓인 완장을 찬 어른이 교문 앞에 모여 있는 사람들에게 말했다. 나와 리노키스도 그 안에 포함되어 있었다.

"그럼 니아. 이제부터 준비하느라 바빠질 테니까 여기서 잠깐 헤어지자."

짐 풀기와 생활에 필요한 준비 등을 생각한 것인지 오라비 닐과 리넷은 빠르게 사라졌다.

뭐, 앞으로 같은 장소에서 생활하게 되었으니 오라비와는 얼마든지 만날 기회가 있겠지.

오라비를 배웅한 뒤 곳곳에 서 있는 완장을 찬 직원의 지시에 따라, 아마 레리아렛도 이미 가 있을 접수처로 향했다.

날씨가 좋아서 그런지 접수처는 야외에 준비되어 있었다.

차양막 아래에 테이블 등을 쭉 늘어놓고 거기서 접수를 받고 있었다.

곧바로 서류에 이름을 기입하고 끝났다.

그리고 접수를 마쳤다는 증표인 목패를 건네받았다.

"당신은 귀인용 숙소로 가주세요."

그러고 보니 귀인과 서민이 같은 자리에 앉아서 배운다고 듣긴 했는데, 묵는 기숙사는 전혀 다르다고 한다.

귀인의 자녀는 신변을 돌봐줄 하인 한 명을 데려오는 것이 허락된다. 그래서 나도 리노키스를 데려왔고 오라비 닐에게도 리넷이 붙어 있다.

귀인이나 부잣집 상인의 자녀 등이 들어가는 숙소엔 자신의 방 옆에 하인용의 작은 방이 딸린 구조라고.

광대한 부지를 가진 알투아르 학교이지만, 중등학부나 고등학부도 같은 부지 내에 교사나 숙소가 있다고 했다.

그런데도 장소는 꽤 떨어져 있다고 하니 굳이 만나러 가거나 만나러 오는 정도가 아니라면 중등학부생이나 고등학부생과 조우할 일은 없을 듯했다.

일단 실내와 실외 운동장, 훈련장, 특수 시설이 있는 교실 등은 공용인 것 같지만, 실제로는 서로가 부딪히는 일이 없도록 교사들이 잘 조율해 주고 있었다.

그렇게 오다 보니 초등학부 귀인용 여자 기숙사에 도착했다.

안으로 들어서자 먼저 의자와 테이블이 있는 휴게소가 나왔다. 식당은 따로 있다고 하니 여기서 식사할 일은 없겠지. 뭐, 어떻게 보면 호텔 로비 같은 건가.

몇몇 귀인의 자제로 보이는 아이가 있다.

들었던 재학 기간은 6년. 나는 지금 6살이고 졸업하는 나이는 12살이다.

아이의 6년은 길고, 그 의미도 크다.

나는 아직 어린아이에 지나지 않지만 여기서 최고학년이 되는 열두 살쯤 되면 몸의 크기도 얼굴의 형태도 꽤나 성장해 있을 것이다. 당연히 몸의 성장만 보자면 어른 못지않게 자란 아이도 있 겠지.

뭐, 덩치만 커지는 걸로 강해질 수 있다면 고생할 일은 없겠지만.

고작 덩치만 큰 무리라고 해봤자 내가 더 압도적이고 타의 추 종을 불허할 정도로 강하다는 것은 부동의 사실. 그러니 나이 차 이 같은 사소한 것에는 굳이 신경 쓸 필요가 없을 것이다. 6살 차 이? 나에겐 미미한 오차다.

"아가씨, 저분이 관리인 아닐까요?"

리노키스가 가리킨 끝을 보니 의자에 앉은 아이들 무리 중 딱 한 명의 어른이 있었다.

젊은 여성 같지만, 이쪽은 눈치채지 못한 채 아이들과 함께 무 언가를 보고 있다.

"관리인 분이신가요?"

다가가서 말을 걺과 동시에 그녀들이 무엇을 하고 있었는지 알 수 있었다.

매직비전을 보고 있던 것이다.

게다가 내가 나오는 《니아 리스톤의 직업 방문》에서 작년 여름 에 곤충 채집을 했던 회차를 보고 있었다. 재재재재…… 그 정도 의 말이 붙을 정도의 재방송이었다. 방송할 수 있는 프로그램이 아직 적었기에.

"어? ……어?"

아이들도 관리인도 나와 매직비전을 번갈아 바라보면서 조금 혼란스러워하고 있었다.

그렇긴 하네. 어느 쪽을 봐도 내가 있으니까 뭔가 이상하긴 하다. 나는 내가 나오는 영상이 좀 부끄러운 정도지만.

"……니아 리스톤, 씨?"

"네, 오늘부터 이곳에서 신세를 지게 되었어요."

"'네에에에에에에?!'"

아니, 딱히 놀랄 일은 아니지 않나? 관리인도. 아이들도.

나도 알투아르 아이니까 당연히 기숙사에 오겠지. 국민의 의무잖아.

"시, 시, 실물! 실물이다! 지, 진짜야!"

"정말 머리가 하얗구나!"

"어떡해, 실물 완전 귀여워! 깜찍해!"

그렇지?

아이들이여, 귀여운 실물이 왔도다.

그래도 미모에 관해서는 오라비가 더 대단하지만.

이런 반응을 보면 나름대로 유명해졌구나, 하는 실감이 들었다.

관리인──기숙사장 카르메에게 목패를 건네주고 대신 열쇠를 받았다.

"니아가 벌써 여섯 살이 됐구나. 세월의 흐름이 정말 빠르네……."

기숙사장은 초기의 《직업 방문》 때부터 나를 보고 있었다고 한다.

이곳은 알투아르 왕국의 왕도, 말하자면 왕족의 슬하. 그리고 차세대를 책임질 아이들이 모이는 배움터다.

그런 곳이다 보니 거국적인 보급을 목표로 하는 매직비전도 아이들이 익숙해질 수 있도록 일찌감치 도입되었다고 한다.

학교에 일찍부터 마정판이 설치된 덕분에 기숙사장부터 상급생까지 나의 병 완치 선언 이후부터 봤던 사람이 많다고.

내가 처음 매직비전에 나온 날로부터 대략 1년하고도 반년 정도가 흘렀다.

정신을 차리고 보니 그렇게나 시간이 흘러 있었다.

기숙사장은 아니지만 나도 절실히 말하고 싶은 내용이었다.

니아의 원수인 질병의 근원을 짜낸 뒤 1년이 넘는 시간 동안 한결같이 필사적으로 해왔구나, 하고.

"재학 중에도 촬영은 갈 것 같아요. 여러모로 폐를 끼치게 될지도 모르지만 앞으로 잘 부탁드립니다."

"네, 힐데트라 님께도 말씀은 들었답니다. 무슨 곤란한 일이 생기면 사양 말고 상의해 주세요."

이미 힐데트라의 입김이 닿은 것일까. 하긴, 내가 하는 '잘 부탁한다'라는 말보다는 왕족의 말이 더 효과가 있겠지.

"아, 그렇다면 아까 온 사람은 역시 레리아였군요."

아무래도 기숙사장은 레리아렛은 알아보지 못한 것 같았다.

뭐, 내 활동은 1년 이상이고 그쪽은 반년도 안 된다. 영상에 나오는 시간 차이가 고스란히 세간의 인지 차이라는 거겠지.

……그렇다 치더라도 이 기숙사장, 꽤 강한데. 잘 단련한 것 같다. 지금까지 본 사람 중에서는 가장 강할지도 모른다. 아이들의 호위도 겸하고 있기 때문일까.

뭐, 그렇더라도 밭의 잡초를 뽑는 것이 훨씬 더 고생스러울 정도로 쉽게 이길 수 있었다. 강자는 좀처럼 없는 법이니까.

기숙사의 방은 넓지도 않고 좁지도 않다, 라는 느낌이었다.

"아가씨. 이제 둘만의 생활이 시작되는군요."

"그러게."

"바꿔 말하면 동거 생활의 시작이죠."

"왜 바꿔 말해?"

"일단 잘까요? 같이."

"그런 건 됐으니까 빨리 짐이나 풀어."

슬슬 한 번 정도는 무슨 생각을 하고 있는지 물어보는 편이 좋을 법한 이야기를 하면서, 리스톤가에서 가져온 짐을 리노키스와 함께 정리해 나갔다.

뭐, 자세 훈련을 하기에는 충분한 공간이었다. 하지만 대련을 하기에는 좀 좁으려나.

그래도 개인용으로 된 작은 욕실과 화장실이 딸린 것은 무척 감사했다. 특히 욕조가 있는 것이 좋았다. 마석이 필요하긴 하지만 언제든지 뜨거운 물을 데울 수 있다.

이것으로 어떤 시간에도 단련을 할 수 있게 되었다.

"감사합니다. 귀인용 숙소에는 개인 욕실이 있네요. 저는 서민 숙소에서 지내서 공동 목욕탕을 사용했거든요."

리노키스에게도 목욕을 해도 된다는 뜻을 전하자 감사의 말과 함께 그런 대답이 돌아왔다.

"그래서 이제부터 어쩔까요? 잘까요? 같이."

"필요한 물건을 사둔다고 하지 않았어? 그리고 교복도."

갈아입을 옷가지는 많이 가지고 왔지만 자질구레한 물건은 왕도에서 살 예정이었다. 교복도 양복점에 부탁해 놓은 물건을 가지러 가야 했다.

그리고 오후에는 신체 측정이 있다고 했다. 매일 하고 있으니 새 학기 전까지 받으면 된다고 하지만, 가능하면 그 일도 미리 끝내두고 싶었다.

천천히 쉬는 것은 해야 할 일을 마친 이후다.

"필요한 물건? 딱히 고집하는 물건이 없다면 학교 매점에서 웬만큼은 다 준비할 수 있을 거야."

짐 정리를 한 뒤 잠시 쉬었다가 예정대로 쇼핑을 나가려던 차에.

아직 1층 로비에 있던 기숙사장 카르메와 마주쳐 학교나 기숙사에서 쓸 집기류를 어디서 사야 하느냐고 물었더니 그런 대답이 돌아왔다.

다시 만났다기보단, 신입생 안내역이기도 해서 일부러 눈에 띄는 곳에 자리하고 있는 것 같았다.

"매점이요?"

학교에서 취급하고 있다면, 그것이 곧 학교 지정 집기류인 거겠지.

그럼 나는 그것으로 충분하다.

딱히 고급품을 원하는 것도 아니고 디자인에 고집이 있는 것도 아니니 낭비되는 지출은 줄이고 싶었다.

특히나 교복은 매우 비싼 데다 매년 제작해야 했다.

매년 새로 만들 의무는 없지만, 그런 것들이 귀인의 품위니 매너니 하는 것들과 이어진다고 했다. 왕후 귀족이라는 존재에게는 대체로 허영심이 따르기 마련이니까.

귀인다움 같은 것은 나에겐 아무래도 상관없었지만, 양친이나 오라비에게 망신을 줄 수는 없었기에 기본적으로는 관례를 따를 생각이었다. 이거다 하는 고집도 없으니.

뭐, 그건 그렇다 치고.

"그럼 밖에 나갈 이유는 딱히 없겠네요."

매점에서 다 갖출 수 있다면 학교 밖으로 나가야 할 이유는 교복 준비뿐이었다.

가게 측에서 '가능하면 매장에서 직접 입어보고 몸에 맞는지 확인 후 전해 주고 싶다'라는 요청이 와서 내가 직접 가야 했다. 그게 번거롭다고 하면 좀 번거로울까.

가지러 가기만 하는 거라면 리노키스한테 부탁해도 되고 배달 업자한테 부탁해도 될 텐데.

아무리 생각해도 갈 수밖에 없겠네. 그런 생각을 하고 있을 때였다.

"또 만났네."

"아, 니아……."

또 그녀와 마주치고 말았다.

같은 신입생인데다 같은 시각에 도착한 만큼 또다시 붉은 머리의 그녀——레리아렛 실버와 조우하고 말았다.

레리아렛은 다소 불만스러운 표정이긴 했지만, 아까 나한테 할 말을 다 해 둬서 그런지 쓸데없이 부풀어 있던 적개심은 희미해져 있었다. 어쩌면 시녀에게 주의라도 받은 걸까.

"너도 쇼핑하러 가?"

"응, 그리고 교복 가지러 갈 거야."

아아, 사야 할 목록까지 똑같구나.

혹시 교복을 시킨 양복점도 똑같은 것은 아닐까? 교복을 취급하는 가게 자체도 그렇게 많지 않으니까.

"실버령의 촬영반도 와 있어."

음?

"촬영반이?"

"그래, 내가 처음으로 교복 입은 모습을 꼭 방송하고 싶대."

흠…… 그렇군. 처음으로 교복 입는 모습 촬영이라.

그건 생각 못 했다.

지시를 내리지 않은 양친도 벤델리오도, 촬영반의 젊은 감독들도 모두 눈치채지 못했을 것이다.

이런 큰 전환점이나 이벤트, 축제 등은 놓칠 수 없다. 아주 잠깐 영상에 나오기만 해도 반향이 크다는 것은 지금까지의 촬영으로 증명이 끝났다.

그러니까.

"아가씨, 이건 가는 수밖에 없겠네요."

"그래, 알아."

리노키스가 속삭였지만, 굳이 말할 필요도 없었다.

이것은 확실한 기회였다. 지금 영상에 나오면 내 인지도도 올라가고 올해 입학생이나 재학생들에게도 어느 정도 어필해 둘 수 있었다.

귀인에게는 나름대로 인지도가 높겠지만 서민들에게는 아직 미지의 기술이었다. 실버령 채널에도 출연해 두면 이득은 있어도 손해는 없을 것이다.

"나도 나가도 돼?"

"뭐? 네가? 왜?"

이런, 진심에서 우러난 듯한 저 싫다는 표정. 어린애치고는 상당히 떨떠름한 얼굴이었다.

"매직비전 보급에 협력하기로 했잖아? 나랑 네가 친해진 모습을 보이면 앞으로의 일도 더 수월해지겠지."

"딱히 안 친하잖아."

뭐, 그건 그렇지만.

"이제부터 친해질 거니까 괜찮아."

"안 친해질 것 같은데?! 아, 뭐야?! 왜 손을 잡아?! 이거 봐, 힘이 왜 이렇게 세!"

"자, 가자. 사이좋게 손잡고 갈까? 반항하면 아파."

"아야야야야, 알았어, 갈게! 손목 비틀지 마! 손목!"

좋아, 합의 완료. 가자.

리스톤령 촬영반은 지금 왕도에 없을 것이다.

하지만 여기서 실버령 촬영반 사람들에게 찍어달라고 하면 결과적으로 리스톤령에서도 영상은 나갈 것이다. 채널만 돌린다면.

어차피 재방송도 많을 테니 어느 타이밍이든 봐주는 사람은 많겠지.

이로써 첫 교복 차림을 선보이는 이벤트는 어떻게든 해낼 수 있을 것 같았다.

기숙사장의 "사이 좋네"라는 말로 웃으며 배웅받은 우리는 둘이 함께 기숙사에서 나왔다.

레리아렛은 "하나도 안 좋아!"라고 반박하고 있지만. 헛수고였다. 손을 잡고 함께 걷고 있으니 사이가 좋지 않다는 생각은 누구도 하지 못하리라. 뭐, 해도 상관없지만.

행선지는 교복을 부탁한 양복점이었다.

실버령 촬영반이 어디에 있는지는 가는 길에 레리아렛을 통해 알아내면 된다. 양복점이 달라도 상관없이 영상에 나갈 것이다.

놔주지 않겠다, 절대로.

"저기, 니아 님, 잠깐 괜찮으실까요?"

레리아렛의 손을 놓을 생각이 없는 나를 향해, 뒤에서 따라올 수밖에 없는 그녀의 시녀가 커다란 키에 걸맞게 위쪽에서 말을 걸어왔다.

"뭐지?"

불만이라도 있어? 라는 말을 붙여도 상관없겠지만, 쓸데없이 공격적일 필요도 없었다.

……그건 그렇고, 그녀는 호위도 겸하고 있을 텐데 왜 레리아렛을 도우려 하지 않는 것일까.

뭐, 다툴 정도의 일도 아니라고 생각한 것일지도 모르지만.

"괜찮으시다면 오빠분도 부르시는 게 어떨까요? 지금부터 리스톤 부부를 모시기엔 무리가 있겠지만, 이런 사생활적인 일면은 곁에 친가족이 있으면 받는 사람의 인상도 상당히 달라지니까요."

호오. 오라비 말인가.

듣고 보니 확실히 오라비, 아니 친가족의 유무에서 느껴지는 차이가 큰 것 같았다.

'가족의 축복 속'이라든가 '가족들의 보호를 받으며' 등등, 뭐 그런 허울 좋은 말을 곁들여 학교 입학이나 교복 차림 영상을 내보낼 수 있으니까.

하지만 오라비는 좀…….

"그, 그래. 닐 님도 불러. 애초에 너희들은…….."

"어?"

"아야야, 일단 손 좀 떼 줘! 안 도망갈 테니까!"

"그것보다 오빠가 뭐라고?"

"아니, 일단 좀 놓으라니…… 아, 안 놓을 거구나?! 놓을 생각이 없는 거지?! 큭, 굉장한 힘…… 뭐, 됐어. 이 이상 더 비틀지 마. 촬영 전에 울고 싶지 않으니까……."

상당히 아픈 것인지 드디어 레리아렛은 항복을 선언했다. 아이를 울리면 죄책감이 들 것 같은데. 그래도 놔 줄 생각은 없지만.

뭐, 그것보다 지금은 오라비의 일이 먼저다.

"너희 두 사람 사이 안 좋아? 그…… 네 병이 나았다면서 매직비전에 나왔을 때 이후로 닐 님은 전혀 안 나왔잖아.

서로 싫어해서 같이 안 나온다거나 그런 건 아니지? 닐 님, 항구까지 널 데리러 왔을 정도였고."

뭐, 사이는 나쁘지 않다고 생각하지만.

애초에 함께 나오지 않는 것은 오라비에게 과격한 팬이 붙으면서 그가 촬영을 꺼리게 된 것이 원인이었다.

물론 오라비는 학교 일도 있어서 좀처럼 촬영 시간을 내기 힘들었던 것도 사실이다.

하지만 첫 번째 이후 방송에 나오지 않았던 것은 오라비의 의지였다.

참고로 문제의 그 팬레터는 1년 넘게 지난 지금은 잊어버릴 때쯤 한두 통 도착하는 정도였다. 내가 파악하고 있는 범위에서는.

"오라버니는 딱히 나오고 싶지 않은 것 같아. 하지만……."

하지만 이번만큼은 오라비의 뜻을 존중할 수 없었다.

매직비전 보급을 위해, 그리고 리스톤 가문을 위해.

오라비 역시 리스톤 가문의 장남으로서 협력해야 했다. 지금 당장 부를 수 있는 친가족은 그 외엔 없으니까. 대신할 사람이 없는 이상 나올 수밖에 없다.

"리노키스. 우리는 양복점에 먼저 가 있을 테니까 오라버니를 데려와."

"알겠습니다."

"무조건 데려와. 무슨 일이 있어도. 의미는 알겠지?"

"그럼요. 모든 것은 아가씨를…… 아니 리스톤가를 위해."

주종의 결속이 느껴지는 대화를 레리아렛은 말로 형언하기 힘든 씁쓸한 얼굴로 바라보았다.

리노키스는 단순한 시녀가 아니라 내 제자이기도 하다. 그렇다 보니 이런 대화가 되고 만다.

이리하여 실버 가문의 레리아렛과 함께 화기애애하게 새 교복을 입어보는 니아 리스톤과,

그 모습을 흐뭇하게 지켜보는 레리아렛의 언니 두 명과 내 오라비 닐 리스톤.

실버가와 리스톤가가 두터운 사이라는 것의 증거인 '영주 딸의 입학 준비와 온 가족이 함께하는 풍경' 영상은 무사히 촬영되어

방송되게 되었다.

실버령 쪽 이야기는 잘 모르겠지만, 리스톤령에서는 꽤 반응이 좋았다고 한다.

특히 기숙사장 카르메가 잠시 언급한 '과거 병상에 누워 있던 니아 리스톤의 성장 기록'이라는 의미에서 생각보다 평가도 좋고 호응도 컸다고.

그리고 오라비에게는 또 다수의 팬레터가 도착하기 시작했고, 그는 점점 더 매직비전과 거리를 두게 되었는데, 그것은 조금 더 뒤의 이야기이다.

"점심 식사, 같이 따라와 줘."

교복 착용을 마치고 촬영도 차질 없이 진행되었다.

이제부터 촬영차 온 언니들과 식사하러 간다는 레리아렛을 이번에는 내가 따라가게 되었다.

촬영 중에는 서로 눈치껏 행동했지만 실제로는 오늘 방금 만난 사이다.

특히나 나는 반강제로 촬영에 끼어든 형태라 거절하기가 어려웠다.

"······하아······ 난 먼저 돌아갈게······."

오라비도 촬영 중에는 눈치껏 행동했지만 실제로는 데려올 때부터 걸핏하면 고개를 숙여댔다.

그리고 촬영이 끝나자 당연하다는 듯 다시 고개를 숙이고 있었다.

아무래도 그는 매직비전에 나오고 싶지 않았던 모양이었다. 팬레터의 공포가 다시 시작될 것 같으니까. 그렇다기보단 확실하게 재개될 테니까.

하지만 어쩔 수 없다. 그는 리스톤 가문의 장남이니까.

앞으로 나올 예정은 아직 없지만, 거의 반드시 그럴 기회는 또 올 것이다.

그런 이유로 오라비는 돌아갔고.

나는 레리아렛의 언니 두 명…… 첫째 딸, 셋째 딸과 함께 식사하러 가게 되었다.

어떤 고급 레스토랑까지 끌려가 테이블에 앉았다. 이번에는 개인실은 아니다.

나의 시녀인 리노키스와 레리아렛의 시녀에게는 잠시 휴식 시간을 주고 다른 곳에서 점심을 먹고 오라고 했다.

리노키스는 떠나고 싶지 않아 보였지만 이번만큼은 보냈다. 그녀와 나 사이에 조금 거리를 두는 편이 좋을 것 같았기에.

나란히 있는 실버가의 자매를 바라보았다.

세 사람 모두 근사한 붉은 머리로 한눈에 보기에도 가족임을 드러내고 있었다. 둘째 딸과는 만난 적이 없지만 언젠가 만날 기회도 올지도 모른다.

"또 뵙게 돼서 반가워요, 니아 씨."

"저야말로요."

장녀와는 실버령 방송국이 개국했을 때 만났었다.

이름은 분명 라피네였던가.

라피네 실버라고 했던 것 같다.

나이는 20대 중반쯤일까. 어른 여성답게 잘 화장한 모습이나 훌륭한 발육, 세련된 맵시 등을 보았을 때 실로 귀인 영애라는 느낌이었다. 약간 강단 있어 보이는 인상까지 포함해서.

하지만 셋째 딸과 만나는 것은 처음이다.

라피네는 어른 여성이라는 느낌이지만 이쪽은 가늘고 길다는 인상이 강했다. 자매가 모두 강단 있어 보이는 생김새로, 동시에 약간 소년 같은 분위기가 감돌았다.

"나는 올해부터 중등학부 3학년이야. 이름은 리리미 실버. 잘 부탁해."

"저야말로. 니아 리스톤입니다."

대답하면서 리리미를 관찰했다.

……흐음. 그녀는 역시 맨손으로 싸울 수 있는 체격이 만들어져 있었다. 근육과 지방과 체간의 균형이 상당히 좋았다.

무리하게 단련하지 않고, 그러면서도 꾸준히 해왔음을 알 수 있었다. 암, 과하지 않는 것도 중요한 수행 중 하나다.

하지만 아쉽다. 아직 근본적으로 약하다.

이 상태면 1년 전의 리노키스가 더 강할 것이다.

"리리미 언니는 강해. 작년 중등학부 격투 대회에서 준우승했거든.”

“어…….”

이걸로? 이 정도로? ……그 격투 대회, 정말 괜찮은 거야?

“놀랐지?”

레리아렛은 의기양양한 얼굴을 하고 있지만…… 뭐, 놀랐다고 하면 놀랐기 때문에 고개를 끄덕여 두었다.

“언니는 텐파류의 문하생이고, 나도 작년부터 배우고 있어.”

아아…… 텐파인가.

“그 텐파라는 유파는…… 아뇨, 아무것도 아니에요.”

그 텐파라는 유파는 정말 강한가?

……라는 무례한 질문은 할 수 있을 리가 없다.

격투가에게도 긍지와 예의가 있을 테니까. 아무리 나라도 그런 말은 할 수 없었다.

촬영만 해온 한 해 동안 가끔 '텐파류'라는 이름을 듣는 일이 있었다. 맨손으로 싸우는 무술 유파로 유명하며 문하생도 많고 강자도 많다고.

솔직히 기대될 수밖에 없었다.

이야기를 들을수록 당장이라도 힘을 겨뤄보러 날아가고 싶을 정도였다.

하지만.

텐파류의 실력자들을 여러 명 만나보았지만, 누구 하나 강한 사람이 없었다.

내가 만난 자들이 약했던 것뿐일까, 아니면 유파 자체가 그런 것일까.

이름 자체도 궁극에 달한 선조의 주먹이 하늘을 꿰뚫는 천둥 같은 굉음을 냈다고 해서 '텐파(天破)'라는 이름이 붙었다고 하는데…….

나와 같은 경지에 이르렀다면 약할 리가 없지만.

뭐, 나는 그보다 더 앞으로 나아간 것 같긴 한데.

텐파의 그것은 아마도 '기권(氣拳)과 뇌음'일 것이다. 하지만 그 것은 화려한 것에 비해 위력은 별로다. 보여주기용으로는 괜찮으려나, 싶은 정도의 기술이었다.

……텐파는 이제 됐다.

귀중한 무술의 유파라도 약하다면 흥미가 없다.

"너도 해볼래? 힘은 세 보이던데."

"아니, 됐어. 이제 충분해."

텐파류와는 만나봤자 강한 자와 만나지 못해 실망이 계속되고 있었다. 이 이상은 기대하지 않는 편이 나을 것 같았다.

"그러고 보니."

리리미가 입을 열었다.

"올해 신입생 신체 측정에는 사범 대리가 참여했어."

음? 사범 대리?

"문하생 모으기의 일환이래. 초, 중, 고등학부까지 텐파류 클럽이 있으니까."

클럽? 아니 그것보다.

"사범 대리, 그렇다는 건…… 강한가요?"

어쨌든 사범의 대리다. 약할 리가 없지.

"물론이지. 나 같은 건 발밑에도 미치지 못할 정도로…… 으."

이런.

"실례."

나름 손님으로 북적거리던 가게 안이 순식간에 고요해졌다.

무심코 내 투기가 조금 새어나간 것 같았다. 쓸데없이 압박을 가했을지도 모르겠다.

그래, 실망하고 있던 텐파류의 사범 대리가 손이 닿는 곳에 있다고.

……그럼, 이번에야말로 아주 살짝 기대해 볼까.

"니아 님은 어떤 분이세요?"

교복 관련 촬영을 무사히 마치고, 실버가 자매와 니아 리스톤이 동석해 점심 식사하고 있는 곳과는 다른 장소.

점심시간 동안만 쉬는 시간을 받은 시녀들은 식당이 보이는 근처 찻집에 있었다. 창가 테이블에 앉아 서로 경계하며 식사를 하고 있다.

니아 리스톤의 전속 시녀인 리노키스와.

레리아렛 실버의 전속 시녀 에스엘라다.

에스엘라 블랑캣.

실버 가문을 모시고 있으며 올해부터 레리아렛 실버에게 배속된 장신의 시녀다.

일단 블랑캣 가문은 8계급 귀인이지만, 그곳에서도 셋째 딸이 되면 서민과 별반 다르지 않다.

알투아르 학교 중등학부를 졸업한 뒤 아버지의 명령으로 인연이 있는 실버 가문을 섬기게 되었다. 그것이 5년 전이다.

5년 전──학교생활에서 텐파류라는 무술과 만나 거기에 심취해 있던 에스엘라는 실버가의 셋째 딸 리리미에게 텐파류를 가르친 몸이기도 했다.

그리고 지금은 레리아렛에게 알려주고 있다.

말하자면 그녀는 셋째 딸 리리미와 막내딸 레리아렛의 스승이라고도 부를 수 있는 존재였다.

"어떤 분이라뇨? 무슨 뜻이죠?"

귀인 가문의 시녀라는 입장상 실태를 보이면 곧 가문 망신으로 이어진다.

평범한 잡담이라고 생각했다가 결과적으로 중요한 정보를 누설할 수도 있다.

시녀들끼리 자연스럽게 함께 식사하게 되었지만, 방심할 수 있는 시간이 아닌 것만은 확실했다. 그래서 서로 경계하고 있었다.

실버 가문과 리스톤 가문.

이전에는 교제가 있었지만, 리스톤 가문의 전 당주가 일찌감치 은퇴한 뒤로는 집안끼리의 교제는 거의 사라졌다. 편지로 계절 인사를 주고받는 정도다.

하지만 최근에는 매직비전 방송국 일과 관련하여 은밀하게 연락을 주고받고 있다.

그런 교류가 있었던 덕분에 얼마 전 이뤄진 실버령 촬영에서도 니아 리스톤이 난입하여 참여할 수 있었던 것이다.

당사자끼리의 의사는 어떻든 집안끼리 사이가 나빴다면 그렇게 무작정 끼어드는 일은 허락되지 않았을 것이다. 자칫 잘못했다간 '촬영을 방해했다'라는 등의 이유로 위자료를 청구당할 수도 있었다.

"저분, 강하시네요. 그것도 범상치 않을 정도로."

주문을 마치고 음식이 나오기 전, 에스엘라가 그런 화제를 던졌다.

"당신이 교육하고 있나요?"

니아 리스톤은 여섯 살이다.

에스엘라 역시 그녀가 원래부터 강할 것이라고는 생각하지 못했다. 실제로는 원래부터 강했지만.

그래서 자신과 마찬가지로 시녀가 계속 붙어서 단련해 주는 것이 아닐까, 그렇게 생각한 것이다.

니아도 강하지만 리노키스도 강하다.

서로 맞붙으면 꽤 좋은 승부를 할 수 있을 것 같다고 에스엘라는 생각했다.

설마 여섯 살 아이가 리노키스보다 강하리라고는 그녀는 짐작조차 하지 못했다.

실제로는 제자가 되어 있을 정도이지만.

"뭐, 맞지도 틀리지도 않아요."

여러모로 설명하기 곤란했고, 분명 진실을 말해도 믿을 수 없을 것이었기에 리노키스는 적당히 대답을 얼버무렸다.

"저도 레리아렛 님이 신경 쓰이네요. 듣자니 니아 아가씨를 라이벌로 삼고 있다고요……?"

"네, 매직비전에 나오는 니아 님의 모습을 보시고 뭔가 느끼신 것 같아요."

"뭔가를 느꼈다니……."

"'내가 더 귀여워'라든가 '내가 더 잘할 수 있어'라든가, 뭐 그런……."

"네?"

"그런 말씀을 하셨다는 얘기예요. 제가 말한 게 아니고요."

낮은 목소리를 내는 리노키스에 비해 에스엘라는 태연한 얼굴이었다.

"저도 같은 의견이지만요."

무슨 생각으로 한 말인지는 모르겠지만, 그 말은 확실히 리노키스의 마음에 폭풍을 일으켰다.

"뭐요? 저런 무례한 붉은 머리보다 아가씨가 백배는 더 귀여운데요?"

"당신 안에서는 그렇겠죠. 당신 안에서는. 하지만 세상이 보기엔 어떨까요?"

"초면에 욕이나 날리는 예의범절도 모르는 붉은 머리 들짐승이 귀엽다고요? 당신 안의 세상은 아주 특이하군요."

"아직 여섯 살밖에 안 된 아이인데 아이답지 않은 침착함이 섬 뜩하지 않나요? 마치 어린아이가 아니라 노인 같아요. 그 아이, 정말 어린아이 맞나요?"

주변 테이블에 앉은 손님들이 거리를 두기 시작했다는 것도 모 르고 시녀들은 서로를 쳐다보았다. 절대 노려보진 않았다. 잔잔 하게. 하지만 시선을 떼지는 않았다.

서로 생각하는 것은 하나였다.

──언젠가 이 녀석과는 결판을 내겠다. 주먹으로 아가씨의 귀 여움을 몸소 가르쳐주마, 라고.

갑작스럽게 대화를 중단한 시녀들은 식사를 마치자마자 말없 이 가게를 나와서는 그대로 입을 열지 않은 채 각자의 아가씨가 있는 고급 레스토랑으로 돌아갔다.

마침 디저트를 먹는 중이었는데, 실버 가문의 막내딸인 라피네 가 "꼭 자신이 디자인한 옷을 입어봐줬으면 한다"라며 한창 영업 토크를 펼치고 있었다.

아직 니아는 알지 못하고 실버령 채널을 본 적도 없지만, 매직 비전에 나오는 레리아렛은 패션 쪽을 주목받고 있었다.

차림새가 귀엽다, 멋쟁이다, 꼭 같은 옷을 입어보고 싶다 등등.

물론 그 누구도 니아 본인에게는 말할 수 없었지만, 실버가에 있을 때의 라피네는 니아를 볼 때마다 촌스럽다며 투덜거렸다. 차림새가 촌스러워, 나 같으면 더 빛나게 해 줄 수 있을 텐데, 라고.

참고로 니아의 촬영용 의상은 너무 화려하지 않은 드레스인 경우가 많다. 아니면 방문지의 작업복이거나.

이른바 리스톤가 영애의 외출복 차림새다.

촌스럽다기보단 예부터 흔히 볼 수 있는 전형적이고 고전적인 귀인 영애의 모습이었기에 매번 새로운 디자인을 고안하는 사람에게는 고루해보일 만도 했다.

"아가씨. 식사 다 끝나셨으면……."

빨리 가요, 라고.

리노키스가 니아에게 속삭이자 니아가 이렇게 대답했다.

"쇼핑도 같이 해달라고 하네. 오늘 신체 측정을 받진 못하겠어."

"……그런가요?"

시녀간의 사이가 나빠진들 두 영애의 사이까지 나빠질 필요는 없었다.

애초에 여기서 진심으로 다툼이 생겼다면 시녀들끼리 서로 싸우고 있을 때가 아니었다.

오늘 만난 지도 얼마 안 된 데다 처음에는 레리아렛에게서 적의가 보였는데, 이제는 두 영애끼리 나름대로 잘 교류하고 있는 것 같았다.

이 모습이라면 어지간한 일이 없다면 앞으로 꼬일 일은 없겠지.

이것으로 된 것이다.

이것으로.

문득 시선을 올린 리노키스는 테이블과 아가씨들을 사이에 두고 정면에 서 있는 에스엘라와 눈이 마주쳤다.

"......."

"......."

서로의 눈이 말하고 있었다.

——언젠가 본때를 보여주마. 아가씨의 귀여움과 훌륭함을 그 몸에 때려박아 주겠어, 라고.

앞으로 며칠만 있으면 입학식이다.

이제 곧 정식으로 학교생활이 시작되는데, 그 전에 내가 끝내 둬야 할 일이 몇 가지 있었다.

교복 준비, 교과서 수령, 기타 필요한 도구 및 생활용품 준비가 그에 해당한다.

참고로 교과서 같은 물품은 귀중품이라 학교에서 빌리는 구조로 되어있다.

소홀히 대하는 것만으로도 크게 혼이 난다고. 물론 분실하면 변상이고, 분실에 이르기까지의 흐름과 교과서의 행방까지 꼼꼼히 조사한다고 한다.

아마 아주 엄격하게 관리하는 것은 아니지만 그렇다고 손쉽게 다른 나라에 넘기고 싶지는 않은 종류의 물건일 것이다. 굳이 말하자면 정보의 집합체나 다름없으니까.

이곳 알투아르 왕국의 왕도에 집이 없는 아이들은 모두 기숙사에서 생활하게 된다.

하지만 왕국 전체에서 부유섬을 막론하고 아이들을 모을 수 있었기에 왕도에 사는 아이는 극소수에 불과했다. 아마 10% 내외일 것이다. 많지는 않았다.

뭐, 아무튼 그래서.

"가자, 니아."

"그래, 그래."

오늘도 저 아이는 씩씩하구나.

이러니저러니 해도 그럭저럭 친해지게 된 레리아렛 실버와 키큰 시녀를 따라 우리도 걷기 시작했다.

둘 다 시녀가 붙어 있다. 아직 새 학기에 접어들지 않았기 때문에 시녀를 데리고 다녀도 상관없다. 뭐, 나는 혼자가 더 좋았지만…… 리노키스가 떼를 쓰는 통에 어쩔 수 없이 데리고 나왔다.

아직 조금 쌀쌀한 초봄이지만 나와 레리아렛은 반팔 셔츠에 반바지라는, 방한에도 방어에도 아무 효력이 없는 모습을 하고 있었다.

그렇다. 이제부터 신체 측정을 하기 위함이었다.

레리아렛은 몸에 맞춘 제작품이지만 나는 매점에서 산 체육복을 입고 있었다. 몸이 금방 자라서 1년밖에 못 입을 테니 이것으로 충분했다.

운동장으로 가다 보니 같은 체육복을 입은 아이들이 많아졌다.

점점 거대해지는 사람의 물결을 타고 우리도 나아갔다.

우리를 향한 주위의 시선은 총 세 가지가 있었다.

첫 번째는 단순한 동급생으로 평범하게 보는 경우.

두 번째는 매직비전에 출연하는 니아 리스톤, 레리아렛 실버로서 신기하게 보는 경우.

세 번째는 시녀 대동…… 즉 귀인의 자식을 경외 어린 시선으로 보는 경우.

아무리 요즘 계급 제도의 의미가 약화되고 있다고는 하지만, 왕족을 포함해 겉으로는 분란을 일으키고 싶지 않고 관여하고 싶지 않은 인종일 것이다.

뭐, 어쨌든 신경 쓸 필요는 없겠지. 살기를 향해 오는 것은 아니니까.

운동장에서는 여러 구획으로 나뉘어서 신체 측정이 이루어지고 있었다.

"받으세요. 이름을 쓴 뒤에 오른쪽에서 운동장 한 바퀴 돌고 다시 여기로 와주세요."

바깥에 테이블을 두고 있는 접수처로 가서 직원에게 용지를 받아들고 그 자리에서 이름을 적었다.

용지는 줄이 그어진 채 비어있었다. 항목이 나뉘어 있으니 지금부터 받는 측정 결과를 기입하는 방식이겠지.

용지를 받아들고 직원이 가리키는 쪽으로 향했다.

참고로 우리의 용지는 곧바로 시녀들이 회수했다. 종이 한 장이라도 짐은 들게 하고 싶지 않다는 시녀로서의 긍지일 것이다.

먼저 키와 몸무게 측정.

"내가 키가 더 큰 데도 니아가 더 무겁네……. 그래도 살이 찐 건 아니지? 오히려 나보다 가늘지 않아?"

음, 근육 차이겠지. 근육은 지방보다 무거우니까.

다음은 무게를 들어 올리는 근력 측정.

"아가씨. 전력으로 하시면 안 돼요."

"알고 있어."

리노키스에게 굳이 주의를 받을 필요도 없다. 전력으로 하면 어른의 평균조차 초월한다.

그렇지 않아도 매직비전에 나오는 것으로 눈에 띄고 있었다. 이 이상 더 눈에 띄는 것은 좋지 않았다.

눈에 띄면 띄는 대로도 상관없었지만, 그에 걸맞은 무대나 상황이라는 게 있다. 그 외에는 눈에 띄는 것이 반대로 나쁜 인상을 줄 수도 있다. 그런 법이다.

뭐, 참고할 만한 적당한 6살 아이가 눈앞에 있지 않은가.

신체 능력에 관련된 것은 레리아렛을 흉내 내는 정도가 딱 좋겠지.

근력 측정으로 시작해 단거리 달리기, 장거리 달리기를 소화해나간다.

"하아, 하아…… 왜 전부 나보다 조금 위인 거야……."

아이 상대라고 해도 지고 싶지는 않았기 때문이다.

딱히 이기고 싶다는 생각도 없었지만…… 아니, 그보다 매번 아슬아슬하게 져줘야겠다고 생각하긴 하는데, 마지막의 마지막 순간 '지고 싶지 않다'라는 마음이 나와 버린다.

격투가란 기본적으로 지기 싫어하는 성미를 가졌으니까. 거긴 좀 이해해 주길.

그리고 마지막 측정에서 계속 신경 쓰이던 것이 드러났다.

"마력 측정이구나. 난, 아니 실버가의 여자들은 모두 '빨강'이야."

마지막 측정은 마력의 대략적인 양과 성질을 알아보는 것이었다.

레리아렛이 말한 '빨강'이란 불꽃 속성에 재능이 있다는 것을 알려주는 식별색이다.

사람은 누구나 마력을 가지고 있다.

좀 더 말하자면 동물이나 마수 등도 가지고 있다고 한다.

매직비전 조작도 자신의 마력으로 스위치를 켜고 끌 수 있다.

하지만 지금은 마력의 많고 적음은 별로 중요시되지 않는다. 전쟁 등을 하던 옛날과는 시대가 달라졌기 때문이다.

아니, 마력량이 많은 자나 특이한 식별색을 가진 자는 예외인가. 취업에 적잖이 도움이 된다고 듣긴 했다.

하지만 그것은 정말 일부의 예외였다. 마력은 누구나 갖고 있지만, 누구나 마법을 쓸 수 있느냐는 별개의 문제였다. 마력량도 그렇고 성향과의 적합성 문제도 있다.

그리고 마법이 사용되는 곳도 상당히 한정되어 있다.

지금은 그런 시대인 것이다.

특히 알투아르는 다른 나라에서 '평화에 찌든 알투아르'라고 불릴 정도로 평화로웠다. 자위를 위해 힘을 갖고자 하는 사람은 그다지 많지 않다.

"네. 식별색은 '빨강'입니다."

몇 줄로 난 줄에 서서 순서를 기다린 뒤 접수처에 있는 젊은 여성의 안내에 따라 수정을 건드렸다.

늘 나보다 한발 먼저 측정하고 있는 레리아렛의 결과는 '빨강'이었다. 그녀가 사전에 말했던 대로다.

마력 측정 방법은 테이블 위의 수정을 만지기만 하면 되는 간단한 방식이었다.

"역시 빨간색인가. 양은 어떤가요?"

"어디 보자…… 평균보다 꽤 많네요."

호오. 그럼 레리아렛은 마법을 쓸 수 있을지도 모르겠다.

"다음 분, 오세요."

그리고 내 차례가 돌아왔고.

…….

희미하게 눈치채고 있었지만, 나는 아마——.

"……어, 어머…… 식별색이 안 나오네……."

그럴 줄 알았다.

수정을 이리저리 만져보고 집요하게 쓰다듬어봐도 수정에는 아무런 변화가 일어나지 않았다.

아까 레리아렛이 보여준 것처럼 수정 중앙이 식별색으로 물들어야 하는데.

그러나 이는 예상했던 일이었다.

"일 년도 더 전에 죽을 뻔한 뒤로 머리색이 돌아오지 않거든요."

분명 이 신체의 마력 회로 같은 것이 망가져 버린 게 아닐까 생각했다.

마법사는 마력을 너무 많이 쓰면 머리가 하얗게 된다.

나는——니아의 몸은, 그런 일이 항상 일어났던 것이 아닌가. 병든 니아가 살기 위해 기력도 마력도 다 쥐어짜낸 것이 아닌가.

머리색이 돌아오지 않는 것에 대해 신경 쓰기 시작했을 무렵부터 계속 그런 생각을 하고 있었다.

첫 촬영 때 메이크업을 담당했던 여성이 내 머리색을 신경 썼었다. 그리고 부친도 어떻게 해야 하나 고민했었고.

그 배경은 분명 이것이었겠지.

누구나 가지고 있는 식별색을 갖지 못하게 되었다.

어떤 의미로는 죽음에 따른 후유증이라고 할 수 있었다.

뭐, 그래서 딱히 뭐가 어떻다는 건 아니지만.

나는 분명 전생부터 마법을 쓰지 못했을 것이다. 그렇기 때문에 딱히 갖고 싶지도 않았다.

이 나이에 새삼스레 마법을 쓸 수 있게 됐다고 한들 어쩌라는 건가, 하는 생각이 강한 것이다. 아직 여섯 살밖에 안 되긴 했지만.

다행히 매직비전 스위치를 켜는 정도의 마력은 쓸 수 있었다.

그것만 할 수 있으면 충분하다. 마법 소질 따윈 갖고 싶지도 않다.

애초에 마법에 의한 공격 같은 것보다는 때리고 차는 게 훨씬 빠르잖아. 난 그것으로 됐다.

게다가 이 후유증은 니아 리스톤이 필사적으로 살았다는 증거. 이를테면 흉터이자 훈장이다.

그렇다면 열등감을 느낄 이유는 전혀 없었다.

"식별색이 없다는 말은 처음 들어봐."

마지막으로 마력 측정을 마치면 신체 측정은 끝이다. 나머지는 접수처에 기입이 끝난 용지를 제출하기만 하면 된다.

"나 마법과 관련해서는 거의 몰라. 그런 거야?"

원래부터 마법에 관심이 없었던 나는 일반적인 상식 정도밖에 모르고 있었다.

마법을 쓸 수 있어 보이는 레리아렛은 좀 더 자세히 알고 있지 않을까. 딱히 궁금한 건 아니지만.

"그렇지. 마법을 사용할 수 있는지 여부를 떠나 식별색은 누구나 갖고 있어. 그 사람의 성질 같은 거라고 하니까."

"흐음, 그래."

"뭐야, 그 성의 없는 대답은?"

"그보다 이만 갈까?"

"'그보다'라니? 네가 물어봤잖아, 들으라고. ……아, 어디가?"

"네 언니가 기다리고 있는 곳."

"……아, 그러고 보니 약속했었지."

솔직히 계속 기대하고 있었던 것이다.

기대해봤자 배신당하는 결말이라고 생각하긴 하지만, 그래도 기대하지 않을 수가 없었다.

텐파류 사범 대리를 이제부터 만나러 가는 것이다.

어제 실버가 자매와 식사를 했을 때 셋째 딸 리리미 실버에게는 클럽 견학을 간다고 이야기해 놓았다.

기다리고 있을게, 라고 말했었으니 오늘은 그녀도 분명 있을 것이다.

그 전에 접수처에 신체 측정 용지를 제출하려고 하는데.

"지금 체육관에서 클럽 소개를 하고 있어요. 관심이 있다면 구경해 봐요."

접수원의 권유를 받았다.

우연이라고 해야 할까. 아마 여기서 모두에게 가볍게 권유하고 있는 거겠지.

"저기, 니아."

그녀의 언니도 있었기에 레리아렛도 나와 함께 따라오게 되었다.

"니아는 텐파류 클럽에 들어갈 거야?"

아니.

내 주먹과 텐파는 확실하게 유파가 달랐다. 그러니 입문할 이유가 없다. 배울 것도 없다. 자신보다 약한 자에게서 무엇을 배우란 말인가. 약자에게도 배울 것이 있다는 둥의 궤변은 듣고 싶지 않다. 나는 그 단계를 뛰어 넘었으니까. 이미 모두 배웠다. 기억에는 없지만.

아니, 애초에 그 이전의 문제인가.

"마음의 문제가 아니라 입장의 문제지. 아마 클럽에 들어갈 시간은 없을 거라고 생각해."

"음, 그렇긴 하네…… 나는 들어가고 싶은데."

나와 레리아렛은 매직비전 일을 계속해야 한다.

제3 왕녀 힐데트라와도 앞으로도 매직비전업계를 함께 꾸려나가겠다는 약속을 해버렸으니 학교생활이 시작됐다고 해서 활동을 중단할 수는 없는 노릇이었다.

현실적인 문제로 나에게는 리스톤 가문의 재정난이라는 높은 장벽도 있다. 학교 기숙사에 들어가더라도 마냥 손을 놓고 있을 수만은 없다.

"레리아는 강해지고 싶어?"

"물론이지. 너보다는 강해지고 싶어."

"음? 나보다?"

"얼굴과 성격으로는 이기고 있다는 자신이 있지만, 힘은 지고 있으니까. 실버 가문의 딸로서 모든 것에 있어서 너에게 지고 싶지 않아."

"하하하."

"왜 웃어?"

"우후후후. 아니, 아무것도. ……후, 후후후…… 나보다 강해지는 거야? 정말?"

"왜 웃는 거야!"

어차피 상대가 되진 못하겠지만, 그래도 좀 기뻤으니까.

무시하는 것도 아니고 깔보는 것도 아니다.

꼭 나를 뛰어넘었으면 좋겠다.

"뭐 히죽거리는 거야! 절대 지지 않을 거라고!"

꼭 그랬으면 좋겠다.

전쟁의 시대가 끝나고 비행선이라는 기술이 세계의 거리를 좁혀준 요즘.

아직 마수라는 인류의 위협이 있고, 부유섬 탐색이나 던전 공략이라는 위험을 수반하는 일이 있기 때문에 '싸우는 기술'은 여전히 가치가 있다.

오라비 닐도 검술에 열심히 매진하고 있고, 학교에서도 '싸우는 법'을 알려주는 수업이 있다고 한다.

그리고 클럽에서는 그보다 더 깊이 파고들어——혹은 그것에 완전히 심취하여 수업시간 이외에 '싸우는 법'을 알려주는 동지들이 모인다고 한다.

물론 문과 계열이나 취미 계열 동아리도 있는 것 같지만 지금 체육관에는 그런 거친 클럽들이 가득하다고.

그런데도 평화에 찌든 알투아르에서는 싸울 힘이 필요하지 않은 젊은이들이 많아지고 있다고 한다. 시대가 느껴지는구나.

널찍한 체육관 안에는 신입생들은 물론 클럽 소개와 권유를 위해 모인 어른부터 학생까지 다양했다.

이것을 보면 젊은이들의 무사태평이란 거짓말이 아닐까 하는 생각이 들기도 하지만.

"검술, 마법, 도끼, 활, 창…… 인가."

대충 둘러보니 그것들을 무기로 한 클럽 소개와 권유가 이루어지고 있는 것 같았다.

"아, 텐파는 저기 아니야?"

레리아렛이 가리키는 끝에는 무기를 걸치지 않은 남색 도복을 입은 어른의 모습이 보였다.

"다녀올게."

"아니, 나도 갈게. 리리미 언니도 있고."

들뜬 마음을 안고 우리는 텐파류 클럽 권유 장소로 향했다.

"아, 니아!"

곧 기다리고 있던 실버가의 셋째 딸 리리미가 우리를 발견했고, 텐파 도복을 입은 원형 무리 속으로 끌려갔다.

뭐야, 강제로 끌고 가다니. 그렇게 조급하게 굴지 않아도 놀고 싶다면 얼마든지 놀아줄 텐데.

"이 녀석이에요! 기대되는 신인!"

……음?

리리미의 소개가 마음에 걸리기는 했지만——아니, 지금은 그게 문제가 아니다.

"……과연."

어른과 아이, 동년배가 함께 섞여 있었지만, 특히나 정면의 큰 사내.

몸집이 크고 근육이 두텁고, 바위 그 자체 같은 남자가 소문의 사범 대리인 것 같았다.

저 수염이 난 얼굴로 보아 족히 서른은 넘어 보였으니 당연하게도 이 학교의 학생은 아닐 것이다.

본 결과, 나쁘지는 않지만, 특별히 강하지도 않다.

이는 체격을 살린 타입이다.

기술의 연마보다는 근육이 주체라는 느낌일까. 격투가로서의 균형이 나쁘다. 이래서는 그저 힘에 맡기는 무식한 방식일 뿐이다.

하지만 그렇다고 해서 약하지는 않다.

축복받은 몸도 그렇지만, 무술적인 재능 같은 것도 있을지 모른다.

하지만 뭐, 나는 촬영용 대본을 읽으면서도 평범하게 이길 수 있다. 그 정도의 상대다.

유일하게 터놓고 칭찬할 수 있는 점은 지금의 내가 마음껏 때려도 분명 죽지 않고 견뎌낼 수 있을 것이라는 점일까.

저 몸만은, 저 근육만은 거짓이 아니다. 뭐, 다치긴 하겠지만.

"이 녀석이 네가 말했던 강한 아이인가?"

사범 대리인 덩치 큰 사내 외에도 같은 도복을 입고 있는 주위의 무리도 의아한 얼굴로 나를 쳐다보았다. 소질이 있어 보이는 아이도 몇 명 있네. 바람직한 일이다.

하지만 누가 뭐래도 사범 대리가 약하다. 이래서야 소질이 있다 해도 늘지 않을 것이다.

"안녕하세요. 니아 리스톤입니다."

일단 인사는 해 두었다.

앞으로 어떻게 될지 모르지만, 가능하면 몇 명 때리고 싶은 기분이었다.

나를 실망시킨 분풀로. 정말이지 텐파에는 실망이다.

리리미가 어떤 착각을 한 것인지. 그리고 텐파류 문하생들에게 나를 어떻게 설명했는지는 모르겠지만.

내 용건은 사범 대리를 확인한 시점에서 끝났다.

역시 실망뿐인 이야기였다. 한숨이 절로 나왔다.

이렇게 된 이상 차라리 빨리 끝내고 나가서 리노키스와 맛있는 거라도 먹으러 가는 편이 낫겠다.

슬슬 두꺼운 스테이크도 몸에서 받아줄 것 같고, 굳이 고기가 아니어도 상관없다. 귀인다움 같은 건 없지만 든든하게 배를 채울 수 있는 맛있는 서민의 식사도 좋다.

그리고 먹은 만큼 오랜만에 제대로 수행하자.

나 자신도 리노키스도 최근에는 만족스럽게 단련하지 못했다.

촬영 일은 다가오는 입학식을 앞두고 꽤 앞당겨서 끝냈으니 며칠은 여유가 있었다. 학교생활의 준비 기간을 위해 마련해둔 시간이었다.

이미 기숙사에 들어가 있었기 때문에 숙박을 하거나 멀리 갈 수는 없겠지만.

그래도 왕도는 넓다. 분명 아직 보지 못한 흥미로운 것들도 많이 있을 것이다.

자, 그렇게 결정되었으니 바로 나가볼까.

솔직히 몇 명 때리고 싶긴 하지만 해도 되는 것과 안 되는 것쯤은 구별할 수 있었다.

나는 한 명의 격투가로서 상대 격투가에게는 나름의 경의를 표하는 사람이다.

약한 격투가가 상대라도 그 자부심을 일방적으로 더럽히는 짓은 하고 싶지 않았다.

제자 앞이나 여러 사람이 보는 앞에서 화려하게 스승을 때려눕힌다. 울 때까지 맨손으로 때린다. 마음이 꺾일 때까지 웃으면서 계속 피하고 무시하는 등의 행동은 절대 하지 않는다. 이제 안 하기로 했다. ……전생에서는 조금 했던 것 같지만, 어쨌든 이제는 하지 않는다.

스승이란 제자 앞에서는 폼을 잡고 싶고 약한 모습은 보이고 싶지 않은 법이니까.

설사 뒤로는 그렇지 않을지라도 말이다.

만약 6살 아이에게 사범 대리가 당했다고 하면 그의 입지는 좁아질 것이다. 아무리 화가 나도 그렇게까지 해서는 안 된다.

"그럼 저는 이만 실례하겠습니다."

자기소개는 했지만 잘 지낼 생각은 없다. 텐파류에 들어갈 생각도 없다.

"잠깐만 기다려. 그렇게 서두를 필요는 없잖아."

……온건하게 이 자리를 벗어나려고 했는데. 나를 말리는 건가, 사범 대리여.

"어때? 텐파류에 관심은 없니? 꼭 우리 클럽에 가입해 줬으면 좋겠는데."

우뚝 솟은 큰 바위에게서 소리가 내려왔다.

수많은 문하생으로 둘러싸인 상황에서 덩치 큰 사내가 교섭해 오는 이 광경은 과연 어떨까. 당사자에게 위압하려는 마음은 없겠지만, 위압감밖에 느껴지지 않는 구도였다.

나는 일단 경의를 표했지만, 이 덩치 큰 사내는 나를 배려하지 않고 있었다.

슬슬 귀찮으니까 그냥 때려눕혀 버릴까. 제자 앞이라든지 알바 아니잖아. 그렇게 생각한 순간이었다.

"공교롭게도 아가씨는 제가 가르치고 있습니다. 타인의 손은 빌릴 수 없습니다."

절묘한 타이밍에 리노키스가 끼어들었다. 아마도 내가 아니라 사범 대리를 감싸기 위함일 것이다. 뭘 좀 아는 시녀다.

"뭐, 그런 거예요. 저에게는 이미 스승이 있거든요."

이 부분에 관한 이야기는 꽤 오래전부터 말을 맞춰놓은 상태였다.

나는 시녀 리노키스에게 체술을 배우고 있고 단련하고 있으니 강한 것은 당연하다, 라는 설정으로.

실제로는 반대지만.

내가 리노키스를 단련하고 있지만.

"그래. 리노키스, 그와 대련해서 실력을 보여줘."

"네?"

내가 손을 댔다간 누구에게든 비참하고 딱한 일밖에 벌어지지 않겠지만, 리노키스와 사범 대리라면 문제없을 것이다. 리노키스는 아직 10대이긴 하지만 어른이니까.

"당신이 그녀보다 강하다는 것을 증명한다면 저도 방식의 변경을 검토해 보도록 하죠. 이왕이면 강한 사람의 제자가 되고 싶으니까요."

"아니, 아가씨, 그건……."

"저는 괜찮습니다."

내키지 않아 보이는 리노키스를 향해 거절할 의향이 없다는 듯 당당한 미소를 지어 보이는 덩치 큰 사내.

"아가씨의 말씀도 옳습니다. 무에 있어서는 강한 자가 제자를 이끌어야 한다고 생각합니다."

그의 말에도 일리는 있다.

물론 강하기만 해서는 안 되지만. 격투가에게 요구되는 것이 힘뿐이라고 생각한다면, 아직 멀었다.

뭐, 약한 격투가 만큼 무의미한 것은 없다는 것도 진리지만.

"아……."

정말 하는 건가, 하고 기운 빠진 목소리를 내는 리노키스에게 귀를 기울이라는 듯 손짓했다.

"하아, 뭔가요?"

무릎 꿇는 리노키스한테 말해 주었다.

"'기' 사용법을 볼 거야. 한 해 동안 갈고 닦은 네 무를 보여줘. 이기면 보상으로 네가 먹고 싶은 거라도 먹으러 가자."

"네에……. 참고로 지면요……?"

"온종일 혹독한 수행을 하는 거지. 너 그거 좋아하잖아?"

"좋아하지 않아요. 또다시 그 지옥에 밀어 넣으실 생각인가요……."

오오, 생각만으로도 몸서리가 쳐질 정도로 좋아하는 건가? 그렇다면 스승으로서 꼭 그 기대에 부응해 줘야겠군. 이기든 지든 조만간 해 줘야겠다.

"나서는 건 제자의 몫이지. 자, 다녀와."

이쪽의 대화가 끝난 것을 본 사범 대리가 부지런히 지시를 내리기 시작했다.

일단 장소 만들기.

문하생들이 이 근방을 둘러싼 정도였지만, 좁으면서도 아무도 들어올 수 없는 공간을 확보한다.

그리고 앞으로 타류 경기를 치르겠다고 공지한 뒤 들어갈 클럽을 고민하는 신입생들을 불러들인다.

관심을 가진 아이가 많은 건지 꽤 모여들고 있었다.

"뭐야, 재미있는 일을 하네."

"오오, 올해는 텐파류가 학생 꽤 모으겠는데."

칼이나 창을 든 어른들도 찾아와 사범 대리와 그런 대화를 나누었다.

아하하, 과연.

나를 클럽에 들이고 싶었던 이유는 문하생들이 많아야 해서 그랬던 것일까.

일단 나는 매직비전에 나오는 유명인이긴 하니까.

그러니 내가 소속되면 그에 이끌려 들어오는 신입생이 있을 거라 기대한 거겠지.

"어, 잠깐, 뭐야? 무슨 일 있어?"

갑자기 극심한 장소 이동이 발생하자 레리아렛이 근처로 다가왔다.

그녀는 내가 사범 대리와 교섭할 때 그 테두리 밖에 있었으니 지금까지의 흐름을 알지 못하는 것 같았다.

"나를 두고 내 시녀와 사범 대리가 대련을 할 거야."

"뭐?! 니아를 두고?! 뭐야, 그 남자 둘 사이에 낀 복 많은 여자 같은 느낌은?!"

"남자? 잘은 모르겠지만…… 미안해. 인기가 많아서."

"뭐, 뭐야?! 딱히 신경 안 쓰거든?!"

아, 그래? 그럼 다행이고.

"이거 끝나면 식사하러 밖에 나갈래?"

"어? 응, 그건 상관없는데…… 그보다 네 시녀 괜찮은 거야?"

인상을 찌푸린 채 전혀 다른 쪽을 보고 있는 레리아렛의 시선을 따라갔다.

그곳에는 표준 체격의 젊은 여자와, 올려다봐야 할 정도로 커다란 바위 같은 사내가 마주 보고 있었다.

체격 차로 봤을 땐 이길 방법이 없다. 승부는 이미 정해졌다.

그런 구도로 보이지만.

"괜찮아. 리노키스는 강하니까."

내 제자라면 저 정도는 이겨야지.

뭐, 아무리 봐도 질 요소가 없으니 보든 안 보든 상관없이 이미 정해진 승부라고 생각하지만.

체격 차이 등의 표면적 요소로만 판단할 수 있는 아마추어들에게는 꽤 자극적인 볼거리가 되고 있었다.

자연스럽게 맨 앞줄에 있던 나와 레리아렛을 포함해 대치하는 두 사람을 에워싸듯 많은 구경꾼이 모여들어 있었다.

"저분은 강합니다. 아마 저 남자보다도."

워낙 외형적인 체격 차이가 크다 보니 레리아렛은 걱정하는 마음이 더 커 보였다.

자신의 시녀에게 "어떻게 생각해?"라고 질문할 정도로.

그러나 레리아렛의 걱정을 떨쳐내듯 키 큰 시녀는 냉정하게 의견을 밝혔다. 판단력은 나와 비슷한 것 같았다.

"그, 그래…… 에스엘라가 말한다면 그렇겠지."

"그렇지? 내 말이 맞지?"

"그렇다고 해도 우리 에스엘라가 더 강하지만!"

……흐음.

리노키스와 이쪽 시녀도 꽤 좋은 승부를 펼칠 것 같은데, 어느 쪽이 이길지는 확실히 모르겠네.

이 시녀는 아마도 '기'의 개념을 알고 있다. 혹은 거기에 닿을 정도의 무를 몸에 두르고 있다. 그 정도는 할 수 있을 것이다.

그렇기 때문에 그녀는 리노키스의 승리를 의심하지 않는다.

사범 대리의 신체 단련법은 기의 힘을 도외시한 것이니까. 그것을 알고 있었다면 저렇게까지 근육에만 의지한 몸을 만들진 않았을 것이다.

하지만 반대로 말하면 그가 '기'를 익히기만 하면 상당한 달인이 될 수 있다는 뜻이기도 했다. 그건 그거대로 재미있을 것 같지만.

뭐, 그 이야기는 일단 접어두고.

"조만간 시켜볼까."

나도 은근 성질이 급한 것일지도 모르겠다. 제자를 트집 잡히니 아무래도 다른 부분에서 화가 났다.

기존의 분노가 머리라고 한다면, 뭐랄까, 제자나 주변 사람의 일은 배에서 화가 끓어오른다.

순순히 인정할 줄 알고? 받아들일 줄 알고? 하는 마음이 드는 것이다.

"어? 할 거야? 에스엘라가 이길 텐데?"

당연하다는 얼굴로, 그것도 다른 감정 없이 순수하게 시녀의 승리를——반대로 말해 리노키스의 패배를 믿고 있는 레리아렛의 얼굴에 부아가 치밀었다.

"……호오. 그럼 시키는 걸로 정해졌네."

아이를 상대로 뭘 그리 진지하게 반응하나, 라고 생각하는 한편 역시 제자의 일은 별개인 거겠지. 자기 일은 어느 정도 흘려들을 수 있지만, 제자 일이 되면 얘기가 달라진다.

뭐랄까, 내가 길러 온 소중한 화분——그래, 분재 같은 것이다.

정성껏 돌봐주고 수고를 들여서 애지중지 키워온 분재다. 그것을 무시당하면 그 누가 화내지 않고 배길 수 있을까. 비록 어린아이가 상대라도. 용서 못 한다.

주위는 여자아이와 덩치 큰 사내의 승부를 앞두고 달아오르고 있는데.

승부의 향방을 뻔히 알고 있는 나는 다른 의미에서 달아오르고 있었다.

간단한 규칙 설명이 이어졌다.

너무 지나치게 하지 않을 것. 특히 아이들이 보는 앞에서 화려하게 피를 내거나 손발이 불가능한 방향으로 꺾이거나, 다 큰 어른이 울부짖거나 비명을 내지르는 충격적인 광경을 보이지 않는 선에서, 적당히 안전을 고려해 싸우는 것 같았다.

그렇지만 그것은 사범 대리에게 부과된 패널티로, 리노키스에게는 원하는 만큼 해도 좋다는 여유를 보이고 있었다.

뭐, 모르는 것도 아니다.

아마추어에게는 이 체격 차이가 절대적인 것으로 보일 테니, 이 상태로 핸디캡이 들어간 규칙을 부과하지 않고 대등하게 맞붙는다고 하면 별로 좋은 인상을 주진 않을 것이다.

사범 대리가 속 좁은 사람처럼 보일 수도 있고, 혹은 여자를 상대로 전력을 다하는 텐파류라는 등 무자비한 귀신이니 악마니 하는 명예롭지 못한 꼬리표를 달게될 수도 있었다.

그렇게 되면 신입생 모으기 승부가 역효과를 내고 말 것이다. 아이들이 겁을 먹는다.

실력 차이를 생각하면 사범 대리에게 조금 동정이 가긴 하지만 본인이 이 규칙대로 하자고 나섰으니 어쩔 수 없지 않은가.

심판으로 나온 텐파류 도복을 입은 소년이 둘 사이에 서서 한 손을 들었다.

주위 아이들의 목소리가 뚝 그쳤다.

막상 승부가 시작되려고 하니 긴장감에 공기가 무거워졌다.

리노키스가 자세를 잡고, 사범 대리도 자세를 잡았다.

"시작!"

이어서 소년의 목소리와 함께 한 손이 내려갔고——.

퍼억!

끝났다.

마치 손뼉을 친 듯한 가벼운 소리가 체육관 안에 울려 퍼졌다.

"……훌륭해."

아주 좋아. 꽤 빠른 속도였어.

아직 기초조차 어설프긴 하지만 어떻게든 '기'도 제대로 사용하고 있었다.

자리를 잡은 채 일절 움직이지 않는 사범 대리와 정신을 차리고 보니 그의 눈앞에 있는 리노키스.

그녀는 자세를 풀고 한 번 인사를 한 뒤 조용해진 주위 따위는 아랑곳하지 않고 이쪽으로 돌아왔다.

"끝났습니다."

"그래, 방금 건 좋았어."

유혈도 없었고 손발이 엉뚱한 방향으로 꺾인 것도 아니고 다 큰 어른이 울부짖거나 소리치지도 않았다.

좀 더 화려한 움직임이 있었다면 보는 쪽으로서 더 즐거웠을지도 모르지만, 규칙이 있다면 이 정도로도 괜찮았겠지. 너무 과격해지면 아이들도 무서워할 테니까.

다음 대전 상대에게 굳이 실력을 드러낼 필요도 없고.

"어? ……어?"

"로우킥입니다. 채찍처럼 오른쪽 다리가 휘어졌어요."

너나 할 것 없이 물음표를 띄우고 있었지만, 나를 비롯해 아는 사람은 알고 있었다.

어리둥절한 레리아렛에게 키 큰 시녀가 말해 주었다.

"허벅지에 강렬한 일격이 들어갔습니다. 소리로 봤을 때 저 남자는 근육을 이완시키고 있었던 것 같습니다. 지금 많이 아플 거예요. 움직일 수 없을 정도로."

자세히 보니 그 자세 그대로 움직이지 않는 사범 대리의 얼굴에는 식은땀이 흐르고 있었다.

발에 차였을 땐 인식하지 못하다가 뒤늦게 신체의 통증을 알아차린 것 같았다.

"그럼 약속대로 점심이나 먹으러 갈까? 레리아, 가자."

"어? 어? ……어?"

"리노키스, 뭐가 먹고 싶어?"

"아가씨의 수제 요리가 좋아요."

"알겠어. 레스토랑 말이지? 이왕 왕도에 있으니까 '검은 백합 향기'에 가자. 주방장한테 인사도 하고 싶고."

"네? 아뇨, 아가씨의 수제 요리."

"레리아, 가자."

"어? ⋯⋯어?"

그렇게 클럽 권유 견학을 끝내고 며칠 뒤, 무사히 입학식을 맞이하게 되었다.

그리고 입학식 당일.

"⋯⋯네, 컷! 좋아요!"

학교에 왕도 방송국 촬영반이 찾아왔다.

정확히는 힐데트라가 데려왔다.

이제부터는 학교에서 촬영을 하게 될 것이다.

프로그램의 취지는 왕도에서 큰 인기를 끌고 있는 제3 왕녀 힐데트라가 신입생들에게 환영의 뜻을 전한다, 라는 것이었다.

거기에 나와 레리아렛을 더해 처음으로 셋이서 촬영을 하게 되었다.

딱히 상관은 없지만 촬영반 현장 감독이 여성인 것은 처음 보았다. 리스톤령에는 여성 감독이 없었으니까. 뭐, 지금은 그런 건 아무래도 상관없다.

일단 교문 앞에서 셋이 함께 담소를 나누는 모습을.

다음으로 여자 기숙사인 레리아렛의 방에서 차를 즐기는 세 사람의 모습, 입학 축하 행사로 힐데트라가 현악기를 연주하며 한 곡을 선보이는 모습.

마지막으로 나와 레리아렛을 데리고 힐데트라가 굳이 직접 학교 건물 안을 안내하는 모습을 찍었다.

아직 매직비전을 모르는 아이들도 많기 때문에 왕도에는 이런 문화도 있음을 보여주려는 의미도 있었을 것이다.

촬영은 혼돈의 현장이었다.

누가 찍히든 개의치 않고 촬영은 계속되었고, 우리 주위에는 연신 일반 학생들이 서성였다.

장난치는 아이들 모습이 비치거나, 신기한 광경에 따라오는 아이가 있는가 하면, 왕녀인 힐데트라를 한번이라도 보려고 모여들거나, 카메라 앞을 스쳐 지나가거나, 그대로 눌러앉거나. 어쨌든 이번 촬영은 큰 소동이나 다름없었다.

리스톤령 촬영반이라면 촬영이 중지됐을 만한 사고 영상도 드문드문 있었던 것 같은데.

그러나 실제로는 무슨 일이 있어도 개의치 않고 촬영은 속행되었다.

그리고 다음 날 바로 방송되었다.

초반 부분은 그렇다 쳐도 학교 건물을 안내하는 영상은 정말이지 엉망진창이었다. 이렇게 엉망인 영상을 방송해도 될까 걱정이 들 정도였다.

모든 것이 어수선하다고 할까, 조금도 정리되어있지 않았다. 확실하게 말해 혼돈 그 자체였다.

하지만 갓 입학한 아이들이 천진하고 정신없이 떠드는 모습은 그렇게 나빠 보이진 않았다.

이건 이거대로 괜찮겠지. 분명.

이렇게 해서 나의 학교생활이 시작된 것이었다.

리노키스 팬크

니아에게 배속된 하인. 니아가 병상에 누워 있을 때부터 돌봐온 탓에 니아를 향한 모성이 유난히 강해졌다. 언행은 수상쩍지만 특별한 속셈은 없다.

Status

연령
18 살

직함 / 직무
니아의 전속 시녀.

선호하는 싸움 방식
본래는 검사였지만 니아의 제자가 되며 맨손으로.

니아를 향한 마음은?
니아가 건강해진 뒤 스킨십이 줄어서 더 붙어 있고 싶다. 엄청 그러고 싶다.

지금 가장 갖고 싶은 것은?
니아의 수제 요리. 얼마라도 낼 수 있다.

모든 것은 아가씨를……
아니 리스톤가를 위해.

　"그럼 제1회 매직비전 보급 활동 회의를 시작하겠습니다."

　시원시원한 어조로 제3 왕녀 힐데트라가 선언하자 느슨했던 공기가 조금 팽팽해진 것 같았다.

　다과회는 여기까지.

　여기서부터는 진지한 대화의 장이 된다.

　"먼저 말해둘게요. 니아와 레리아는 저를 힐데라고 불러주세요. 경칭도 필요 없고 존댓말도 필요 없습니다. 공개적으로는 어려운 상황도 있을 수 있겠지만, 여기서부터는 대등한 관계가 아니면 제대로 된 의견 교환을 할 수 없을 테니까요. 거리낌이 있어서는 안됩니다. 필요한 이야기를 하지 못한다면 회의는 시간 낭비가 될 뿐이에요. 어차피 왕족과 귀인의 위신도 반쯤은 유명무실해졌으니 이제 와서 신분 따윈 신경 쓸 필요 없겠죠?"

　흠…… 그렇게 말한다면 그 말에 따르기로 할까.

　"아니, 아무리 그래도 왕녀님을 이름으로 부른다니……."

　"힐데는 그런 말을 하는 시간이 아깝다는 거지? 그렇지, 힐데?"

　"그렇습니다."

　당황하는 레리아렛의 반응이야말로 귀인의 딸로서는 맞는 것 같기도 하지만. 나는 그런 것을 신경 쓸 겨를이 없었다.

　지금은 시간이 무엇보다도 귀중한 것이다.

　리스톤 가문의 재정을 위해 한시라도 빠른 매직비전 보급 활동이 필요했다.

학교생활 3일째.

촬영이 들어가며 엉망이 된 입학식의 열기도 채 식지 않은 요즘.

힐데트라의 부름에 의해 우리는 레리아렛의 방에 모여 있었다. 힐데트라는 왕성 통학이라 기숙사에 방이 없었기 때문이었다.

내 방에는 필요한 물건들밖에 없어서 살풍경했다.

그런 점에서 레리아렛의 방은 완전히 귀인 여자아이의 방이다. 벽걸이 같은 장식도 걸려 있고 꽃병에는 싱그러운 꽃이 꽂혀 있어 화려했다.

힐데트라로서는 내 방보다는 이쪽이 더 지내기 편하겠지. 입학식 촬영 때도 비슷한 이유로 이쪽이 뽑혔으니까.

그리고 방과 후 약속대로 레리아렛의 방에 모였다.

힐데트라가 가져온 케이크로 홍차를 즐기고 얼마간 휴식을 취하고 나서 본론으로 들어갔다.

"우선 전문적인 분야에는 간섭할 수 없어요. 제가 자세히 알지 못한다는 점도 있지만, 어쨌든 큰돈이 움직이고 있는 부분에는 접근이 금지되어 있으니까요."

그건 어쩔 수 없다.

아무리 공주님이라고 해도 힐데트라는 아직 여덟 살 난 아이다. 이미 전문가들이 종사하고 있을 운영이나 경영에는 간섭할 수 없겠지.

다루고 있는 금액이 금액인 것이다. 어린애들 용돈이 아니었다.

"으음, 전문적인 분야라고 하면, 예를 들면 어떤……?"

아직 힐데트라에게 어려움이 있는 레리아렛이지만, 뭐 머지않아 익숙해질 것이다.

"글쎄요…… 그럼 매직비전이 나오는 마정판에 대해 말해볼까요."

아, 그 허공에 떠 있는 수정판 말인가.

"그것은 개발 초기에는 천연 수정을 사용해 실험했는데, 연구가 진행되고 기술이 발달하면서 마법으로 만들어낼 수 있게 되었습니다. 다만 그렇다고 해서 필요한 물건이 없는 것은 아니라 한 장을 만드는 것만으로도 엄청난 수고와 큰 비용이 듭니다. 시판되고 있는 마정판은 비싸지요? 거기에도 분명한 이유가 있습니다."

현재 마정판 한 장만 해도 서민들이 몇 년을 살 수 있는 액수라고 알고 있다.

"말이 나온 김에 매직비전의 역사를 조금 알려드릴게요. 마정판을 사람의 손으로 만들 수 있게 된 시점부터 매직비전의 기획이 시작되었습니다. 본래 왕족이나 귀인, 부자들만이 가진 통신수단으로 여겨졌지만, 어떤 사람의 주도로 지금처럼 널리 영상을 전파하는 방식으로 바뀌었다고 합니다. 천연 수정은 자원으로 한계가 있지만, 사람이 만들 수 있다면 이야기는 별개입니다. 오랜 시간을 들이면 언젠가는 널리 보급될 것이다. 그런 긴 안목을 갖고 성장시키기 위해 귀인이나 부자들에게 매직비전 기획이 발표되었습니다. 매직비전의 연구나 발전에는 어쨌든 돈이 들어갑니다.

한 나라의 재력으로도 벅찰 정도였지요. 기획이 발표되고 공동 투자자를 모으기도 했었지만, 거기서 가장 먼저 목소리를 낸 것은 리스톤 가문뿐이었고 그 뒤로는 어느 곳도 이어지지 않았습니다. 그로부터 몇 년의 세월이 흘러서야 마침내 두 번째 공동 투자자인 실버 가문이 손을 들었다, 라는 것이 현재 상황입니다."

……흠. 뭐 역사에 대해서는 차치하고.

"바로 생각나는 건 마정판의 비용을 낮추는 것 정도일까."

내가 말하자 힐데트라는 "그렇지요"라며 고개를 끄덕였다.

무려 마정판 한 장 가격이 서민들이 몇 년은 살 수 있는 돈이었다. 왕족이나 귀인에게는 푼돈이라도 해도 서민에게는 너무 비쌌다.

하지만 보급하고 싶은 상대는 서민들이다.

무리하게 샀다가는 빚에 시달릴 것이다. 그래서야 사고 싶어도 살 수 없다.

"역시 비용이 문제죠. 이래 봬도 초창기와 비교하면 많이 저렴해진 편이지만……."

저렴해진 게 이 정도인가. 보급되지 않은 이유가 있었다.

"참고로 어떻게 만들고 있나요…… 웃, 만들고 있어?"

아, 레리아렛이 왕녀를 상대로 애쓰고 있다. 힘내.

"그 부분은 모두 최고 기밀 사항입니다. 저에게도 알려진 바가 없습니다."

"그, 그런가요…… 그렇구나."

……그렇게 되면 마정판과 관련해서는 관여할 수 없게 된다.

우리가 아이라는 사실을 넘어서서 그 부분은 외부인이 끼어들어도 되는 범주가 아니었다.

최고 기밀 사항이라는 것도 분명 다른 나라에 제조 방법이 새 나가게 하지 않기 위함일 것이다.

우리는 모르는 편이 낫다. 어떤 수단을 써서라도 입을 열게 하려는 무리가 나타날 수도 있으니까.

나는 그래도 상관없지만 내 주위에 무슨 일이 생기면 큰일이었다.

벌써 의견이 나오지 않게 되었다.

가장 해결이 필요해 보이는 마정판 비용 문제가 국가 최고 기밀인 이상 포기할 수밖에 없다.

……그럼 다음은 무엇일까. 뭐가 있을까.

"그러고 보니……."

홍차가 식을 정도의 침묵이 이어진 후, 레리아렛이 입을 열었다.

"실버령의 채널은 모험가와 관련된 영상을 많이 다루고 있어요. ……다루고 있는데."

응, 나도 그렇게 들었다. 무척 관심이 간다.

하지만 아직 양친께 허가를 받지 못해 나는 본 적이 없다. 어서 피를 보고 싶다.

"모험가는 부유섬 탐색을 통해 자원을 찾거나, 마수 소재를 채

취하는 방식으로 수입을 얻는 것 같아. 운이 좋으면 일확천금도 꿈은 아니라고."

수입이라.

물론 보급을 위해 우리가 돈을 벌어서 마정판 비용을 충당하는 방법도 불가능하진 않았다. 돈만 있으면 손쉬운 해결법이기는 하다.

그게 옳은 방법인지는 모르겠지만.

나라면 마수 사냥으로 돈을 번다는 수단도 있다.

하지만 6살이니까. 거리의 깡패를 때려눕히는 정도라면 몰라도 당당하게 짐승을 사냥한다면 반드시 눈에 띌 것이다.

"수입원으로서 기대하기에는 어렵네요. 모험가의 일은 굴곡이 있기 때문에 정기적으로 반드시 보수를 받을 수 있는 것도 아니고, 애초에 얻을 수 있는 액수도 부족하지 않을까요."

음, 한두 장이면 몰라도 모든 마정판 비용을 대야 하는 문제니까.

보석이나 금은 등의 광맥이라도 발견할 수 있다면 이야기는 달라지겠지만, 그런 일이 쉽게 일어날 리도 없고. 마수 소재 역시 도매할수록 가치가 떨어질 것이다.

……어렵군.

주먹으로 해결할 수 있는 일이라면 몰라도 머리를 쓰는 문제는 좀 서투른데…….

"발언해도 괜찮을까요?"

다시 침묵이 찾아온 그때였다.

급사로서 일하다가 지금은 뒤에서 대기하고 있던 레리아렛의 키 큰 시녀가 말했다.

"네, 말해보세요."

이대로라면 시간 낭비였기 때문에 힐데트라는 망설이지 않고 발언을 허락했다.

"한 유명한 모험가의 이야기인데, 그는 솜씨와 실적을 인정받아 귀인의 뒷배를 얻었다고 합니다. 구체적으로 말하면 활동 자금을 지원받을 수 있게 되었다는 거죠."

흐음.

"즉, 매직비전 강점을 최대한 끌어내어 여러 사람에게 원조나 기부, 혹은 일을 받을 수 있지 않을까 감히 생각해 보았습니다. 매직비전의 보급을 위해서라면 당연히 매직비전 자체의 인기와 지명도를 높이는 것이 필수불가결할 테니까요."

……응?

"그렇군요."

힐데트라는 이해한 것 같지만, 나는 시녀가 무슨 말을 하고 싶은지 확실하게 이해하지 못했다. 레리아렛도 그럴듯하게 심각한 얼굴을 하고 있지만, 알고 있는 척할 뿐 확실하게는 모르는 얼굴이었다.

어리둥절한 나와 급격히 떨떠름함이 느껴지는 진지한 얼굴의 레리아렛을 보며 힐데트라가 우후후, 하고 웃었다. 두 사람의 얼굴에 모른다, 라고 쓰여 있던 거겠지.

"매직비전의 강점은 당연히 영상을 보여주는 것. 요컨대 누구나 보고 싶어할 만한 재미있는 영상, 유쾌한 영상, 도움이 되는 영상을 내보내 많은 지지를 모으면 원조나 기부를 해 주는 사람이 생기지 않을까 하는 이야기입니다."

그렇군, 그런 거였나.

……흐음.

"지금까지의 영상으로는 안 된다는 건가?"

"일률적으로 다 그렇다고는 할 수는 없지만…… 더 좋은 무언가가 있지 않을까, 더 깊게 파고들 부분이 있지 않을까, 더 흥미를 끄는 영상을 찍을 수 있지 않을까. 번뜩일 만한 계책을 떠올리는 것보다 정공법을 늘리는 쪽으로 생각하는 편이 좋지 않겠느냐는 의견이네요."

……그래. 그런 것인가.

내가 모험가나 부유섬 탐색, 마수와의 피 튀기는 사투 등을 보고 싶은 것처럼, 많은 사람이 흥미를 유발할 만한 영상을 내보내는 건 어떻겠느냐, 그런 거구나.

최근에 그런 걸 찍고 있기는 하지만, 그걸 더 늘리면 되지 않겠냐고, 뭐 그런 말이겠지.

"많은 사람이 흥미를 갖고 보고 싶어 할 프로그램은 무엇일까, 라는 이야기네. 뭐가 있을까."

레리아렛이 팔짱을 꼈고, 내 뒤에 대기하고 있던 리노키스가 조용히 귓속말을 건넸다.

"아가씨, 사랑이에요."

사랑?

"만인이 관심을 보일 장르는 이성, 즉 연애입니다. 사람은 사람을 갈구하는 생물입니다. 예로부터 연애나 애증 이야기가 많이 생겨났고 지금도 계속 늘어나는 배경에는 사람이 이성으로도 본능으로도 동물로서도 사람을 원하기 때문이죠. 아가씨가 처음 출연했던 무대도 그런 종류였잖아요. 솔직히 말해 사랑만 있으면 뭐든 상관없어요."

속삭임으로 끝나지 않을 정도로 이야기가 길었다.

하지만 일리는 있어 보였다.

복잡하지 않고 빙 에두르지 않는 연애라면 나도 봐줄 수 있고.

"연애 같은 건 어때?"

"어머."

"에이, 연애 같은 건 재미없어."

리노키스처럼 길게 말할 이유가 없어 간략하게 말해보자, 힐데트라에게는 좋은 반응이 나왔지만 레리아렛에게는 불만 섞인 반응이 나왔다.

"그런가요? 옛날부터 연애 이야기는 인기가 많았어요. 그러고 보니 니아가 처음 출연한 무대도 말하자면 연애물이었죠."

아, 생각났다. 할아버지한테 들었는데 힐데트라가 내가 출연한 무대 '연모하는 여인'의 마지막 공연을 보러 왔었다고.

"마지막 공연 때 힐데도 보러 와줬지? 고마워."

"꽤 완성도가 높아서 좋았어요."

마음에 들었다면 됐다.

"하지만 연애 이야기는 답답하기만 하잖아요. 나이 먹은 어른이 이러쿵저러쿵 구질구질하게 우물쭈물 안절부절 애나 태우고. 어른이라면 한 번에 정해버리면 될 텐데."

이해해. 레리아렛의 소감은 이해한다. 너무나 공감해. 그렇지, 나이 많은 어른이 솔직해질 수 없어~ 같은 소리 하지 말라는 생각이 들지. 너무 답답해서 때리고 싶어진다.

"여러 사정을 안고 있는 탓에 한번에 결정할 수 없다, 그게 바로 어른인 거죠. 알겠나요? 어른의 연애는 간지러운 티끌에서 시작해서…… 막상 서로 불이 붙으면 단숨에 타오르는 법이랍니다."

타오르는 법이라.

"레리아, 저기 여덟 살짜리 아이가 뭐라고 하는데?"

"그러게. 지금 그 말은 왕족이라도 어떨까 싶네. 마치 연애의 달인 같은 얼굴로. 어차피 첫사랑도 아직 해보지 못했으면서……."

"상관없잖아요! 분석하는 것 정도는! 뭐예요, 둘 다!"

뭐, 힐데트라의 어른놀이는 둘째치고.

"연애물에 관심을 두는 사람이 많다는 건 맞는 말이라고 생각해. 애들이야 어쨌든 어른들은 좋아하지 않을까?"

개인적으로는 몰라도, 이 의견에는 레리아렛이나 힐데트라나

이론은 없어 보였다.

그래서 아까의 의견을 감안하자면.

"……즉, 많은 사람이 흥미를 가질 만한 연애물을 생각해 본다면, 야한 분위기의 작품이겠지."

"뭐?! 니아?!"

무슨 말을 하는 거냐는 듯 경악한 표정을 짓는 레리아렛에 더해 힐데트라도 말을 보탰다.

"잠깐만요, 니아! 어느 정도의 야함을 상정하고 계신 거죠?! 당신 안에서는 어느 정도를?!"

"정도? 음……."

어느 정도라고 해도…… 정도니 뭐니 할 수준도 아닌 것 같은데.

"알몸?"

"알모옴?!"

"나체?"

"나체애?!"

"남자와 여자가 침대에서 서로 하나가 되는……."

"이제 그만! 자극이 너무 강해!"

아, 그런가?

레리아렛도 불편해 보였지만 힐데트라의 거부 반응이 대단했다. 아까는 연애의 달인 같은 소리를 했으면서.

"그런 걸 매직비전으로 틀었다간 수많은 귀인의 압력으로 망할 거예요! 그렇지 않아도 아직 돈만 잡아먹는 정책인데! 나라

전체의 풍기가 문란하다느니 뭐니 하면서 망할 빌미를 줄 수는 없어요!"

그건 곤란하지.

"연애물은 일시 보류입니다! 다른 생각을 하죠!"

……다른 거라. 정말 어려운 문제군.

"니아는 이제 알몸이라느니 하나가 된다느니 그런 말은 하면 안 돼요!"

"그래도 관심 있지? 보고 싶지?"

"보고 싶지 않아요!"

마정판은 건드리면 안 된다.

비용 삭감이든 뭐든, 어떤 이유가 있다 해도 나라의 최고 기밀에 저촉되어 버린다.

연애물을 만드는 것도 안 된다.

아직 주요 수입이 없고 국민의 지지도 받지 못한 상황에서 매직비전업계를 망치는 원인이 되는 실수나 실패는 범할 수 없으므로, 알몸과 나체와 남자와 여자의 결합은 기각되었다.

그렇다기보다.

"영상에 관해 논한다면 방송국 사람들도 합류하는 편이 좋을지도 모르겠네."

이들은 매직비전의 구조를 숙지하고 있는 만큼 할 수 있는 것과 할 수 없는 것을 제대로 판단할 수 있었다.

당연히 힐데트라가 각하한 알몸과 나체와 남자와 여자의 결합만 하더라도 적어도 우리보다는 올바른 윤리감을 갖고 촬영 여부를 결정할 수 있을 것이다.

"그렇군요……. 그들은 항상 무엇을 촬영해야 할지 생각하고 있을 테니까요. 우리가 생각하는 것보다 몇 발 앞서 있을 거예요."

그 말대로다.

지금 여기서 아이들이 모여서 떠올릴 법한 것들은 이미 그들은 다 생각하고 지나가지 않았을까.

"으음…… 어지간히 좋은 아이디어가 생겼을 때를 제외하고는 프로그램에 관해서는 맡기는 편이 좋을지도?"

아직 말투가 좀 이상한 레리아렛이 바로 결론을 내려버렸다.

"……역시 막혀버렸군요……."

할 말이 없어지자 힐데트라는 한숨을 내쉬었다.

"당신들과 만나기 전부터 저는 많은 생각을 해왔습니다. 하지만 뾰족한 묘수가 떠오르진 않았어요. 매직비전을 어떻게 퍼뜨리고 판매해 나갈 것인가. 어른조차 이루지 못한 난제였기 때문에 해결할 수 없는 것도 무리는 아닐지도 모르지만…… 뜻대로 되지 않네요."

"힐데, 님……."

생각보다 깊은 고민이었음을 알게 된 레리아렛이 안쓰러운 듯 미간을 좁혔다. 나에게는 남의 일이 아니었기 때문에 심경적으로는 힐데트라의 마음에 공감이 갔다.

뜻대로 되지 않는다라.

이럴 때는 어떻게 해야 할까⋯⋯. 아, 그럼 이런 건 어떨까.

"막혔다면 발상을 바꿔 보자."

우울해하는 것만으로는 앞으로 나아갈 수 없다.

도움이 된다거나 안 된다거나 그런 건 일단 내려놓고.

일단 꺼내 보자. 발상을.

"우리는 지금 나오는 쪽 입장에서 의견을 내고 있어. 뭘 하면 좋을지 고민하고 있지. 근데 반대로 생각하면 어때? 예를 들면⋯⋯ 어떤 프로그램에 나가보고 싶은가."

"나가, 보고 싶다?"

그래, 이것은 입학식 때 촬영한 엉망진창이었던 교사 안내 영상을 봤을 때 떠올렸던 것이다.

"지난번 입학식 영상, 여러 아이가 서로 나오려고 했어. 우리 앞에 나온 애도 있었고 계속 따라온 애도 있었지. 즉, 많은 아이가 그때 '매직비전에 나오고 싶다'고 생각했던 거 아닐까?"

나는 착상을 말한 것일 뿐 이 이야기가 어디로 향할지는 알지 못했다.

"그거예요!"

갈 자리를 찾아낸 것은 힐데트라였다.

"지금까지와는 달리 시청자가 참여할 수 있는 프로그램 말이에요!"

번쩍 눈을 뜨더니 쾅 하고 테이블을 내려치며 일어선다.

"서민 개개인이 직접 참여할 수 있다고 생각한다면 흥미를 갖는 사람도 분명 있을 거예요! 보기만 하는 게 아니라 참여할 수 있는 프로그램! 니아! 레리아! 이건 분명 먹힐 거예요!"

힐데트라는 혼자 흥분해서 내뱉고는 쾅 하고 문을 열어젖히고 방을 뛰쳐나갔다.

……

……어? ……으음……. 돌아간, 건가?

갑작스러운 도주극에 아무도 반응하지 못했다. 어안이 벙벙하다는 건 이럴 때 쓰는 말인가.

"리노키스, 일단 마차에 타기 전까지 바래다줘."

"알겠습니다."

만일을 위해 리노키스에게 호위를 부탁했다.

힐데트라는 기숙사에 거주하지 않기 때문에 매일 마차로 통학한다.

학교 안이라면 위험은 없겠지만 명실상부 진짜 공주님이었으니 무슨 일이 생겼다간 큰일이다.

"놀랐어."

"나도."

리노키스가 나가는 것을 바라보며 레리아렛이 솔직한 의견을 냈고 나는 그에 동의했다.

힐데트라는 아마 매직비전 보급 활동에 관해 상당히 고민하고 있었을 것이다.

분명 자신의 상상 이상으로.

나에게도 남의 일은 아닌 이야기지만, 그녀만큼 심각하게 고민하지는 않았다.

그 증거로 그녀는 '쓸만한 아이디어'가 나오자마자 그것을 바로 실행하기 위해 뛰쳐나갔다.

개인적으로는 좀 더 여기서 대화를 나눈 뒤라도 늦지 않을 것 같았는데.

나는 아직 모든 걸 다 얘기하지도 않았고.

힐데트라가 회의에 종지부를 찍긴 했지만, 나에게는 아직 할 말이 남아 있었다.

그랬다. 힐데트라가 시청자들이 참여할 수 있는 프로그램이라는 의견을 내면서 나도 떠오른 것이다.

"저기, 레리아. 네 영지에 카지노 있어?"

"카지노? 무허가 지하 카지노가 있다는 소문은 들은 적 있어."

그렇군. 공개적으로는 안 하고 있구나.

"아까 힐데가 말했던 시청자들이 참여할 수 있는 프로그램. 나는 가장 먼저 '내기'가 생각났어."

"내기라……."

"아니면 승부를 펼친다든가. 왜 저번 클럽 권유 때도 누구랑 누가 싸운다는 말에 다들 모여들었잖아?"

"그러고 보니 그랬었지."

"그걸 근거 삼아서, 예를 들어 강한 모험가와 마수가 싸우거나, 강한 사람끼리 싸우거나 하는 프로그램은 어때?"

"뭐야, 그거. 보고 싶다."

그렇지? 나도 보고 싶다. 아니 보는 것만으로는 부족해. 아예 참여하고 싶다.

"아, 하지만 요즘에는 피는 꺼리는 목소리도 많은 것 같아. 너무 피비린내 나는 영상은 내보내지 말라는 불평이 오고 있다나 봐."

뭐?!

"혈액이 튀지 않으면 분위기가 달아오르지 않잖아?! 승부에 유혈은 따르는 법 아니야?! 최악으로 죽어도 어쩔 수 없는 거지!"

"어, 죽어?! 왜?! 발상이 무서워!"

"뭐가 무서워! 실버령의 채널에서는 매일 피가 튀고 손발이 끊어지고 하루에 한 명의 모험가는 죽는다고 들었는데?!"

"누구한테 들었어?! 그럴 리가 없잖아!"

어…… 아, 아닌가……?

……실망이야.

실버령 채널에는 정말 실망했다. 텐파류보다 실망했다.

"왜 살짝 풀이 죽는데?! 너 무슨 생각하는 건지 모르겠어!"

이젠 아무래도 좋다.

보고 싶었던 실버령 채널이 설마 아무도 죽지 않는 평화로운 내용이었다니…….

누가 그런 걸 보고 싶어해! 피를 보여달라고!

……하아…… 오늘은 이제 틀렸어. 너무 실망해서 살아갈 기운조차 빼앗기고 말았다.

힐데트라도 돌아갔으니 나도 방으로 갈까.

진짜, 정말로 실망이다.

학교생활을 시작한 지도 일주일이 넘었다.

교실에 도착한 나와 레리아렛은 오늘도 주목을 받고 있었다.

"꽤 기네. 주목받는 기간이."

"뭐, 어때. 이것도 다 홍보야."

인사를 해 오는 아이.

멀찍이서 보고 있는 아이.

멀지도 가깝지도 않은 냉정한 거리에서 늘 상황을 주시하는 아이.

레리아렛의 말대로 '꽤 길게 주목을 받고 있다'라는 것은 나도 느꼈다. 대놓고 보고 있으니까. 다른 교실 애들이나 다른 학년 애들도 보러 올 정도로 굉장히 많이 보고 있으니까. 어디 그렇게 볼 데가 있나 싶을 정도로 보고 있으니까.

궁금하다면 말을 걸면 될 텐데.

하지만 그렇게까지 하는 아이는 거의 없다.

뭐, 이 역시 홍보 활동의 일환은 되고 있을 거라고 믿고 싶었다.

기숙사에 있는 매직비전에서 나와 레리아렛, 힐데트라를 본 아이에게는 실물로 보는 모습이 신기하겠지.

학교생활이 일주일이나 지났지만, 주변 아이들에게는 구경거리나 튀어나온 부스럼처럼 거리감을 유지하며 관찰당하는 것이 현 상황이었다.

주위도 곧 익숙해질 줄 알았는데, 의외로 그렇지 않은가 보다.

올해 초등학부 신입생은 300명 정도 된다고 한다.

예외가 없다면 알투아르 왕국 안의 여섯 살짜리 아이들이 모여 6년 동안 이곳에서 함께 지내게 된다. 참고로 예외로는 왕도 이외의 큰 영지에도 학교가 있어서 그곳에 가는 아이도 있다고.

약 25명씩 교실별로 나눠서 교실 단위로 학교가 마련한 수업이나 학내 행사를 소화하게 된다.

1학년부터 순서대로 2학년, 3학년으로 이어지고 최고학년은 6학년.

나와 레리아렛은 신입생이기 때문에 1학년이다. 교실은 4반. 다행인지 불행인지 레리아렛과는 같은 교실이다.

창가 맨 뒷자리에 레리아렛과 나란히 앉은 채 시선을 받으면서 아직 낯선 학교생활을 소화하고 있는 중이었다.

참고로 오라비 닐과 힐데트라는 3학년이다.

당연하지만 교실까지 시녀를 데려올 수는 없다.

하인은 어디까지나 특정 학생의 생활을 돌보는 것만 허용되고 있었다. 학생도 아니고, 학교 관계자라고도 할 수 없고, 취급으로는 일반인에 가깝다.

"힐데 님한테서 무슨 연락 있었어?"

역시 레리아렛도 그 부분이 신경 쓰이는 듯했다.

"아니, 전혀. 연락이 없다는 건 기획을 짜고 있다는 거 아닐까?"

그때의 아이디어가 기각되었다면 또 회의를 했을 테니까. 학교에 다니고 있는지조차 확인하지 않았지만, 아무리 그래도 쉬고 있지는 않을 것이다.

제1차 매직비전 보급 활동 회의에서 힐데트라가 뛰쳐나간 지벌써 4일이 지났다.

진척 상황은 잘 모르겠지만…… 뭐, 지금 신경 써도 소용없지. 희소식을 기다리자.

"나는 이제 슬슬 촬영이 시작될 것 같아."

어제 양친에게서 편지가 왔다.

슬슬 비축해두었던 《직업 방문》 방송이 끝나가고 있으니 촬영을 재개하고 싶다고.

입학식 직전부터 어제까지, 그렇게 생각하면 이렇게 촬영이 없는 날이 이어진 것은 오랜만이다. 아니, 본격적으로 매직비전에 나오기 시작한 이후로는 거의 처음 있는 일이었다.

"아~, 우리 쪽도 슬슬 시작한대."

실버령도 이제 시작하는 분위기인가.

"서로 바빠지겠네."

학교생활은 이제 막 시작되었고, 아직 익숙하지 않은 것들도 많다.

시선을 받는 것도 포함해서.

거기에 더해 촬영까지 시작되면…… 또 수행 시간을 내기 어려워지지 않을까. 요즘은 그럭저럭 충실한 수행 라이프를 보내고 있었는데 말이지. 리노키스도 매일 울면서 좋아했는데 말이야.

"아, 맞다. 니아, 또 우리 프로그램에 나와줘."

"응?"

"그때 입학식 전에 교복 입고 같이 나왔잖아? 우리 영토에서는 꽤 반응이 좋았다나 봐. 꼭 다시 나와달래."

아, 그거 말인가. 오라비랑 같이 나왔던 거.

실버령에서는 반응이 좋았나 보다. 리스톤령에서의 반응은 제대로 들어본 적이 없네…… . 뭐, 나쁘지는 않았을 거라 생각하지만.

"미안하지만 촬영에 관해서는 내 생각만으로는 결정할 수 없어. 예전에 그건 집에 상의할 틈이 없을 정도로 급해서 뛰어들었던 거고."

"뭔데? 개런티 문제? 아니면 스케줄?"

"그것도 있을지도 모르겠네. 나는 양친의 의향, 나아가 리스톤 가문의 의향으로 움직이고 있으니까. 그래서 리스톤가의 뜻에 반하는 언행은 삼가고 싶어."

리스톤 가문의 명을 받아들이는 것은 내 의무다.

나는 말도 꺼내고 의견도 내고 손도 발도 쓰고 허락만 된다면 '기'도 팍팍 내보내고 싶은 심정이지만.

그보다도 우선시하는 것은 리스톤 가문이었다.

그 부분은 흔들리지 않았다.

이 인생은 어디까지나 니아를 대신해 사는 거니까. 이 아이에게 부끄럽지 않게 살아야 한다. 효도도 그중 하나였다.

"다시 말해 집 때문에?"

"리스톤 가문은 내 목숨을 위해 매직비전을 도입했어. 그렇게 투자한 만큼은 벌어야 나도 납득할 수 있지. 살린 의미가 없잖아."

"아, 그렇구나…… 너 아팠었지."

그 말대로다.

답답한 나날을 보냈지만 이젠 아무렇지도 않다.

이제 호랑이든 드래곤이든 워밍업 대신 때려죽일 수 있을 정도로 회복했다. 쓸데없이 건강하다. 주먹을 휘두를 데가 없어서 곤란할 정도다.

오늘도 하루가 끝났다.

수업이라는 이름의 강적에게서 해방된 아이들은 제각각 뿔뿔이 흩어졌다.

클럽에 가입한 사람은 클럽에 가고, 그 외에는 어디론가 놀러가거나 기숙사로 돌아가거나 하는 것일까.

슬슬 촬영이 시작된다.

그렇기 때문에 지금부터 촬영을 재개하기 전까지의 시간은 나에게 무척 귀중한 여가 시간이다. 결코 낭비할 수 없다.

레리아렛과 함께 여자 기숙사까지 돌아와 각자의 방으로 들어갔다.

그리고 방에 들어가자.

"어, 어, 어, 어서, 오, 세요……!"

시녀복이 아닌 움직이기 편한 가벼운 차림을 한 리노키스가 땀범벅이 된 채 주먹을 불끈 쥐고 자세를 잡고 있었다. 숨이 턱까지 차올라 있었다.

"몇 세트 끝났어?"

"사, 삼십삼, 세트요."

흐음…… 33세트라.

"17번 남았네. 봐줄 테니까 계속해."

"네, 네에……!"

리노키스는 삐걱거리는 온몸의 근육을 팽팽히 당긴 채, 연약한 '기'를 두르고 가르침 받은 대로 자세를 따라했다.

피로해지는 것은 아직 '기'의 조작을 세밀하게 하지 못하기 때문이다. 근육을 팽팽하게 당겨서 억지로 두르고 있다는 느낌이다.

우발적인 경우이긴 하지만, 아마추어라도 공격 시 내쉬는 숨에 '기'를 수반하는 경우가 있다.

심기체(心技体), 모든 것이 높은 수준에서 아주 잠깐 겹치는 순간 그런 우연이 일어난다.

자각이 없는 만큼 '가끔 괜찮은 공격을 할 수 있다' 정도밖에 인식하지 못하겠지만.

리노키스는 아직 만족스럽게 '기'를 사용할 수 없기 때문에 우발적으로 일어나는 일을 필연적으로 일으키기 위해 근육을 극한까지 끌어올려 그것을 유지하는 수행을 하고 있다.

이 상태에서 안정만 되면 이제 조금씩 근육을 풀어 가면서 '기'를 두른 채로 유지한다. 이런 흐름으로 습득할 수 있는데.

……완성은 아직 멀었나.

학교생활이 2주를 넘어가면서 리스톤령과 실버령의 촬영이 시작되었다.

학교 수업은 일주일에 딱 하루만 쉬는 날이 있다. 그 휴일에 촬영을 진행한다. 여기까지는 이미 예상한 바였지만.

이번에는 학교생활이 시작되고 첫 번째 진행하는 촬영이라 언제 봐도 느끼한 얼굴의 벤델리오가 찾아왔다.

만나기로 한 항구에서 기다리고 있는데 낯익은 느끼한 얼굴이 찾아와 깜짝 놀랐다. 느끼한 얼굴에도 깜짝 놀랐다. 오랜만에 봐도 느끼한 얼굴이라는 것을 재확인했다.

그가 내 촬영장에 오는 것은 드문 일이었다.

그는 리스톤령 촬영반의 책임자다. 그 밖에도 할 일이 많다 보니 익숙해진 내 촬영장에는 자주 오지 않게 되었다.

"지금 왕도 방송국과 상의 중이거든. 왕도 방송국에 리스톤령이나 실버령 촬영반을 위한 공간을 빌릴 수 있을지도 몰라. 요컨대 작지만 왕도에 각 영지의 간이 방송국이 생길지도 모른다는 이야기지."

아무래도 벤델리오는 그와 관련된 대화를 하기 위해 왕도에 온 것 같았다. 나를 만나러 온 것은 온 김에 들린 것일까?

그나저나 간이 방송국이라.

아무래도 내가 모르는 곳에서 내가 생각지도 못했던 이야기들이 진행되고 있는 것 같다.

……뭐, 간이 방송국인지 뭔지는 잘 모르겠지만.

"역시 이동 시간이 문제군요."

왕도에서 리스톤령까지 비행선을 타도 반나절 이상은 걸린다.

주 1회로 리스톤령으로 돌아가 촬영하고 다시 왕도로 돌아온다고 해도 수차례 왕복하는 것은 힘들다.

왕복 이동에만 꼬박 하루 이상 걸리면 효율이 떨어진다. 비행선 연료도 싸지 않은데.

"매번 리스톤령에서 왕도까지 촬영반이 오면 그쪽에서 하는 《직업 방문》이외의 촬영에도 지장이 생기니까. 왕도에 방송국이 생기면 촬영반을 상주시킬 수 있지. 그렇게 되면 리스톤령 이외의 부유섬에서도 촬영하기 쉬워질 거고 말이야."

그런 거군.

리스톤령으로 돌아가는 것은 힘들지만 왕도 근처라면 이동 시간도 얼마 걸리지 않는다. 촬영 스케줄도 짜기 쉬울 것이다.

또한 앞으로 한동안은 왕도나 왕도 주변에서 촬영할 계획을 짜 두었다고 한다.

나의 활동 범위는 어디까지나 리스톤령이지만, 당분간은 이 근처에서 끝날 것 같다.

"아, 물론 니아 양의 컨디션이 제일이지만. 종일 배를 타고 다니는 건 어른들도 힘들잖아. 아이가 받는 부담은 더 크지."

나는 전혀 상관없는데. 뭐, 스케줄은 맡기면 그만이다.

익숙한 리스톤령 촬영반용 비행선을 타고 촬영 장소로 향하는 길에 벤델리오와 많은 이야기를 나눴다.

오랜만에 만나는 얼굴이라 나름 쌓인 이야기도 있었다.

"만나러 온 게 아빠랑 엄마가 아니라서 미안하구나. 이런 얘기는 이런 아저씨가 아니라 부모님이랑 해야 하는 건데."

듣고 보니 그렇다.

학교생활은 어때, 라든가. 제3 왕녀 힐데트라와 만났다든가. 실버 가문의 막내딸과 친분이 생겼다든가.

일 얘기도 물론 하겠지만 어느 쪽이냐 하면 학교생활 보고였다. 이런 이야기는 보통 부모나 가족들한테 하는 이야기겠지. 벤델리오는 업무상 상사 같은 거니까.

"뭐, 그럴지도 모르겠네요. 근데 뭐 어때요. 벤델리오 님도 이제 남이라는 생각이 들지 않는 걸요."

양친과는 오래된 인연 같지만 나와는 1년 조금 넘게 만났을 뿐이다.

하지만 그래도 이 느끼한 얼굴과 보낸 시간은 꽤 길었다. 니아의 나이로 비교하자면 인생의 6분의 1가량을 함께 보낸 사이다.

지금은 거의 촬영장에 오지 않게 되었지만, 출연 초기에는 정말 신세를 많이 졌다.

매직비전에 나오는 자로 따지면 벤델리오가 선구자다. 그의 지도를 받아 배우며 여기까지 온 나는 어떻게 보면 그의 제자라고 할 수 있었다.

묘하게 경박하고 털털한 얼굴을 하고 있지만 이래 봬도 세심한 배려를 할 줄 아는 남자다. 그 배려에 여러 번 도움을 받아 왔다.

강한 것만으로는 통용되지 않는다. 아니, 강함은 애초에 도움이 안 될 때가 많은 매직비전업계에서는, 나에겐 강적이라고 말할 수 있을 정도로 성가신 존재였다. 아니, 아마 나보다도 강한 존재겠지.

"하하, 그래? 뭣하면 아예 아빠라고 불러도 되는데?"

"그럼 사양 않고. 요즘 아빠 일은 어때? 문제없이 잘하고 있어?"

"오, 좋네. 니아 양의 아빠 호칭. 용돈이라도 주고 싶은걸."

"뭔가 주려고? 그렇다면 미개척 부유섬을 갖고 싶어. 부탁해, 아빠."

"……역시 니아 양, 원하는 용돈의 자릿수가 다르구나."

그런 농담도 주고받으면서 이참에 필요한 이야기도 해 두었다.

레리아렛에게 들은, 실버령 방송에서 나와달라는 의뢰를 받았다는 것.

어쨌든 나는 뭐든지 할 생각이었으니 리스톤 가문의 사정만 괜찮다면 의뢰를 받고 싶다는 말을 전해두었다.

그리고 아직은 불확실한 요소가 많은, 힐데트라가 말했던 '시청자들이 참여하는 프로그램'이라는 아이디어도 전해두었다.

"시청자가 참여한다라……. 매직비전을 대상으로 한 관심 끌기 방안인가?"

역시 매직비전 업계의 선구자. 바로 의도를 짐작했군.

"관심이 있다면 왕도의 방송국과도 얘기해 보세요."

"응, 그래야겠네. 재미있는 기획이야."

힐데트라가 크게 흥분한 것을 믿지 못하는 것은 아니지만, 매직비전에 관해서는 나는 벤델리오의 느끼한 얼굴을 더 믿었다.

그가 흥미를 느낀다면 이 아이디어는 정말 먹힐 수 있을지도 모르겠다.

어떤 형태로 기획이 탄생할지 기대가 되는 한편, 좀 무섭기도 했다. 설사 기획이 좋다 하더라도 그것을 제대로 살리지 못하면 의미가 없다.

이 이야기는 분명 출연자인 나와 힐데트라, 레리아렛이 주도적으로 움직이게 될 것이기 때문이다.

성공도 실패도 우리의 양어깨에 달려 있다.

실패하면 분명 수천만에 달하는 손해가 날 것이다.

강함만으로는 안 되는 세상이란 참으로 무서운 것이다.

촬영은 차질 없이 끝났고, 오후가 지나 왕도로 돌아올 수 있었다.

참고로 오늘은 왕도에서 조금 떨어진 상공의 부유섬에 있는 목장을 방문했다.

왕족 귀인에게 전문적으로 납품하는, 고급 쇠고기로 유명한 므아믈라 소를 키우고 있는 섬이다.

비케란더 파괴의 영향인지는 모르겠지만, 그 대지 조각 위로 펼쳐진 목초는 무척 품질이 좋아 보였다. 므아믈라 소 맛의 비밀은 목초에 있다나 뭐라나.

소고기도 유명했지만, 유명하지 않은 우유도 아주 맛있었다.

이건 잘 팔리지 않을까. 그렇게 생각했는데 왕도의 요리점에 도매하거나 치즈를 만들거나 해서 시판할 양은 없다고.

그런 섬에서 이번에는 목장 일을 체험했다.

점프슈트 작업복을 입고 외양간 청소와 소 빗질을 해내고,

목양견과 함께 양을 쫓아다니고,

그 목양견과 공 줍기 대결에서 압승해서 개한테 미움을 받고,

마지막으로 특별히 제공받은 므아믈라 소고기로 촬영반과 목장 사람들 모두 바비큐를 하는 등 꽤 즐거운 촬영이었다.

"역시 니아의 촬영은 편해. 안심하고 볼 수 있어."

벤델리오는 그런 말을 하고는 아는 얼굴들뿐인 리스톤령 촬영반을 데리고 곧바로 돌아갔다.

촬영반은 학교에 들어가기 전부터 바빠 보였지만, 지금도 역시 바쁜 것 같았다.

"아가씨, 이제 어떻게 하실 건가요? 기숙사로 돌아가실래요?"

비행선 이착륙장에 남겨진 나와 리노키스.

평소와 같이 그림자처럼 따라오던 리노키스가 단둘이 되어서야 말을 걸어왔다.

"그래, 점심도 먹었으니까."

안 먹었다면 뭐라도 먹고 돌아가자는 말도 할 수 있겠지만.

목장에서 제대로 맛있는 고기를 먹고 왔다.

단단하고 씹는 맛이 좋은 살코기도 싫지 않지만, 풍부하게 기름진 소고기의 맛은 좀 다른 차원 같았다.

그런 것을 먹은 직후니까……지금은 아무것도 필요 없다.

굳이 말한다면,

"어디선가 홍차라도 마시고 갈까."

차를 마시고 싶었다.

기숙사에 돌아가도 마실 수 있겠지만, 모처럼 학교 부지에서 나와 있으니 가끔은 밖에서 마시는 것도 좋겠지.

"그럴까요? 원하시는 장소는 있으세요?"

딱히 큰돈을 쓰고 싶지는 않았기에 고급 가게는 제외다.

교류를 목적으로 갈 수는 있지만, 단독으로 갈 생각은 없다.

그렇게 되면 정말 어디든 괜찮은데…… 아, 그렇지.

슬슬 그곳에 얼굴을 내밀어 봐야겠다.

안젤의 가게——개의 술집으로 가자.

그러려면 어떻게든 리노키스를 따돌려야 했다.

힐데트라 알투아르

왕족으로서의 공무를
매직비전으로 방송하고 있는,
왕도에서는 유명한 공주. 밝고
명랑하지만 야망은 대담하게도
세계 정복. 대단한 야심가.

Status

연령

8살

직함 / 직무

알투아르 왕국 제3 왕녀.

별명

의외로 자주 볼 수 있는 공주님.

장래의 꿈 / 야망

아내가 되고 싶다.
(다만 정략결혼이 아니라 자신이
정말로 좋아하게 된 사람과)

앞으로 해보고 싶은 것은?

현재는 왕족으로서의 공무뿐이라
좀 더 친근한 매직비전에
출연해 보고 싶다.

매직비전을 제압하는 자가 세계를 제압한다…… 저는 그렇게 생각합니다.

　　교묘하게 리노키스를 속여 따돌리고 어떻게든 단독 행동을 취하는 데 성공했다.

　　"좀 야한 속옷을 보고 싶으니까 혼자 가고 싶다"는 식의 변명이 먹힌 리노키스에겐 솔직히 불신감밖에 느껴지지 않았지만.

　　일은 확실히 해 주고 있으니 됐다고 치자.

　　비록 약간의 불신감이 있다고는 해도 제자는 제자다. 세세한 일에는 눈을 감아주었다. 제자로 삼은 이상 확실히 예뻐해 줄 생각이었다.

　　촬영만 하고 있던 작년에는 왕도에 왔을 때 틈틈이 몇 번인가 걸음을 옮겼었다.

　　"벌써 완성됐구나."

　　처음 봤을 때는 과거 술집 자리였던 폐허일 뿐이었다.

　　하지만 올 때마다 어딘가가 새로워졌고, 부서진 곳이 고쳐지며 폐허가 술집으로 되살아나는 과정을 지켜봐 왔다.

　　내가 처음 여기 왔던 날 이후 약 일 년.

　　지난 한 해 동안 개보수가 진행되어 이제 외관과 인테리어 모두 훌륭한 술집으로 탈바꿈해 있었다.

　　전에 왔을 때도 손님은 들어왔지만, 간판까지는 없었다.

　　지금은 훌륭한 간판이 나와 있었으니 분명 이것으로 완성인 거겠지.

이제 개의 술집이 아니라 간판에 적힌 대로 '어슴푸레한 영서
정'이라고 불러야 할까.

메인 스트리트를 벗어난 골목 안쪽, 분위기는 황량하고 불량해
보이는 무리만 있지만, 다시 태어난 술집 '어슴푸레한 영서정'은
제대로 그 자리에 녹아들어 있었다.

술집 앞에는 대낮부터 술에 취한 자가 드러누워 있거나, 돌아
갈 장소를 잊은 것인지 술병을 한 손에 들고 어슬렁거리고 있는
자가 있는 등, 뭐랄까, 상상했던 대로의 혼란스러운 광경이 펼쳐
져 있었다.

뭐, 장사는 잘되는 것 같아 다행이네.

"이봐, 뭐야, 이 꼬맹이는……."

"쉿! 보지 마. 말하지 마! 눈이 마주치면 곤죽이 된다고."

"뭐어? 무슨 소리를──으흡?!"

"말하지 말라고 했지! 네놈 때문에 나까지 눈에 띄면 어쩔 거
야! 눈에 띄지 말라고!"

쓸데없이 눈에 띄는 녀석이 나를 모르는 신참에게 교육을 시키
고 있는 것 같았다.

좋은 일이다. 강한 자라면 환영이지만 약한 자가 달려드는 것
은 곤란하다. 약한 자를 괴롭히는 것은 좋아하지 않으니까. 하지
만 차별도 좋아하지 않으니 원한다면 때려주겠지만.

이곳에 올 때마다 엮이는 패거리들을 주먹으로 잠재워 왔기 때
문에 슬슬 다들 알아차린 것 같았다.

나에 대해 알고 있는──어딘가의 매직비전에서 본 적 있는 사람도 있겠지만, 현재로서는 소문도 소란도 일어나지 않았다.

영상에 나오는 니아 리스톤과 이곳에 드나드는 니아 리스톤.

아무리 비슷해도, 근방에서는 거의 볼 수 없는 흰머리가 똑같아도, 좀처럼 인물상이 겹치지 않아서 쉽게 믿을 수 없을 것이다.

아니면 정말 엮이고 싶지 않은 것뿐일지도. 니아 리스톤은 귀인의 딸이기도 하니까.

술에 취해 있어도 나를 보면 눈을 돌릴 정도로 교육이 끝난 골목 주민들을 곁눈질하며 나는 술집으로 들어갔다.

무용담을 큰소리로 지껄이는 소리가 순식간에 작아지더니 사라졌다.

사악한 계략을 꾸미는 것 같은 나지막한 목소리가 멎었다.

품위 없는 웃음소리가 뚝 끊겼다.

카운터에서 홀로 조용히 잔을 기울이던 고독한 취객 무리가 눈치껏 자리를 비웠다.

"어서 와, 릴리."

내가 방문한 것과 동시에 어슴푸레한 술집의 소동이 가라앉고──움직인 것은 신체의 80%가 섹시함으로 구성되어 있을 것 같은 글래머한 여자뿐이었다.

그녀의 이름은 프레사.

이 뒷골목 술집에 고용된 안젤의 지인인 듯했다.

겉보기엔 단순히 가슴이나 엉덩이가 큰 성인 여자였지만——평범한 여자의 몸이 아니었다. 단련 방식이 평범하지 않았다.

그것도 무에 뜻을 두고 있는 자의 육체가 아니라, 어느 쪽인가 하면 암살…… 아니, 이런 곳에서 누군가를 탐색하는 것은 그만두자.

어차피 사연 있는 사람들 외엔 없을 테니까. 나를 포함해서.

"여어, 릴리. 오랜만이야."

망설이지 않고 카운터로 향한 나는 의욕 없어 보이는 바텐더 앞에 놓인 의자에 앉았다.

"오랜만이야, 안젤.《어슴푸레한 영서정》개점 축하해."

참고로 릴리는 내 별명이다.

누가 부르기 시작했는지는 모르겠지만, 흰머리에서 착안하여 '스노우릴리'라는 이름에서 따왔다고.

확실히 본명이 오가는 것엔 문제가 있는 장소였으니 굳이 정정할 생각은 없었다.

"그래, 드디어 말이지. 그렇다고 해도 개점한 건 지난달이지만."

그런가. 벌써 꽤 지났네.

마지막으로 온 것이 언제였을까……. 두 달 정도 전이었을지도 모른다. 공백이 너무 길었나.

하지만 그 부분은 어쩔 수 없다. 그때는 왕도에 살지 않았으니 이곳에 올 수 있는 타이밍은 아주 제한적이었다.

"이제 좀 더 자주 올 수 있을 것 같아."

어쨌든 2주 전부터 왕도에서 살게 된 것이다. 학교 기숙사지만.

"학교?"

거기에는 대답하지 않고 독한 술이라도 주문…… 하려고 생각했지만, 아무리 골목 안에 있는 흉흉한 술집이라도 여섯 살 꼬맹이가 술을 주문하는 것은 내키지 않았다.

나와 안젤이 그런 이야기를 나누며 평범한 손님으로 녹아들자 술집도 천천히 소란을 되찾아갔다.

내 좌우에 있는 카운터석은 계속 비어 있었지만.

안젤은 한때 폐허였던 이곳에 왔을 때 싸웠던, 그 정장 입은 남자다.

자세히는 듣지 못했지만, 그는 마피아가 아니었다고 한다.

오히려 일이라면 마피아조차 지킬 수 있는, 몸 쓰는 일을 전문으로 하는 보디가드 같은 걸 하고 있었다고.

그 이상은 말하고 싶지 않은 것 같아서 듣지는 못했다. 나도 그렇게 관심이 있는 것은 아니라 물어보지 않았다.

그런 안젤은 오로지 나와 연락하기 위해 이 술집을 사들였다.

지금까지 모아둔 돈을 긁어모아, 그야말로 전 재산을 털어 땅을 샀다고 한다.

그리고 이 근처에 사는 불량배들을 고용해 건물 수리와 손질을 했고,

마침내 개점하여 지금에 이른다.

처음에는 정말 나와 연락하기 위해서만 이 땅을 손에 넣었다고 한다.

생각보다 저렴해서 과감히 샀다고 했었지. 조금만 손을 보면 아예 살 수도 있지 않을까, 하는 생각도 하면서.

집을 산다고 생각하면 전혀 손해가 아니라고.

하지만 그것으로 무일푼이 되어 버렸고, 모처럼 기반도 마련됐으니 돈이라도 벌자 해서 술집을 해보기로 마음먹었다.

처음에는 가게 자체는 누군가에게 맡길 생각이었지만, 수리를 하거나 내부를 꾸미면서 손을 보는 와중 애착이 생겨 직접 가게에 서게 되었다고.

"내세울 건 강함뿐인 보디가드가 지기만 하면 체면이 서질 않잖아. 너에게는 반드시 복수해 주마…… 그렇게 생각했었는데……."

지난번에 왔을 때 안젤은 의욕 없어 보이는 얼굴로 그런 말을 투덜거리며 잔을 닦고 있었다.

복수의 상대인 나와 만나기 위해 이곳을 손에 넣었다. 나는 여기 오기로 약속하고 부정기적으로 찾아왔다.

복수에 불타오른 안젤은 그런 나에게 도전했고 계속 졌다.

그 결과 마음이 꺾였다. 일반적인 단련 수준으로 이길 수 있는 상대가 아니라는 것을 이해한 것이다.

그리고 지금은 술집의 마스터가 되었다. 뭐, 초심이 바뀌는 것은 흔한 이야기다.

사실상 어쩌다 보니 안젤과는 많은 대화를 나누게 되었다.

친분을 돈독히 쌓을 생각도 없었고 단골처럼 다닐 생각도 없었는데……. 정신을 차리고 보니 가끔 찾아오게 되고 말았다.

니아 리스톤이 아닌 평범한 격투가로서 대화할 수 있는 상대는 꽤 적다.

그런 의미에서 나는 이곳이 마음에 든 것일지도 모른다.

"자. 이거나 마셔."

"고마워. 눈치가 빠르네."

"사실 애송이는 돌아가라고 말하고 싶은 참인데."

그건 나도 동감이다.

이곳은 여섯 살짜리 아이가 있어도 되는 장소가 결코 아니다. 나 말고 다른 아이가 상대라면 나도 말했을 것이다.

뭐, 바로 필요한 얘기만 끝내고 벗어나는 게 서로에게 최선이겠지.

쓸데없이 시간을 지체했다가 불신으로 가득 찬 리노키스에게 걱정을 끼치는 것도 미안하고. 불신감이 있다고 해서 걱정시켜도 되는 건 아니니까.

"……정말 눈치가 빠르네."

안젤이 내준 잔을 집어들고 눈치챘다.

술이 아니었다.

물론 이 나이에 술은 시킬 수 없겠지만 나오면 어쩔 수 없다며 은근히 기대했는데. 안젤은 칵테일에 쓰는 과일 주스를 내놓았다.

……칫. 뒷세계에 살면서 상식적인 인간 같으니…… 내놓으라고, 술을. 여기가 어디야, 애송이들 놀이터가 아니잖아?

뭐…… 화를 내도 어쩔 수 없으니 지금은 이걸로 납득하자. ……술 마시고 싶다…….

"그래서? 누구 나랑 싸우고 싶다는 사람은?"

여기 올 때마다 하는 말이다.

처음 두 번은 안젤 본인도 포함해서 준비되어 있었는데 그 이후로는 감감무소식이다.

아무래도 이 근방에서 내 평판과 실력이 너무 알려진 것 같다.

뭐, 어쩔 수 없지.

과거 그 뭐시기 개라고 하는 불량배 집단은 내가 완전히 없애버린 것 같으니까.

아마 1년 전에 이곳에서 안젤과 싸운 뒤 놀았던, 백 명 가까운 불량배들이 그것이었겠지.

그런 상황에서 일일이 상대가 누구고 무슨 사정이 있는지 어떻게 확인할 수 있었겠는가. 그러니 자신도 모르게 없애버린 셈이었다.

그들이 그 후 어떻게 되었는지는 모르지만…… 뭐, 적당히 힘 조절은 했으니 누구 하나 죽지는 않았을 것이다. 그 일로 질려서 갱생한 사람도 있을지 모른다.

그날 밤의 난투극은 꽤 즐거웠던 것만은 기억하고 있다.

양심이 아프지 않은 주먹은 기분 좋은 법이다.

"이제 아무도 하고 싶지 않대."

"너라도 상관없는데."

"나도 이제 하기 싫어. 이길 가능성도 없고, 이렇게 일도 할 수 있게 됐으니까."

아니, 잠깐.

완전히 바텐더이자 술집 주인이 되어버렸단 말인가.

아이에게도 자비가 없던 안젤의 소질은 진즉부터 알아보고 있었는데, 올바르게 살 생각인가.

"외로운 소리 하지 마."

"뭐?"

"더 거칠게 살아보자고.

거스르는 무리는 때려눕히고, 방해되는 무리는 걷어차고, 피의 비를 뿌리며 피에 젖은 패도를 목표로 하는 거야. 안젤에게는 그런 생활 방식이 잘 어울려."

"그게 잘 어울리는 건 분명 너겠지. 그런 뒤숭숭한 패도는 혼자서 가."

그래서 외롭다고 한 건데.

딱히 패도를 가는데 일행이 필요하다는 소릴 하는 것은 절대 아니다. 그러나 무든 아니든 강함을 추구하는 자가 그 길을 포기한다고 하면 외롭지 않은가.

비록 적대한 상대일지라도 강인함을 추구하는 동지이기 때문이다.

동지가 줄어드는 것은 외롭다.

패도는 고독하고, 정점에는 한 명밖에 설 수 없기 때문에 더더욱.

"이 애송이가 릴리냐?!"

음?

갱생한 안젤을 어떻게 다시 뒷길로 끌고 가야 하나 생각하고 있을 때였다.

내 별명이 들려 돌아보니, 보란 듯이 내놓은 스킨헤드에 보란 듯이 내놓은 근육을 가진 커다란 남자가 보란 듯이 서 있었다.

"이봐, 여기 녀석들은 왜 이딴 꼬맹이한테 쫄아 있는 거야?! 이런 애송이는 한 방에 목뼈를 부러뜨려주마!"

나를 내려다보며 보란 듯이 그런 말을 늘어놓는다.

주위 사람들은 낄낄거리고 있다.

이 근처에서는 여러 번 있었던, 자주 보는 광경이기 때문이겠지. 이제 완전히 익숙해진 것이다. 아아, 또 이번에는 저 녀석이 신나게 두들겨 맞겠구나, 하고.

……으음. 기운 넘치는 건 좋은데 말이야.

커다란 덩치도 근육의 정도도 학교의 텐파류 사범 대리보다 못했다. 물론 강함도 사범 대리가 더 위다.

이 녀석의 경우는 그저 몸집만 좀 좋은, 날라리에게 털이 조금 난 수준이었다.

"미안해, 지금 중요한 얘기를 하고 있거든. 저쪽에서 조용히 마셔줄래?"

"뭐?!"

"이건 내가 내지. 저쪽에서 얌전히 마셔줘."

내가 "저쪽으로 가"라고 하자 안젤도 눈치챈 듯 잔에 술을 따라 카운터에 두었다.

스킨헤드의 남자는 단숨에 그 술을 들이켜더니 잔을 카운터에 내던졌다.

"눈물 쏙 빼줄 테니까 밖으로 나와라, 애송아! 하지만 다음은 바텐더, 네놈이다!"

"음? 나도?"

"보디가드가 필요하다는 걸 알려주지! 매상의 절반으로 여기서 지내주마!"

말도 안 되는 억지 발언이 나왔지만 안젤은 의욕 없는 얼굴색을 조금도 바꾸지 않았다.

"아아, 그래. 릴리보다 강하다면 꼭 부탁하고 싶네."

별다른 동요도 없는 반응이다. 장소적 특성상 이런 무리가 낯설지 않은 거겠지.

그러니까 이 스킨헤드는 이른바 등치기라는 건가.

그럼 양심은 아프지 않겠군. 안심하고 때릴 수 있겠다.

"안젤, 네가 할래?"

"싸움을 받은 건 릴리잖아. 너한테 맡길게."

하아, 그래. 귀찮지만 어쩔 수 없지. 조금만 더 강했다면 즐길 수 있었을 텐데.

"그럼 밖에서 할까요? 아, 주스는 그냥 놔둬. 바로 돌아올 테니까."

폐허였다면 여기서 싸워도 되겠지만 이미 이곳은 제대로 된 술집이다.

더럽히는 것도 부수는 것도 안 된다. 다른 손님에게도 폐를 끼치고 싶지 않다. 장사를 방해하고 싶지도 않다.

"마셔둬. 두 번 다시는 돌아올 수 없을 테니까."

"네, 네, 그래, 그래. 상냥하게 재워줄 테니까 가자."

"애송이 취급하지 마라! 애송이는 네놈이잖아!"

술집을 나왔다.

"지금 사과하면 용서해 줄……."

마주본 채 스킨헤드가 무어라 말하는 순간 나는 그의 곁을 가로질렀다.

그때 배에 한 방을 먹였는데, 주변에서 보고 있던 주정뱅이에게는 아무것도 안 보였을 것이다. 맞은 본인조차 영문을 모른 채로 의식을 잃었다.

그대로 술집으로 돌아가…… 이런.

"지갑 속은 좀 남겨둘 것. 그리고 가져가는 건 겉옷뿐이야."

장소상 여기서 의식을 잃은 자는 몸에 걸친 것을 다 털리게 된다. 딱히 누구에게랄 것 없이 그저 전부 가져가진 마, 라고만 말해두었다.

아무튼, 그래서.

"누구 센 사람 없어? 이젠 차라리 마수라도 상관없는데?"

스킨헤드를 빠르게 때려눕히고 술집으로 돌아와 아까의 이야기를 이어갔다.

뭐, 딱히 기대는 안 하지만.

처음엔 도전자가 있었지만, 지금은 뚝 떨어졌다. 아까 스킨헤드도 이제 도전하지 않을 거고. 와도 곤란하지만. 저건 너무 약하다.

하지만.

"네 소원이 이뤄질 수 있을지 어떨진 모르겠지만, 한 가지 재미있는 이야기는 있어."

"응?"

"조만간 암투기장에서 승자전을 벌인대."

암, 투기장?

이 얼마나 투쟁심을 자극하는 말인가.

"간단히 말하자면 비합법 지하 투기장이지."

암투기장이 무엇이냐고 묻자 안젤은 잔을 닦으며 간결하게 설명했다.

"인간이 사력을 다해 싸우는 모습이나 피나 죽음 따위를 보고 싶어 하는, 시간을 주체하지 못한 부자들의 삐뚤어진 욕망을 이뤄주는 곳이야."

뭐야, 그게. 상상한 대로지만 내가 바라던 곳이 아닌가.

"그런 즐거운 장소가 평화롭기로 유명한 이 왕도에도 있었구나. 좋네. 아주 좋아. 왜 지금까지 말을 안 했는지 화가 날 정도로 좋은데."

"말하면 어떻게 될지 아니까. 어차피 '보고 싶다'로 시작해서 '나가고 싶다'까지 갈 거잖아?"

뭐, 부정할 이유도 거리도 없지만. 우문이라고 해도 될 정도로 그 말 그대로지만.

"무리지."

줄곧 손에 들린 잔에 가 있던 안젤의 눈이 내게로 향했다.

"저급한 귀인들도 많이 드나드는 곳이야. 유명인이 가면 한 번에 들킬걸. 안 그래, 리스톤가 아가씨?"

……흐음.

"어디선가 날 봤어?"

"나는 마정판을 갖고 있어. 요즘 네 얼굴은 매일 보고 있다고."

호오. 팬이었나.

"그런 건 말하지 않는 게 암묵적인 룰이라고 생각했는데."

"말하지 않으면 말릴 수 없을 테니까. 나 이외의 사람에게 이 이야기를 듣고 섣불리 암투기장에 뛰어들어서 대소동을 벌인다…… 이런 일이 생기면 최종적으로 리스톤 가문은 끝나는 거 아니야? 라고 못 박기 위해서지."

……그래서는 곤란하다. 나의 최우선은 리스톤 가문이다.

"하지만 나가고 싶어. 나가고 싶다고."

그러나 이렇게 마음을 흔드는 소리를 듣고 가만히 있을 수 있을 리가. 강자의 냄새가 나잖아. 꼭 가고 싶다. 가고 싶어, 가고 싶어!

"나이를 생각해. 적어도 '보고 싶다'고 말해."

"보기만, 보기만 할 거야. 안 나갈 거야. 난입 같은 거 안 해. 절대로 상관 안 할게. 응, 안 돼? 그냥 구경만 할게."

"여기서 외상하겠다는 바보보다도 믿음이 안 가는군."

그렇겠지.

나조차도 믿을 수 없는 말을 하고 있다는 자각은 있다.

"무슨 일 있어? 떼를 다 쓰고, 어린애같이."

안젤이 의욕 없는 한숨을 내쉬자 이런 골목 술집에는 아까운 글래머러스한 점원 프레사가 내 옆 의자에 앉았다. 이 가슴은 뭔가로 채워져 있는 것일까. 너무 크지 않나?

"내가 애 말고 뭐로 보이는데?"

"어린애 같은 짓은 안 하잖아."

그건 어쩔 수 없다. 이 삶이 전생부터 이어진 것이라 생각하면 어린 척하기엔 힘든 나이다. 그렇지 않아도 평소에는 무리하고 있으니 여기서는 무리하지 않았다.

"암투기장 이야기야."

"아, 그거 말이지? 아니나 다를까 나가고 싶다고 고집부린 거야? 내용은 귀엽지 않지만, 행동은 귀엽네."

머리 쓰다듬지 마라, 글래머.

"하지만 나가는 건 어려울지 몰라도 보는 거라면 쉽지 않아?"

뭐야?!

"그 말을 하기 전에 확실히 설득해 놓고 싶었는데."

뭐야, 있는 건가! 어린애인 나라도 암투기장에 가는 방법이!

"즉, 안젤은 장난으로 내 반응을 즐기고 있었다는 거지?"

"아니야, 나도 사정이 있어."

"사정? ……뭐, 그런 건 됐어. 그것보다 암투기장에 가는 방법, 얘기해 줄 거지?"

"그래, 알려줄게. 그렇다고 해도 정공법이다?"

안젤이 제시한 암투기장으로 가는 방법은 지극히 그럴싸하고 사리에도 맞았다.

오호라, 그렇군.

이 아이 몸으로는 난입밖에 방법이 없다고 생각했는데, 겉으로 당당하게 가면 된다는 건가. 그런 건가.

"하지만 변장은 필수야. 안 그래도 어린애라는 것만으로 눈에 띄는데, 그 특징적인 머리부터 확실하게 눈에 띄니까."

변장이라. 음, 확실히 필요하겠네.

비합법적인 자리에 귀인의 딸이 드나든다면 귀인에게는 불명예일 수밖에 없다. 리스톤 가문에 폐를 끼칠 수는 없었다.

"좋아, 빨리 준비해야지."

언제 하는지, 어디서 하는지, 그런 필요한 정보를 대충 물어

본 뒤.

나는 주스를 다 마시고 몸을 일으켰다.

아아, 맞다.

"프레사."

"응?"

내가 일어남과 동시에 일로 돌아가기 위해 일어서던 프레사를 바라보았다.

"팬티 좀 봐도 돼?"

"뭐? ⋯⋯뭐 하는 거야, 릴리?"

뭐냐니, 프레사의 치맛자락을 들춰보고 있지. 허벅지에 감겨 있는 투척용 나이프를 넣어두는 벨트는 못 본척하기로 했다. 보통내기가 아니라는 것은 처음부터 알고 있었다.

그리고 갑자기 이런 일을 당하고도 흔들리지 않는 프레사의 노련함도 보통은 아니었다.

"고마워."

"뭐가?"

"야한 속옷을 보고 오기로 약속했거든. 일단은 정말 봐두려고."

"아, 그래⋯⋯ 아니, 그 설명만으로는 모르겠는데."

"하지만 야하지는 않았어. 의외로 귀여운 팬티를 입고 있네."

"어, 그런가? 꽤 실용적이고——."

"이봐, 내 술집 풍기 어지럽히지 마. 심지어 내 눈앞에서 뭐 하는 거야. 이 가게는 여자를 끼고 노는 가게가 아니야."

안젤의 시큰둥한 시선에 쫓겨나듯 술집을 나섰다.

아직도 편안하게 잠들어 있는 상반신 나체의 스킨헤드 사내를 지나쳐 오늘은 이대로 귀로에 오르기로 했다.

단독 행동 시간은 그렇게 많이 가질 수 없다. 불신은 크지만 소임을 다하는 리노키스가 기다리고 있을 것이다.

애초에 그녀도 리스톤 가문이 고용하고 있는 인재, 어떻게 보면 리스톤 가문의 사람이라고 할 수 있다.

가능하다면 그녀에게도 폐를 끼치고 싶진 않았다.

그러니까 오늘은 이만 돌아가자. 암투기장을 생각하면서.

이질적인 흰머리의 아이가 '어슴푸레한 영서정'을 떠난 직후.

역시나 이질적인 시녀복을 입은 여자가 땅바닥에 누운 채 잠든 상반신 나체 스킨헤드의 사내를 넘어 술집으로 들어갔다.

"……."

들어가자마자 조용해지는 가게 안.

시녀는 그 무엇에도 개의치 않고 조금 전까지 흰머리 아이가 앉아 있던 카운터 의자에 앉았다.

"쓸데없는 얘기는 안 했겠죠?"

입을 열자마자 살기까지 드러낸 시녀는 의욕 없어 보이는 바텐더를 노려보았다.

"필요한 얘기밖에 안 했어. 그리고 아가씨, 전에도 말했지만 여긴 술집이야. 술을 마시지 않는 손님은 손님이 아니지. 돌아가."

"그녀에게 무슨 일이 생기면 이 자리의 모든 사람을 죽일 겁니다."

"알았어, 알았으니까. 빨리 좀 나가."

"그녀의 정보를 누설해도 죽일 겁니다."

"여전히 말이 안 통하네…… 네놈이 하고 싶은 말만 하는 건 대화가 아니잖아."

그건 그렇다.

살기 어린 시녀——리노키스의 목적은 대화가 아니라 경고. 그리고 경우에 따라서는 정말 입막음을 위해 온 것이니까.

니아 리스톤이 매직비전 촬영으로 왕도에 올 때마다 이곳을 찾게 됐다.

한때 폐허였던 술집이 이제는 제대로 영업하는 술집으로 거듭났다.

불필요하게 오기 쉬운 상황이 마련되어 쓸데없이 사람이 모이는 장소가 되어 버렸다.

니아의 호위로서, 또 리스톤가의 시녀로서.

두 가지 일을 모두 해내기 위해 행동한 결과가 바로 이 경고였다.

니아가 이곳에 다니기 시작하고, 앞으로도 다닐 것이라는 사실을 깨달은 순간부터 리노키스는 홀로 뛰어들어 경고를, 그리고 경우에 따라서는 여러 무리의 패거리를 때려눕히기까지 했다.

사실 안젤과도 몇 번인가 싸움을 했었다.

실력은 막상막하인지 늘 길어지려고 해서 결말을 짓지 못하고 있지만, 본심은 서로 '더는 싸우고 싶지 않다'였다.

리노키스는 이후 업무에 차질이 생기게 되니 부상은 피하고 싶었고,

안젤은 이 시녀가 니아의 관계자라는 것을 확실하게 알고 있었다. 시녀를 다치게 해서 니아의 노여움을 산다면 최악이었다.

안젤이 아는 강자 프레사를 고용한 것도 리노키스 대책의 일환이었다.

만일의 경우는 둘이 달려들어 막기 위해서.

그들에게도 리노키스는 매우 성가신 존재였다. 어차피 그녀를 죽이면 확실하게 니아가 올 것이기 때문이었다.

리노키스도 물론 시녀나 호위로서는 꽹장히 강하지만…… 니아는 기본적인 자릿수가 다르다.

그 녀석이 진심이 되면 확실히 파멸할 것이다. 마음만 먹으면 나라 단위로.

"……저기."

방금 니아에게 했던 것과 마찬가지로 프레사가 시녀 옆에 앉았다.

"그냥 차라리 다음부턴 릴리랑 같이 오지 그래? 그 녀석도 너랑 따로 행동하느라 고생하는 것 같고, 그쪽도 릴리랑 우리가 여기서 어떤 대화를 하는지 궁금하지? 그럼 여기에 같이 있으면 되잖아."

"......."

리노키스는 돌아보지도 않고 안젤을 응시했다.

마치 다른 사람 따위는 아무래도 좋다, 우두머리만 잡으면 어떻게든 된다, 라고 말하듯이.

한숨과 함께 어깨를 으쓱인 프레사는 일로 돌아갔다.

"이제 볼일은 끝났잖아? 빨리 가. 릴리가 기다리고 있어."

"......."

쓸데없는 말은 일절 하지 않는, 대화가 통하지 않는 시녀가 자리에서 일어났다.

흰머리 아이에 이어 두 번째 파도인 시녀의 방문도 끝이 났다.

"......볼 때마다 더 위험해지는군, 저 녀석."

안젤은 한숨을 내쉬고, 가게에서 파는 싸구려 술을 한 잔 마셨다.

처음 왔을 때는 비슷한 정도였는데, 이제는 저 시녀를 이길 수 있을 것 같지 않았다. 매번 올 때마다 강해지고 있다는 것이 느껴졌다. 아마도 릴리가 단련시키고 있는 거겠지.

더는 이길 수 없다고 생각했다. 시녀의 실력은 이제 안젤을 넘어섰다.

그리고 지금은 릴리보다 더 위험한 존재가 되어버렸다.

릴리는 그나마 온화하다.

대화하면 알아듣고 명확한 적대행동을 하지 않는 한 어지간한 일로는 날뛰지도 않는다.

그러나 시녀는 다르다.

특히 대화가 안 된다는 부분이 가장 위험했다. 접근할 수 없는 성가신 존재는 그저 재앙에 지나지 않는다. 게다가 실력으로 배제도 안 된다는 것을 알게 되었다.

그런 안젤의 마음도 모르고 불량배들과 가난한 노숙자들이 술에 취해 소란을 피웠다.

"어떻게 해야 할지……."

손님은 아무래도 좋았다. 지키고 싶은 가게를 손에 얻게된 안젤에게 그 시녀는 마음이 무거워지는 존재였다.

"지금 뭐라고요? 다시 한번 말씀해 주세요."

"암투기장에 갈 거야, 라고 말했어."

"죄송합니다. 좀 잘 못 들어서요. 다시 한번 부탁드립니다."

"암투기장에 갈 거야. 이번이 세 번째야.

"일단 확인을 위해 한 번만 더 괜찮을까요?"

"암투기장에 갈 거야."

"지금 여기서 제가 울고 매달리면 포기해 주실 건가요?"

"늘 그 수법으로 내가 꺾일 거라 생각하지 마. 나는 갈 거야, 암투기장."

"아버님께 이를 거예요."

"안 갔다고 우기면 그만이야."

"어린애도 아니고 고집부리지 마세요."

"어딜 어떻게 봐도 어린애인데?"

이는 상당한 거부 반응이다.

안젤의 술집 '어슴푸레한 영서정'에서 돌아온 나는 약속 장소로 삼았던 찻집에서 리노키스와 합류해 기숙사로 돌아왔다.

홍차를 내리는 리노키스에게 "야한 속옷은 어떻게 되셨나요?"라는 질문을 받고 "의외로 귀여운 것밖에 없었어"라는 식으로 대답하면서, 일상 대화를 하듯 자연스러운 톤으로 말해 보았다.

암투기장에 가고 싶다고.

그리고 당연하다는 듯이 거절당했다.

최대 난관일 것이라 생각했던 리노키스가 정말 가장 난관의 반응을 보이고 있었다.

이렇게 막혔던 것은 몰래 미개 부유섬에 가려고 했을 때 이후로 처음이다. 생각해 보면 처음 울면서 매달렸던 것도 그때였나? 맛을 들인 것인지 나를 포기시키고 싶을 때는 늘 그 방법을 쓰게 됐지만…….

하지만 이번만큼은 안 된다.

나는 갈 거다. 암투기장에.

"애초에 암투기장이라니…… 어디서 정보를 입수하신 거죠?"

"그건 상관없잖아. 아무래도."

"전혀 상관없지 않은데요…… 뭐, 거긴 그렇다고 치죠."

다행이다. 추궁당하면 곤란하니까. 추궁하지 않는 것은 들켜서 그런 건 아니겠지?

"하지만 아무리 생각해도 무리 아닌가요? 아가씨는 이제 유명인이고, 그렇게 위험한 곳에 가는 건 리스톤 가문의 평판과도 직결돼요."

그 말은 안젤에게도 들었다.

그리고 그것을 회피하는 방법도 듣고 왔다.

"게다가 매직비전업계에도 적지 않은 영향을 미칠 거예요. 아가씨는 매직비전에 자주 나오는 사람이니 아가씨의 악평은 분명 표면화될 거라고요."

……어?

"그럴까? 그거랑 이거랑은 무관하지 않아?"

"리스톤령 채널은 지금 거의 절반 이상은 아가씨의 인기와 평판으로 유지되고 있다고 생각하는데요. 많은 사람이 때 묻지 않은 청렴한 아이라는 이미지를 갖고 아가씨를 보고 있을 거예요. 그러니 거기서 조금이라도 일탈하거나 배신했다는 사실이 드러나면 상당한 영향을 미치지 않겠어요?"

그건…… 안 되지.

리스톤 가문이 최우선이지만 그다음은 역시 매직비전 일이었다.

앞으로 더욱 팔아야 하는데 그걸 방해하는 짓은 할 수 없다.

그리고 매직비전업계에 악영향을 주게 되면 레리아렛과 힐데트라에게도 폐를 끼치게 된다.

아무래도 족쇄와 장벽과 리스크가 너무 많군…….

하지만 그럼에도 암투기장은 도저히 포기할 수 없었다.

안젤도 말했던, 아니, 사실상 내가 더 적극적으로 캐물어본 이유는 '이번에 갑작스럽게 특수한 룰을 채택했다'라는 점에 있었다.

암투기장 자체는 매주 열리고 있고 정기적으로 사투가 벌어지고 있는데.

이번에는 특수한 룰을 마련해 규모도 더 크게 개최된다.

이것이 무슨 말인가. 안젤 왈, "특별한 말을 준비했다는 증명이나 다름없지"라고 한다.

주최자가 마피아인지 귀인인지는 모르겠지만, 그쪽 방면 관계자들은 허영심이나 체면이나 즐거움, 혹은 내기를 위해 늘 암투기장에 나설 강자를 찾고 있다.

그리고 매주 행해지는 이벤트에 이번에만 특수한 룰을 채택했다는 것은⋯⋯.

평소엔 없던 특별한 참가자를 준비한 것이 아닐까. 이번 한정으로 특별한 강자가 나오는 것이 아닐까.

뒷세계에 관여해 온 안젤은 그렇게 예측했다.

그래서 나한테 얘기한 것이다. 계속 강자를 찾고 있는 나에게.

"확증은 없지만"이라고 말했지만, 그의 추측에 나는 강하게 납득했다.

설령 특별한 참가자가 없더라도 일단 웬만큼 강한 이들의 주먹다짐이나 유혈사태가 벌어진다면 그나마 용서해 줄 수 있었다.

결코 헛걸음이 되지는 않을 것이다.

그런 속사정이 있어 어떻게든 이번 암투기장에 가고 싶었는데…… 생각 이상으로 내가 가는 것은 어려워 보였다.

……어쩔 수 없지.

"알았어."

"알아주신 건가요!"

"절대 출전하지 않을게. 보러 가기만 할게."

양보해야지 어쩔 수 있나!

가게 된다면 이쪽이라고 생각했는데, 역시 나가는 건 그만두자!

뭐, 다른 쪽에서 격렬하게 도발해서 '그쪽에서 먼저 싸움을 걸어왔다'라는 형태가 되면…… 아니, 그런 것도 나서지는 말까?

이제 진짜 가기만 하면 돼. 진짜 보기만 해도 좋다.

이제 슬슬 내가 납득할 수 있는 이 시대의 강자를 보여줘.

"아가씨, 장소가 좋지 않다는 얘기예요. 간다느니 안 간다느니, 나간다느니 안 나간다느니 그런 게 중요한 게 아니라요."

"변장할 거니까 괜찮아. 나라는 걸 들키지만 않으면 어떻게든 되겠지."

"백 보 양보해서 변장으로 어떻게든 된다고 해도, 어떻게 들어가시려고요? 설사 변장하더라도 이런 어린아이가 갈 수 있는 곳은 아니에요. 말해두겠지만 저는 협력하지 않을 겁니다."

그거다.

가장 큰 문제는 거기지만, 이미 해결책도 들었다.

"그 부분은 이미 생각해 둔 게 있어. 실은……."

정공법에 가까운 해결책을 자랑스럽게 내뱉으려는 순간이었다.

"니아! 있어요? 니아!"

아이의 목소리와 함께 힘찬 노크 소리가 날아들었다.

이 타이밍에 손님인가? 타이밍이 나쁘군.

타이밍이 나쁘다고 생각했는데, 실제로는 그 반대였다는 것을 알게 된 것은 바로 뒤의 일이었다.

잠시 휴전한 나와 리노키스는 손님을 맞이하기 위해 이동했다.

지금의 목소리와 기척으로 미루어 보건대——.

"니아! 들어보세요!"

리노키스가 문을 열어주자마자 왕녀답지 않은 기세로 뛰어든 것은 제3 왕녀 힐데트라였다.

게다가 그녀에게 억지로 끌려온 것으로 보이는 실버 가문의 레리아렛과 키가 큰 시녀도 있었다.

"일단 진정하는 게 어때?"

테이블에 가까이 간 나는 이마에 땀까지 맺힌 채 다가오는 힐데트라에게 약간 식은 홍차를 내밀었다. 리노키스가 내려줬지만 격렬한 논의를 벌인 탓에 입을 댈 겨를이 없었던 것이다.

그건 그렇고 힐데트라를 만나는 것은 오랜만이었다.

시청자도 참여한다느니 어쩌니 하는 매직비전 아이디어를 생각했던 그 날을 마지막으로 보지 못한 것이다.

오랜만에 만난 힐데트라였지만, 이 모습으로 미루어 보아 아무래도 좋은 기획이 나온 것 같았다.

　그리고 지금 바로 그것을 전해 주기 위해 온 것이겠지. 레리아렛을 데리고.

　어디, 나를 깜짝 놀라게 할 만한 기획이 생겼을까? 그러길 바라자.

　훗.

　하지만 나도 줄곧 매직비전이라는 매체에 관여해 온 자다. 때로는 자신을 버리고, 때로는 공을 버리고, 심혈과 시간을 쏟아부어 계속해서 영상에 나온 것이다.

　방송국 기획 담당만큼은 아니더라도 기획에 대한 생각은 많이 해왔다.

　이런 나를 놀라게 할 만한 아이디어가 과연 떠오른 것일까.

　그렇게 여유를 부린 나지만, 곧 놀라게 되었다.

　힐데트라는 거리낌 없이 컵을 받아들고는 공주답지 않게 호쾌한 원샷을 선보이더니 다급히 입을 열었다.

　"시청자 참여형 격투 대회를 열죠! 매직비전으로 내보내는 거예요!"

　…….

　뭐라고?! 격투 대회?!

　갑작스럽게 방문한 힐데트라와 레리아렛이 의자에 앉았고, 리노키스가 두 사람에게 홍차를 내준 뒤, 단 3초 만에 나를 경악하게 만든 격투 대회의 상세한 내용이 전해졌다.

"……아아, 그런 거였군. 하아……."

그리고 흥분이 식지 않은 힐데트라의 입에서 열의가 담긴 말이 나올 때마다 반대로 나의 놀라움과 열기는 점점 가라앉았다.

그렇지, 라면서. 그야 그렇겠지, 라면서.

격투 대회.

그 말의 울림이야말로 가슴이 두근거리고 피가 들끓지만, 이야기의 취지는 전혀 달랐다.

메인은 격투가 아니라 매직비전 보급이니까.

"아가씨, 정신 좀 차리세요."

내 의기소침한 모습을 등밖에 보지 못한 리노키스가 뒤에 선 채로 걱정스럽게 속삭였다.

안심해도 된다. 괜찮아, 나에겐 암투기장이 있어. 진짜가 남아 있다. 그러니 힐데트라가 기세등등하게 가져온 격투 대회에 실망해도 괜찮다. 아무렴, 괜찮고말고. 괜찮기도 하고 물론 이해도 된다.

"훌륭한 아이디어네요."

이야기 자체는 꽤 심플했기 때문에 레리아렛도 이해한 모습이었다.

내용을 들을 때마다 차분해지기는커녕 우울해진 나지만, 뭐 이건 어쩔 수 없는 일이라며 포기한다고 치고. 진짜가 남았으니까 포기한다고 치고. 진짜가 있으니까…… 하아.

"괜찮지 않을까?"

정신을 차리고 나는 그렇게 말했다.

레리아렛 말대로 좋은 아이디어였다. 알기 쉽다는 것까지 포함해서.

"멀리 떨어진 곳에 있는 사람도 볼 수 있다. 그거야말로 매직비전의 최대 강점이지."

힐데트라가 가져온 격투 대회라는 것은 학교가 주최가 되어 학교 학생들을 참가자로 내보내자는 기획이었다.

요컨대 학교에서 가장 강한 자를 가리는 대회였다.

알투아르 왕국에서는 여섯 살부터 열두 살까지 학교에 다니는 것이 의무였다.

그리고 거리적인 이유로 다닐 수 없는 사람은 기숙사에 들어가 가족과 떨어져 살게 된다.

격투 대회 기획은 거기에 목적을 두고 있다.

실천되고 있는 의무 교육 제도는 아직 역사가 짧다.

옛날에는 돈을 내고 다니는 학교가 있었다. 귀인들이야 어떻든 요즘 서민 어른 중에는 학교에 다니지 못한 사람도 꽤 많다. 학비니 생활비니 하는 비용이 만만치 많아서 여러모로 어려웠다고 한다.

즉 서민 어른들은 자신의 자녀가 학교에서 어떤 생활을 하는지 전혀 모르는 것이다.

그래서 생각한 것이 '학교생활의 일부를 공개한다'라는 취지를 포함한 격투 대회였다.

"아직 왕국 전체에 침투한 건 아니지만 중간 규모의 호텔이나 음식점에는 마정판을 두고 있는 곳이 많고, 매직비전을 보기 위한 시설도 조금씩 늘어나고 있어요. 업무 등의 사정상 왕도에 올 수 없다. 규칙상 외부인은 학교 내에 들어올 수 없다. 그렇게 되면 아이들과 만날 수 있는 기간은 장기 휴가에만 한정됩니다. 자신의 아이가 걱정되는 지방의 부모들은 분명 많을 거예요. 그러니까――."

학교에서 어떤 생활을 하고 있는지 모르는 내 아이가 격투 대회에 출전한다면?

부모는 한 번이라도 그 모습을 눈에 담고 싶어 하지 않을까. 그런 이야기였다.

그래, 요컨대 격투 대회에는 어린애들밖에 나오지 않기 때문에 강한 사람은 나올 리 없다는 이야기다. ······하아. 실망이다.

이야기의 발단인 시청자 참여형이라는 아이디어에도 부합한다.

부모에게는 자기 자식이라는 관계자가 비치는 것이다. 가족 간의 사이가 어지간히 나쁘지 않은 한 보고 싶을 것이다.

"아이를 생각하는 부모의 마음을 이용해서 매직비전의 인지도를 높이자는 거지? 역시 힐데, 책사야."

"니아! 말투!"

이 자리에서 말을 꾸며봤자 무슨 소용이 있나. 오히려 나는 이곳이 기탄없이 의견을 나눌 수 있는 자리라고 생각할 정도다.

"괜찮아요, 레리아. 니아가 하는 말이 틀린 건 아니에요. 실제로 방송사 분들과 기획을 짜고 있을 때 그런 목소리도 나왔어요. 역시 힐데 양은 무슨 생각을 하는지 모르겠다, 라고요. 여덟 살아이에게 할 말은 아닌 것 같지만요. 정말이지."

그걸 말하자면 부모의 마음을 이용하자는 말도 여덟 살짜리 아이가 할 말은 아닌 것 같은데. ……아니, 내가 할 말도 아닌가. 나이에 관해서는 내가 훨씬 앞서니까.

"그래도 괜찮아요. 저도 한마디 해 줬으니까요."

힐데트라는 꿀꺽 홍차를 홀짝이며 내뱉었다.

"그게 무슨 문제라도? ……라고요."

오, 꽤 강하군.

"서로 손해가 없는 이야기인데 이용이라고 할 것도 없잖아요? 부모의 보고 싶다는 욕구를 충족시켜주고, 우리는 매직비전의 보급을 목표로 한다. 어디에 문제가 있죠?"

…….

"뭐, 문제가 있다면 지금 힐데의 얼굴이 좀 짜증 난다는 정도네."

"그러게, 왜 저렇게 잘난 척이야? 어차피 방송국 어른들이랑 같이 생각한 거면서. 혼자 생각한 것도 아니잖아. 처음 아이디어도 니아가 생각한 건데."

"……둘 다 제법이군요."

나와 레리아렛이 경멸의 눈빛을 보내자 힐데트라는 불온한 공기를 잠식시키기 위해 헛기침을 했다.

"뭐…… 뭐어, 어쨌든 기획 자체는 이미 움직이기 시작했으니까 이제부턴 여러분들이 협력해 주시면 고맙겠어요."

과연. 기획은 이미 완성된 건가.

그렇다는 건 우리가 굳이 협력하지 않더라도 격투 대회를 하는 것은 결정됐다는 거겠지.

"구체적으로 저랑 니아는 뭘 하면 좋을까요?"

맞아, 문제는 거기다. 그리고 한 가지 더.

"장기간 구속되면 스케줄 조정이 힘들어."

리스톤령이든 실버령이든 각자의 촬영이 시작됐다.

힐데트라에게 협조하겠다고는 했지만 본인 영지의 촬영을 소홀히 할 수 있을 리가 없다.

"저희가 하는 건 이른바 도입부죠. 입구를 장식한다고 할까요? 어차피 격투 대회가 개최되면 할 수 있는 일은 없으니까요."

그것도 그렇다.

굳이 나가고 싶지도 않고. 아이들 속에 섞여 나가서 어쩌라는 건가. 아이를 괴롭히는 악질적인 짓은 나는 할 수 없다.

도입부라. 즉 격투 대회가 시작될 때까지가 우리들의 일이라는 건가. 구체적으로 뭘 해야 하는 거지.

"알겠나요? 우선은——."

힐데트라의 뜻밖의 방문으로 진지한 협의가 시작되었고,

그것은 밤까지 계속 이어졌다.

힐데트라 일행이 오면서 중단된 암투기장 얘기는 절대 흐지부지되진 않았다.

"그래서 아가씨. 암투기장 얘기로 되돌아올까요?"

하늘도 어두워지고, 손님들이 나간 직후에야 중요한 이야기가 재개됐다.

"그건 다음에 하자. 이미 대화하느라 지쳤어."

예상외로 돌발적인 장시간 회의가 되어 버렸다. 이제 오늘은 그만해도 되겠지. 피곤해. 머리가 움직이는 것을 거부하고 있다.

학교에서 열리는 격투 대회 개최 예정일은 상당히 빨랐다.

본격적인 대회 준비가 시작되면 우리의 대회용 촬영도 시작될 것이다.

힐데트라도 그 부분을 생각해서 점심시간이나 방과 후에 촬영할 수 있도록 이미 스케줄을 짜뒀다.

이렇게까지 준비된 이상 이제 할 수밖에 없지 않나.

그걸 알기에 더더욱 미팅에서도 힘을 뺄 수가 없었다.

물론 육체 언어를 사용한다면 온종일 움직일 자신이 있지만, 나는 머리를 쓰는 것엔 그다지 익숙하지 않다.

분명 전생에는 '생각하는 것보다 때리는 편이 빠르다'는 신조를 지니고 있지 않았을까.

그래서 정말 피곤했다.

오늘은 아직 하지 못한 자세 수행도 지금부터 해야 하는데……

조금만 쉬고 싶었다.

"안 돼요. 중요한 이야기는 빨리 제대로 끝내 놔야죠."

하지만 리노키스의 대응은 냉정했다. 절대로 암투기장에는 보내지 않겠다는 뜻이 전해지는 것만 같았다.

"중요한 얘기고 뭐고, 가는 건 결정인데?"

"납득한 기억은 없습니다만."

칫, 고집 센 제자 같으니…… 차라리 한 방 먹여둘까? 스승으로서.

"제자가 스승의 결정을 거역하지 말라고!"

눈을 부릅뜨고 호통치자 리노키스의 눈동자가 번쩍였다.

"당신은 저의 스승이기 이전에 리스톤가의 딸입니다! 리스톤가의 딸에게 어울리지 않는 곳으로는 보낼 수 없어요!"

……찍소리도 못한다는 것은 바로 이 말이다.

견고한 정론이 구름을 뚫고 나갈 정도로 높은 벽이 되어 우뚝 솟아 있었다.

이 제자, 강하군…… 설마 스승의 호통을 곧바로 받아치다니.

더는 말로는 이길 수 있을 것 같지 않았다.

"애초에 말이에요. 힐데트라 님이 오시기 전의 이야기로 돌아가서, 어떻게 암투기장 같은 비합법적인 장소에 숨어 들어가실 생각인가요? 이미 생각이 있다고 말씀하셨죠? 설마 협력자가 있는 건가요?"

음…….

"아직 없어. 앞으로 어떤 사람을 설득할 생각이야. 그러니까 리노키스, 이렇게 하자."

"안 돼요."

"만약 협상이 잘 된다면 암투기장에 가는 걸 허락해 줘."

"안 돼요."

"협상이 잘 안 되면 포기할게. 정말 완전히 포기할게. 약속해."

"안 돼요. 지금 당장 여기서 포기하세요."

"얘기 좀 들어! 이미 내 말을 듣기도 전부터 거절할 생각밖에 없잖아!"

"들을 것도 없어요! 안 되는 건 안 돼요!"

다음 수를 어디에 놓아야 할지 전혀 앞이 보이지 않았다.

이 제자 정말 강하다……. 설마 울고 매달리는 것 이상의 기술도 가지고 있었단 말인가…….

가네, 마네, 가네, 마네. 입안이 완전히 말라버릴 정도로 언쟁을 이어가며 아이 같은 싸움을 벌인 밤이 지나고 그다음 날.

설마 전생이 있는 6살이나 돼서 그런 끔찍한 밤을 보내게 될 줄은 몰랐는데…… 뭐, 이제 그건 상관없다.

"안 돼요. 절대로 안 돼요."

아침 준비를 하고 수업 준비를 하고 가방을 들고 기숙사를 나와 학교 건물로 향하는 와중에도 리노키스는 등 뒤에서 안 된다는 말을 반복했다.

솔직히 그녀의 이 집념에는 꺾일 수밖에 없다는 생각마저 들 정도였다.

꺾이진 않겠지만.

무에 관해서는 나를 포기하게 만들면 굉장한 것이다.

시종의 동행이 허용되는 곳은 학교 건물 밖까지다. 안까지는 들어갈 수 없다.

"절대 안 되니까요!"

똑같이 등교하고 있는 주위 아이들의 시선 따위는 아랑곳하지 않고 소리치는 리노키스와 이제는 완전히 무시하고 학교 건물로 뛰어드는 나.

이른 아침부터 쓸데없이 눈에 띄고 있지만, 이것만은 어쩔 수 없다.

"왜 그래? 무슨 일 있어?"

뒤에서 리노키스가 아닌 목소리를 듣고 나서야 나는 뒤를 돌아보았다.

당연히 그곳에는 시녀복을 입은 리노키스가 아닌, 붉은 머리 소녀 레리아렛이 서 있었다.

조금 뒤쪽을 걷고 있다가 맹렬히 날아오는 리노키스의 목소리를 듣고 달려온 것 같다.

"좀 의견 차이가 있어서."

말끝을 흐리며 그 말만을 전하자 "아아" 하고 그녀는 고개를 끄덕였다.

"알겠다. 니아가 잘못한 거지?"

왜 장담하는 거야. 아직 아무것도 못 들으면서. ……뭐, 아무리 좋게 말해도 100% 내 잘못인 것은 맞지만.

"그것보다 마침 잘됐다. 레리아한테 부탁할 게 있어."

"나쁜 일에는 협력할 수 없어."

"아직 아무 말도 안 했어."

"어차피 또 잔인한 일을 생각한 거지? 남을 다치게 하거나 비방하거나 피가 흐르거나, 뭐 그런 거. 그래서 시녀가 안 된다고 한 거지? 좀 참아."

그녀는 나를 뭐라고 생각하는 걸까? ……뭐, 그런 생각이 아예 없는 건 아니지만. 하지만 그런 생각은 하루의 60% 정도밖에 안 하는데.

"네 언니가 보고 싶은 것뿐이야."

"언니? 리리미 언니를 말하는 거야?"

"응."

신체 측정 날 이후로 만나지 못한 리리미 실버.

중, 고등학부의 기숙사와 교사는 조금 떨어져 있긴 해도 초등학부와 같은 부지에 있다. 그래서 만나러 가려고 하면 못 갈 것도 아니었다.

그날 그녀의 스승이나 다름없는 사범 대리와 승부를 벌여 쓰러뜨린 뒤라 좀 만나기 껄끄러운 마음도 없잖아 있지만.

"……뭐, 리리미 언니도 니아를 다시 보고 싶어 하긴 했어."

"그럼 마침 잘됐네!"

"그 웃는 얼굴이 수상해."

그런 실례되는 말을 하다니.

"리리미 언니를 좋지 않은 일에 휘말리게 하려는 건 아니겠지? 아무리 잔인해도 그런 생각까지 하는 건 아니지?"

"그런 생각 안 해."

"정말? 격투 대회 직전인 중요한 이 시기에 쓸데없는 분쟁을 일으키는 건 아니겠지?"

"일으키지 않을게."

"……왠지 믿음이 안 간단 말이야, 니아는……."

실례네, 정말 실례다. 아주 무례해.

하지만 리노키스보다는 다루기 쉬운 상대였다.

그건 정말 뭘 해볼 새도 없이, 대화가 성립되지 않는 선에서 거절당하고 있었다. 그나마 레리아렛은 대화가 가능하니 설득할 수 있을 것이다.

그야말로 아이의 손을 비트는 것만큼이 쉽지!

이렇게 해서 나는 방과 후까지 시간을 충분히 들여서 레리아렛을 구워삶았고, 리리미를 만날 약속을 받아내게 되었다.

이것으로 제1관문 돌파.

암투기장에 한발 다가선 셈이다.

학교생활이 시작된 지 2주가 넘었다.

나와 레리아렛, 힐데트라도 매직비전 관련 일로 바빠지고 있었지만 그렇다고 빈 시간이 아예 없는 것은 아니었다.

그래서 당초 예정대로 레리아렛은 텐파류 클럽에 들어갔다. 중등학부에 있는 언니를 쫓아 들어간 면도 있는 것 같았다.

시간을 들여 차분히 레리아렛을 설득한 결과 방과 후 오늘 클럽 활동 장소에 데려다주겠다는 약속을 받아냈다.

정확히 말해서 볼일이 있는 상대가 그녀의 언니는 아니었지만. 뭐, 그건 상관없겠지.

다행히 거절 모드를 장착한 시녀 리노키스는 평소대로 기숙사 방에서 돌아오기를 기다리고 있었기에 방과 후에는 아주 조금 시간이 난다.

물론 너무 시간이 지체되면 당연히 찾으러 올 것이다.

부지 밖으로 나갈 여유는 없지만, 학교 내에서 잠깐 들르는 정도라면 수상쩍게 생각하지 않겠지.

그래서 이대로 기숙사로 돌아가지 않고 레리아렛과 함께 텐파류 아이들이 배우고 있는 곳으로 가게 되었다.

"니아는 텐파류 클럽에 가입 안 해? 수행은 하고 있지?"

"응, 하지만 지금만으로 충분해."

지금까지 텐파뿐만 아니라 가르침을 청하고 싶을 만큼 강한 사람과는 만나지 못했으니 속할 의미도 이유도 없었다.

"그래도 관심은 있는 거네."

텐파류 클럽이라고 하면 그 바위 같은 큰 사내가 사범 대리를 맑은 곳이었다.

저런 몸이라면 살짝 진심으로 때려도 부서지지는 않을 것이다. 그건 아주 매력적이었다.

"아, 지금 또 피비린내 날 법한 일 생각했지?"

"아니?"

어떻게 안 거지.

사범 대리를 때려눕히는 상상을 했다는 것을 어떻게 알았단 말인가.

아직 한 달도 안 되는 짧은 만남인데 어째서…… 설마 내가 알기 쉬운 걸까? 의외로 알기 쉬운가?

레리아렛과 그런 이야기를 나누며 함께 학교 건물을 나와 기숙사와는 다른 쪽으로 향했다.

나는 가본 적은 없지만, 학교의 광활한 부지 곳곳에는 클럽으로 사용되는 건물들이 산재해 있다고 한다.

텐파류 클럽이 사용하는 도장도 그중 하나로, 그곳에서는 초중고 따위의 학부를 불문하고 학생들이 모여 열심히 땀을 흘리고 있다고.

"어때? 텐파류는 다닐만해?"

"뭐야, 그 부모님 같은 질문은."

다소 건방진 느낌이 나오는 것은 어쩔 수가 없다. 같은 여섯 살이라도 나는 전생이 있다.

"말해두겠는데 네 시녀보다 내 시녀가 더 강해."

아, 그리고 보니 서로 시녀에게 무술을 배운다는 설정이었지. 레리아렛은 실제로도 그렇겠지만 나는 반대다.

슬슬 기회를 봐서 시녀끼리 싸움을 붙여보고 싶은데, 지금 우선해야 할 것은 암투기장이다. 시녀끼리의 싸움은 나중에 해도 그만이다.

"그리고 보니 니아의 유파는 어디야?"

"글쎄? 딱히 신경 쓴 적 없는데."

"하지만 텐파는 아닌 거——앗."

앗?

"니아, 쓸데없는 소리 하면 안 돼. 갑자기 때려도 안 되고. 어쨌든 피가 날 법한 일은 다 안 돼."

……? 갑자기 뭐지? ……아, 저건가.

"나 시간 별로 없는데."

빨리 끝내지 않으면 리노키스가 찾으러 올 것이다.

"어쩔 수 없잖아. 참아."

그렇게 말하는 사이에 목검을 든 남자아이 여섯 명에게 둘러싸였다.

아무래도 매복을 하고 있었던 것 같다.

살기나 적의 같은 것이 일절 없었기에 멀리서는 그저 아이들 무리로밖에 보이지 않았는데.

……체격의 차이로 보아 3학년이나 4학년 정도일까. 우리 1학

년이랑 비교하면 꽤 커보인다. 뭐, 그래봤자 어린애지만.

"레리아. 텐파 따위는 관두고 검술 도장으로 와."

사내아이들의 리더격으로 보이는 아이가 당당하게 쏘아붙였다.

그렇군, 빼돌리기인가. 텐파류를 그만두게 하고 자기네 클럽으로 오라는. 그런 용무인가.

"아는 사람?"

"아는 사람이랄까…… 뭐라고 해야 하지."

뭐라고 한마디로 정의할 수 없는 사이인 것 같다.

"음, 사범 대리 경쟁자의 제자라고 해야 하나? 나와 이 녀석들은 단순히 여기서 몇 번 만난 정도야."

사범 대리 경쟁자의 제자.

오호라, 레리아렛과 직접적인 관계가 있는 것이 아니라 도장주인 간의 인연에서 온 것인가.

"루진! 저거 아무리 봐도 니아야! 니아 리스톤!"

"알고 있어! 보면 알잖아, 저 호호백발!"

이쪽에서 속닥거리는 사이에 저쪽도 속닥거리기 시작한다. 나도 제법 유명해졌나 보다. 손을 흔들었더니 "우오오, 실물!" 하며 약간 끓어오른다. 인기인이 된 것이다.

하지만 리더격인 루진과 아이들.

적어도 흰머리라고 말해 줬으면 좋겠는데. 정신연령은 늙었을지 모르지만 육체연령은 누가 봐도 완벽한 여섯 살짜리 아이니까.

"차라리 잘됐어! 레리아와 함께 니아 너도 우리 도장으로 와라!"

어, 나도?

루진이 내친김에 그런 말을 건네자 일행인 남자아이 다섯 명이 "우오오오오" 하며 적잖이 달아올랐다. ……뭐어, 환영받으니 나쁜 기분은 아니지만.

"난 텐파류가 아니니까 사양할게."

"우리는 신경 안 써!"

오, 시원할 정도로 깔끔한 대답. 하지만 내가 신경 쓰인단다.

"루진, 오늘은 그냥 넘어가 줘. 니아는 정말 무관하니까."

레리아렛이 내 앞에 나서서 감싸듯이 말했다. 오…… 이런 아이가 나를 감싸준다니. 오라비가 감싸줬을 때도 좋았지만, 레리아렛이 감싸주는 것도 썩 나쁘지 않았다. 아주 듬직하고 귀엽다. 용돈을 쥐여주고 싶어진다.

"말해두지만 너희들을 위해서 하는 말이야. 니아와는 엮이지 않는 편이 좋아."

음?

"이 녀석은 위험해. 정말로 위험하다고."

……어라?

"레리아?"

나를 감싸주는 모습이 귀엽다고 생각했는데, 실상은 반대인 건가?

이것은 그들을 나로부터 지키기 위한 구도였던 건가?

"빨리 가. 눈에 들기 전에."

"레리아?"

"내가 제압하고 있는 동안 빨리."

"레리아?"

"뭘 멍하니 있어?! 어서 가!"

"야."

아무래도 더는 오해가 아닌 게 맞는 것 같다. 그들을 감싸고 있는 걸로 받아들이면 되는 거지?

······레리아렛 앞에서 난동을 부린 적은 한 번도 없는데. 왜 이런 인식을 갖게 된 걸까.

·······.

뭐, 완전한 오해는 아니지만.

만약 내가 없었다면 연하의 여자아이 한 명을 두고 남자아이 여섯 명이 무기를 든 채 둘러싼 상황이 되는 것이다.

무와 관련된 사람은 이를 간과할 수 없다. 그러니 엄한 주먹으로 다스리는 것이 바람직한 안건이다. 그러므로 그녀의 말은 어떻게 보면 옳다.

······레리아렛이 이 자리를 정리할 생각이라면, 뭐 그건 그거대로 상관없지만.

이것이 어른이라면 몰라도 아이들끼리의 분쟁이다. 애들끼리의 싸움에 내가 끼어드는 것도 사양하고 싶었다.

"잘은 모르겠지만 어쨌든 우리 쪽으로 와!"

맞은편의 루진은 정해진 대답이 확고했다. 리노키스만큼 말을 안 듣는 타입인 걸까.

"애초에 텐파 따위는 약하잖아!"

그것은 동감이다.

텐파류에는 실망만 느끼고 있다. 강한 텐파 같은 건 본 적이 없다. 더는 강자 따위는 없지 않을까.

"신체 측정 때 벌인 승부에서도 텐파는 타류 상대한테 맨손 싸움으로 졌잖아!"

틀림없는 사실이다. 내 제자와 했으니까.

"모처럼 강해질 기회가 있는데 왜 하필이면 약한 곳을 골라!"

지당한 말이다.

정말 강해지고 싶으면 텐파 같은 건 그만둬, 라고 나도 말하고 싶다.

레리아렛이 어떤 마음으로 듣고 있는지는 그녀가 (그들을) 감싸주고 있는 모양새라 알 수 없었다.

제자로서는 자기 스승이나 유파를 업신여기는 것에 화가 나지 않을 리가 없다.

다만.

그런데도 한 마디 반박할 수 없을 정도로 꼬리에 꼬리를 물고 쏟아지는 루진의 말은 날카롭고 정확하게 아픈 곳을 찌르는 것처럼 느껴졌다. 왜냐하면 텐파는 정말 그랬으니까.

하지만, 그러나.

"애초에 왜 맨손으로 싸우는데! 무기가 있는 편이 더 강한 게 당연하지!"

그 말은 묵과할 수 없었다.

"저기."

"아, 잠깐, 안 된다니까."

레리아렛을 옆으로 밀며 나는 앞으로 나섰다.

"텐파류를 무시하는 것에 대해서는 아무 말도 하지 않겠지만, 맨손을 업신여기는 건 그냥 지나칠 수가 없겠는데?"

무기가 있어야 강해?

무슨 말을 지껄이는 거야?

무기를 들든 안 들든 더 정점에 도달한 자가 강한 게 당연하지.

"애초에 지금 이거 뭐야? 무기를 들고 여자를 둘러싼 이 행위는 뭔데?"

내가 나선 이상 더는 이대로 끝낼 생각은 없다.

"대답에 따라서는 화낼 거니까, 단단히 각오하고 대답해야 할 거야."

대답에 따라서는 비뚤어진 근성을 바로잡아주기 위해 설교하고, 아주 조금만 귀여워해 줄 것이다.

"스, 승부하러 온 거야!"

정관하고 있던 내가 나왔기 때문인지, 아니면 어린아이임에도 나에게서 뭔가를 느낀 것인지 루진은 당황한 눈치였다. 이 아이는 승부의 감각 같은 것이 좋아 보인다. 단련하면 강해지겠는걸.

"승부? 무슨 뜻이야?"

"……."

남자아이들이 쭈뼛거리며 대답하지 않길래 이번에는 레리아렛에게 물어보았다.

"처음에는 둘이 왔는데 내가 반격을 했어. 그 뒤로는 매번 한 명씩 늘어나게 됐고."

아하.

"레리아는 강하구나."

겨우 여섯 살이 무기를 든 연상 여러 명을 이긴 것인가. 장래가 기대되는걸.

이 정도 나이라면 무를 따지기 이전에 수나 도구에서 크게 좌우되는 법이니까.

"뭐, 그렇지! 지금은 네가 더 강할지도 모르지만! 하지만 언젠가 꼭 쓰러뜨릴…… 그러니까 왜 웃냐고!"

"웃지 않았어. 보기 좋구나 싶어서."

"그것도 웃음의 일종이잖아?!"

넓은 의미로 말하면 그렇겠지만, 그래도 의미는 전혀 다르다고 생각하는데.

"뭐, 대충 사정은 알았어."

화내는 레리아렛을 방치하고 남자아이들에게 돌아섰다.

"너, 아까 '무기가 있는 편이 강하다'고 했지? 자세 좀 잡아볼래?"

"어?"

역시 나와 상대하게 되자 당혹감을 감추지 못하는 루진.

"이제 안 잡아도 돼."

내 말과 내 움직임에 반응하기도 전에, 그가 오른손에 들고 있던 목검이 공기를 가르며 멀리 날아갔다.

이제 자세는 안 잡아도 된다.

이미 찼으니까.

정면에서 비교적 천천히, 평범한 앞차기를 날렸을 뿐이다.

그들의 모습을 보니 아무도 보지 못한 모양이다. 그렇게 빨리 움직인 것도 아닌데.

"그래서? 무기가 있는 편이 강한 넌, 무기를 잃은 지금은 어쩔 거지?"

평상시라면 여기서부터 전형적인 설교로 이어지는 흐름이었다.

맨손이 얼마나 강한지, 훌륭한지, 임기응변과 대담한 대처를 가능케 하는지, 무기 따위는 어차피 그저 도구이니 의지하지 말라든가, 성검도 마검도 쉽게 부러지니 그런 불안한 것에 매달리지 말라든가, 근육은 배신하지 않는다든가, 배신하는 것은 언제나 자신이라든가, 오만가지 언어를 다 사용해 말해 줬을 텐데.

지금은 정말 시간이 없으니 이것으로 봐주기로 했다.

어른이라면 두세 대는 때렸겠지만, 역시 아이에게 손을 대는 것은 무슨 이유가 있다 해도 양심에 걸렸다.

딱히 적의도 해를 끼칠 의사도 없는 것 같으니 이 정도로 괜찮겠지.

게다가 내 흰머리는 멀리서도 눈에 띈다.

이런 탁 트인 장소에 오래 서 있으면 금방 리노키스에게 들킬 것이다. 서둘러 텐파 도장까지 이동해야 한다.

무슨 일이 일어났는지 모르는 그들을 두고, 마찬가지로 아연실색한 레리아렛의 손을 잡고 나는 걷기 시작했다. ……지금 손을 잡는 순간 움찔한 것은 언젠가 아프게 잡았던 것이 떠올랐기 때문이겠지. 미안, 이제 안 그럴게.

하지만.

"잠깐만."

가려던 나와 레리아렛에게 또 다른 방해꾼이 끼어들었다.

"사노 선배?!"

다가오는 교복 차림의 남자는 나를 포함한 다른 아이들에 비해 꽤 컸다. 아마 중등학부 학생일 것이다.

그리고 루진 외 남자아이들이 이름을 불렀으니 그들의 지인…… 혹은 동료겠지. 목검도 들고 있고.

아직 동안이지만 제법 생김새가 단정한 사노라 불린 사내는 사내아이들을 쳐다보지도 않고 똑바로 나를 바라보고 있었다. 뭐, 남자답긴 하지만 오라비보다는 못하네.

"나는 사노윌 바도르. 도장에서 이 아이들을 지도하고 있는 중등학부생이야."

흠. 사노윌이라.

과연 기억해 둘 만한 이름일까.

"아까 그 발차기를 봤어. 부디 나와 승부해 줘."

……좋네.

딱 봤을 때의 느낌은 그저 미숙하고 빈약하지만, 그런데도 무인이라는 생각은 들었다.

게다가 건방지게도 마음은 남 못지않게 거만했다.

정면으로 당당히 승부를 거는 것은 무인으로서 기쁜 일. 나의 그 발차기를 보고도 도전하고 싶다는 생각이 들었다면 더더욱 그렇다.

설사 하기 전부터 승부가 보인다 해도 싫어하지 않는다.

나는 이런 것도 좋아한다.

"니아, 하지 마."

레리아렛이 귓전에서 속삭였다.

"사노월 바도르는 작년 격투 대회 중등학부 검술부문 우승자야. 아무리 너라도 못 이긴다고."

호오, 이 정도로 우승할 수 있는 건가.

이 정도로.

……음…… 으음.

뭐, 상관없다. 아이들 격투 대회의 수준이 낮은 건.

다만 지금은 매우 타이밍이 안 좋다.

"해도 괜찮지만 나는 시간이 없어. 장소를 옮길 수도 없고, 기다릴 수도 없고."

"잠깐! 안 된다니까! 그쪽도 멈춰!"

레리아렛이 필사적으로, 아마 이번에야말로 나를 감싸줄 요량으로 목소리를 높였다. 기특하네. 나중에 용돈이라도 쥐여줄까.

하지만 멈추진 않을 것이다.

무인이 겨룸을 청하면 응하는 것 또한 무인의 의무. 거절할 이유가 없다면 받는 것이 마땅하다.

"후배 앞에서 질 각오가 있다면 지금 당장 여기서 겨루도록 하자."

사노윌은 아무 말도 하지 않고 목검을 드는 것으로 대답을 대신했다.

훅, 하고 공기가 팽팽해졌다.

조금 전까지의 미지근한 분위기가 무거운 긴장감으로 바뀌었다.

레리아렛도 이렇게 되어 버리면 입을 다물 수밖에 없었다.

뭐, 그것도 몇 초뿐이지만.

"이거면 될까?"

"……?!"

이번에는 좀 빠르게 움직여 보았다.

한 걸음 더 내딛어서 근처까지 다가가 수도(手刀)를 휘둘렀다. 그리고 정면에 있던 사노윌의 목검 중간 지점을 베어냈다.

그에게는 내가 갑자기 눈앞에 나타난 것으로밖에 보이지 않았을 것이다.

수도를 휘두른 자세 그대로 멈춰 있는 나에게서 당황한 듯 뛰어서 거리를 벌렸고──들고 있던 무기가 이미 부러졌다는 것을 깨달았다.

아연실색한 얼굴로 목검을 응시하는 그에게,

"받아."

떨어뜨린 반을 던져서 돌려주었다.

"이제 됐지? 실례."

""…….""

그 누구도, 아무 말도 하지 않았다.

지금 눈앞에서 벌어진 일들을 삼킬 수도, 소화할 수도, 이해할 수도 없을 것이다.

뭐, 내가 알 바는 아니지만.

손을 잡자 역시 움찔한 레리아렛을 데리고 이번에야말로 도장으로 향하는 것이었다.

"──뭐야?! 아까 그거 뭐야?!"

도장 앞까지 끌려온 레리아렛이 이제야 조금 전의 현상을 받아들인 것 같았다.

"안녕하세요."

"무시하지 마!"

훗, 안내하느라 고생 많았구나, 레리아렛. 여기까지 오면 내 손 안이다.

떠들기 시작한 레리아렛을 무시하고, 인사하면서 도장을 들여

다보니…… 연습 준비를 하는 문하생 몇 명과 석상처럼 앉아 있는 그 바위 같은 사범 대리의 모습이 보였다.

레리아렛의 언니인 리리미는 아직 오지 않은 것 같다.

뭐, 됐어.

내가 진짜 볼일이 있는 건 저 바위남 쪽이니까.

"사범 대리, 오랜만이에요~."

조금 목소리를 높이자, 나를 눈치채지 못했던 문하생들도 이쪽을 돌아보았다.

"니아 리스톤?!"

그리고 무엇보다 사범 대리의 반응이 가장 크고 격렬했다.

"자네 시녀는 있나?! 부디 재전을 요구한다!"

쿵쾅쿵쾅 묵직한 발소리를 내며 달려오더니 나를 그대로 지나쳐 주위를 둘러본다.

예상대로 클럽 권유에서 있었던 싸움에 계속 미련이 남아 있는 모습이었다.

음, 무인이라면 그걸로 좋다. 한두 번, 하물며 백 번을 지더라도 자신이 납득할 수 있을 때까지 계속 싸우면 된다.

투쟁심이 다하지 않는 한 승부는 계속된다.

마음이 부러졌을 때가 진정한 패배다.

"오늘은 데려오지 않았어."

"아, 그래…………. 뭐야. 그렇군."

대놓고 실망한 얼굴이다. 정신 차려, 사범 대리. 문하생이 보는 앞에서 노골적으로 풀죽은 얼굴 하지 마. 어깨도 숙이지 말고 등도 구부리지 마. 제자들은 그런 걸 의외로 잘 본다고.

상태를 보니 곧바로 본론을 꺼내는 편이 빠를 것 같았다. 아까 붙잡힌 일도 있어서 정말 시간이 없기도 했다.

"그것보다 부탁이 있어서 왔는데. 잠깐 시간 좀 내줄 수 있을까?"

"어…… 부탁?"

진짜 정신 좀 차려. 부탁이야. 내 암투기장행이 걸려있다고.

"그 말은 어디서 들었지?"

어떻게든 동석하고 싶어 하는 레리아렛을 "아까 목도를 벤 그 기술을 알려줄게"라는 약속을 하고 쫓아낸 뒤, 도장 바로 옆에서 사범 대리와 서서 이야기를 나눴다.

도장에 들어오라는 말을 듣긴 했지만 시간 문제상 이 자리에서 곧바로 본론으로 들어가기로 했다.

그리고 내게서 암투기장이라는 단어를 들은 사범 대리는 대놓고 실망하던 얼굴에서 단숨에 표정을 바꿨다.

진지한 표정의 사범 대리에게 나는 히죽 웃어 보였다.

역시.

역시 알고 있었구나.

"스카우트 받아본 적 있죠?"

웬만한 실력을 갖춘 불량배나 격투가라면 뒷세계에서 그런 권유가 오는 법이다.

그렇게 생각하고 만나러 온 것인데, 예상은 적중이었다.

"내 질문에 대답해 줘. 암투기장이라는 건 어디서 들었어? 애들이 알아도 되는 게 아니야."

"어느 술집에서."

그리고 내가 그곳에 가는 방법도 알려줬지.

그 대답이 바로 이 남자다.

"수, 술집……? 자넨 여섯 살에 술집에 드나드는 건가……?"

…….

이렇게 덩치 큰 어른이 크게 충격받은 얼굴을 보니, 새삼 여섯 살인 내 몸이 비상식적인 짓만 골라서 하고 있다는 자각이 들었다.

하지만 지금 그런 것은 아무래도 좋다.

"저에게도 사정이…… 아니, 당신과 같은 감정이 있어."

"같은 감정?"

"강한 사람을 만나고 싶어. 될 수 있으면 자신보다 강한 자를."

방금 사범 대리가 리노키스를 찾은 것도 강한 자를 갈구한 결과다.

내 욕구는 아까 그의 그것과 아무런 차이가 없다고 생각한다.

다만 나 같은 경우는 나보다 강한 자가 거의 없다는 것뿐.

그렇기 때문에 이번 암투기장 이벤트는 어떻게든 가고 싶었다.

"이번에 암투기장에서 승자전을 벌인대. 거기에 강자가 출전할 가능성이 높고. 나는 꼭 그 사람을 보고 싶어. 당신도 같은 마음이지?"

"으, 으음, 뭐 보고 싶지 않다고 할 순 없겠지만……."

그렇겠지.

무에 사는 자가 강자, 달인이 있다는 말을 듣고 피가 들끓지 않을 리 없다.

"사범 대리."

"내 이름은 간돌프야."

"간돌프, 단도직입적으로 말할게. 나를 암투기장으로 데려가줘."

"아니 데려가 달라고 해도…… 말이 안 되잖아. 여섯 살짜리 아이를 데려갈 수 있는 곳이 아니라고. 게다가 자네는 귀인의 아이야, 위험한 곳에 접근하는 건 본인이 알아서 자제해야지."

그런 모범답안은 필요 없다. 리노키스랑 벌인 말싸움에서 지긋지긋할 정도로 들었다.

처음부터 다 알고 나서 하는 말이라고. 눈치 없는 녀석아.

"됐으니까 데려가줘――당신의 딸로서."

"딸…… 딸?! 내 딸?!"

그래, 이것이야말로 안젤이 가르쳐 준 '암투기장에 가는 방법'이었다.

단순한 이야기로 손님 동반, 집안 식구로서 정면으로 당당히 동행하면 된다.

"격투가로 영재 교육을 하는 딸의 배움을 위해 견학을 왔다. 그런 느낌으로 동행시켜줘."

"아니, 아니, 무리야! 하나부터 열까지 다 불가능해! 그런 말도 안 되는 일은 도와줄 수 없어!"

당연히 거절하겠지.

상식 있는 어른이라면 거절할 것이다. 찬성 같은 건 절대 하지 않겠지. 다소 상식이 부족한 술집의 새내기 마스터조차 아이에게 술은 내놓지 않을 정도다. 꽤 허들이 높은 주문이다.

"데려다준다면 네가 지금보다 한 단계 더 강한 힘을 얻는 방법을 알려줄게."

"아니, 그런 문제가⋯⋯."

"자세 잡아. 어차피 아무리 입으로 말해도 설득력이 없을 테니까. 실전으로 보여줄게."

"그러니까 그런 문제가 아니야."

"강해지고 싶지 않아? 힘이 필요 없어?"

격투가에게 그 말이 갖는 마성의 울림은 때로 마음속 이성의 유혹을 이기는 경우가 있다.

무에 심취한 사람일수록 그 효과는 강해진다.

나 자신의 취약한 부분을 정확히 찔러주는 것이다. 같은 길을 가는 사람에게 효과가 없을 수 없다. 그보다 나도 누군가에게 이런 얘기를 듣고 싶을 정도다. "힘을 원하나?"라고. 들어보고 싶다.

"⋯⋯."

간돌프에겐 역시 효과가 있었다.

마법의 말에 사로잡혀 더는 말을 잇지 못했다.

"한 번만 시도해 볼까? 지금부터 내가 하는 일을 체감하고, 원한다고 생각되면 내 이야기를 받아들여. 원하지 않는다면 나는 포기할게.

이런 제안은 어때?"

이 제안을 간돌프는 받아들였다.

"좋아, 좋지. 뭐든지 해봐. 단, 안 되면 포기하는 거다. 그리고 시녀와 한 번 더 겨루게 해 줘."

좋고말고. 뭐든 좋다.

이야기를 받아들인 시점에서 이미 결과는 정해졌으니까.

"……나쁘지는 않지만, 좋지도 않단 말이지."

마주 본 채 자세를 잡는 간돌프.

그것을 보고 나는 조금 답답함을 느꼈다.

빈틈이 적고 숙련도가 느껴지는 자세다. 하루아침에 되는 것이 아니다. 포즈만 갖춘 것이 아닌, 그 의미를 이해하는 자의 자세였다.

그렇지 않아도 바위 같은 근육인데, 자세를 잡은 모습은 철괴라고 해야 할까.

하지만 그것뿐.

평범한 쇳덩어리는 취약할 뿐이다.

"……읏?!"

방심하지 않고 바라보던 간돌프의 눈앞에서 나는 평범하게 다가가 놈의 등을 건드렸다.

튕기듯 펄쩍 뛰어 거리를 벌리고 다시 자세를 취한다.

동요를 감추지 못한 채로.

내 속도, 기척의 안배법, 발놀림, 몸놀림.

어느 것 하나를 봐도 확실하게 간돌프의 상상을 뛰어넘는 것이었다. 그래서 그는 아무 반응도 하지 못했다.

"시간이 없으니까 한 번만 더 건드릴게. 너라면 그걸로 납득할 수 있겠지?"

한 번만 더 하면 되겠지.

이 실력 차이를 모를 정도로 아마추어는 아닐 테니까.

"……."

간돌프는 꿀꺽, 하고 목을 울렸다.

역시 이해한 것 같다.

승부를 받아들인 시점부터 결과는 명백했다.

짐이 무거운 일이다.

악당들이 애용하는 값싼 술집의 개인실에는 세 명의 남자가 있었다.

테이블에 앉아 있는 협상역의 나스틴.

함께 따라온 다우 페이타는 선 채로 벽에 몸을 기대고 관망하고 있다.

이 둘은 그쪽의 직원. 암투기장의 관계자였다.

그리고 나스틴의 정면에 앉는 모험가.

"강한 자는 있나?"

아스마 히노키.

"물론이죠. 빈민가 없는 이 알투아르 왕도에서도 실력자들이 모이는 장소, 그것이 바로 암투기장이니까요."

이 남자는 위험하다.

수많은 악당을, 그것도 조금 깊은 위치에 있는 악당들을 보아온 나스틴은 눈앞의 남자와 마주 보는 것만으로도 한껏 긴장했다.

검귀라는 별명을 가진 모험가.

왜 그런 별명이 붙었는지는 만나자마자 바로 알았다.

이 남자는 위험하다. 죽이는 것을 아무렇지도 않게 생각할 정도로 생명을 죽이는 데 익숙하다. 분명 숨을 내쉬는 듯한 감각으로 죽일 수 있다. 마물도, 그리고 사람도.

그런 악당도 없진 않지만, 거기에 실력이라는 흉기가 갖춰지면 이야기가 달라진다.

위험한 일을 할 수 있는 자와 위험 그 자체인 인물은 의미가 다르다.

이 남자는 틀림없이 후자다.

"강한 자를 찾는다면 꼭 암투기장으로 오시지요. 저희는 언제나 강한 분을 환영합니다. 당신같이 강한 분을요."

이런 협상은 네힐가라는 삼류 악당이 잘했는데.

1년 전, 애송이들의 팀 해체와 함께 알투아르 왕도에서 사라져 버렸다. 뭐, 뒷세계의 깡패들이 홀연히 사라지는 것은 흔한 일이라 금세 아무도 신경 쓰지 않게 됐지만.

아직도 신경 쓰고 있는 것은 자신 정도일 것이라고 나스틴은 생각했다.

놈이 사라지는 바람에 귀찮은 협상을 떠넘길 상대가 없어졌으니까.

"그 암투기장에서는 사람을 죽여도 되는 건가?"

이 말에서 알 수 있듯이 검귀는 사람을 죽이고 싶어 한다.

죽이는 것에 아무 저항감이 없다는 수준의 이야기가 아니다. 왜 이런 위험인물이 평범하게 돌아다니는 것인가. 나라는 뭘 하고 있는 건가. 모험가들이 뒷세계의 악당들보다 훨씬 위험한데. 아, 빨리 돌아가서 목욕하고 에일이나 마시고 싶다. 이 자리를 잊을 만큼 흠뻑 취하고 싶다.

……그런 생각을 하고 있는 나스틴이지만, 그것을 일절 얼굴에 드러내지는 않았다.

"죽여도 상관없지만, 가능하면 죽이는 것은 최대한 자제해 주셨으면 합니다."

"뭐라고? 나를 불렀으면서 죽이지 말라는 건가?"

"뒤처리가 번거롭거든요."

은연중에 '너라도 거리에서 사람을 죽이면 어떻게 될지 모른다, 아무리 비합법적인 투기장이라도'라는 뜻을 담아 말했는데, 의중이 전해졌을지 어떨지.

"……흐음. 평화에 찌든 알투아르는 뒤에서도 건재한 건가."

평화에 찌든 게 뭐가 나쁘냐, 라고 나스틴은 생각했다. 너 같은 위험인물만 있으면 제대로 된 인간은 하나도 없을걸, 하고.

"하지만 죽여도 상관없는 거지? 나는 강한 자를 잡아먹고 더 강해지고 싶다. 그것 때문에 검을 쥐고 있는 거니까."

이해할 수 없는 이치였다.

강한 자를 죽인다고 자신이 강해지는 것은 아니다…… 라고 생각하지만. 강인함에 도취한 무리가 생각하는 논리는 두뇌파인 나스틴은 이해할 수 없었다.

"하지만 그렇지. 나도 약한 사람을 갖고 놀다가 죽이는 취미는 없어."

검귀는 나스틴 뒤에 대기하던 다우 페이타에게 시선을 향했다.

"거기 있는 남자만큼 강한 자는 죽인다. 그 이하면 살린다. 이건 어때?"

어때, 라는 물음에.

"좋다."

대답한 것은 다우였다.

"자세한 건 추후에 알려주마. 가자, 나스틴."

눈앞에서 협상역을 무시한 협상이 성립되었다.

"다우 씨, 날 거치지 않고 얘기를 진행하면 어떡해."

술집을 나서자 나스틴은 앞서가는 다우에게 불평했다.

이 둘은 같은 암투기장 관계자로서 안면이 있을 뿐, 함께 일한 것은 이번이 처음이다.

나스틴은 다우라는 남자가 어떤 인물인지 모른다. 보스의 호위 중 한 명이라는 것만 안다.

협상은 나스틴의 몫이었다.

암투기장을 관리하는 한 귀인이 직접 부탁한 상대는 나스틴이다. 1년 전이었다면 네힐가에 떠넘겼겠지만, 그렇다 해도.

협상에 관한 규제와 양보안도 확실하게 머리에 넣어 왔다. 네힐가는 분위기와 기세로 누르는 타입이었지만, 나스틴은 사전에 철저히 준비해 두는 타입이다.

그렇기 때문에 동행자에게 일을 방해받은 것을 납득할 수 없었다.

"신경 쓸 필요 없어."

하지만 다우는 상대하지 않았다. 번거롭다는 듯 넥타이를 풀고 있다.

"저거라면 우리가 더 세. 무슨 문제를 일으키면 우리가 처리한다."

"우리, 라니……."

거기까지 말하고 나스틴은 입을 다물었다.

'키론'이다.

소수 정예 암살 집단의 이름.

'평화에 찌든 알투아르'라고 불릴 정도로 무력에 뒤떨어진 이 나라는 그동안 여러 차례 해외 마피아의 표적이 되어 왔다.

그 견제 혹은 항쟁에서 늘 최전선에 있었던 것이 '키론'이다. 없애버린 조직은 열 개가 넘고 몇몇 요인 암살과도 연루되어 있다. 뒷세계를 잘 아는 사람일수록 그들의 위험성을 더 잘 알고 있었다.

어렴풋이 눈치채고는 있었지만 역시 다우는 그 일원 같았다. 다우라는 이름도 조직의 이름도 모두 우하이튼의 관계자 같았으니, 분명.

확인해 본 적도 없고 확인할 생각도 없다. 깊이 파고들고 싶지 않았다. 하지만 틀리지는 않았을 것이라고 생각했다.

어디까지나 나스틴은 두뇌파인 뒷세계 인물. 조금 더 말하면 돈 계산 쪽이 특기였다.

위험하게 힘만 센 무리의 틈을 파고들어 봐야 좋은 일 따위는 아무것도 없다. 목숨만 위태로워질 뿐이다.

"……뭐, 무슨 일이 있으면 부탁하지."

좀 납득은 가지 않지만 일단 협상에는 성공했다.

검귀는 위험한 남자였지만 '키론'도 위험하다.

여차할 땐 무식한 녀석들끼리 알아서 해결해 주길 바랄 뿐이다.

"다만 저 검……."

"검?"

검귀는 모험가다. 아까의 자리에서도 무장…… 휘어진 검을 반입하고 있었다.

"일단 보스한테 보고해둬. 놈의 검, 평범한 검이 아냐. 불길한 기운이 느껴져."

"……? 잘은 모르겠지만 전해두지."

의미를 모르겠군, 이라고 생각하는 나스틴.

"불길한 무기는 더욱 큰 불길함을 부르지."

다우가 나직이 중얼거리는 말에 왠지 등골이 오싹해졌다.

뒷세계의 사람으로서 협박 문구엔 이골이 났지만. 그 말은 묘하게 마음에 남았다.

안 좋은 예감이 들었다.

안젤

뒷세계에서 고용되어 보디가드를
하던 청년. 니아에게 패하고
재전해서도 패하여 도전할
마음이 완전히 꺾임과 동시에
보디가드를 은퇴.
인연이 있어 술집의 주인으로
자리잡았다.

Status

연령

20살

직함 / 직무

전 뒷세계의 보디가드.
탈바꿈하여 현재는 술집 마스터.

선호하는 싸움 방식

계약무장 쇠파이프.

니아와 싸웠을 때의 소감은?

정말 인간인지 의심스러울 정도로
강하다고 생각했다.

프레사와 사귀고 있나?

단순한 전 동료로 마음이 조금 맞는
정도의 관계.

이봐, 내 술집 풍기를
어지럽히지 마.

　물밑에서 움직이던 기획이 마침내 공표되었다.

　일부러 퍼뜨린 확증 없는 소문으로 학교 전체가 들떠 있는 와중, 드디어 상황이 움직이기 시작한 것이다.

　『반복합니다. 2주 후, 학교의 초등학부 · 중등학부 학생을 대상으로 한 격투 대회를 개최합니다. 접수는 오늘부터 일주일 동안 진행될 예정이며 대회의 모습은 지금 여러분이 보고 계신 매직비전을 통해 알투아르 내에 방송됩니다.』

　학교 교문을 배경으로 마정판에 모습을 드러낸 제3 왕녀 힐데트라가 격투 대회가 개최된다는 사실을 학교를 넘어 왕국 전체에 공표했다.

　"앞서 듣긴 했지만 과감한 발표 방식이네요."

　귓가에 속삭이는 리노키스의 말에 나는 "그래"라고만 대답했다. 참고로 암투기장 건은 그 이후 서로 언급하지 않아 겉으로는 평소와 같았다.

　그 영상이 흘러나온 것은 1층 식당에서 나를 포함한 많은 초등학부 여학생들이 아침 식사를 하고 있을 때였다.

　먹고 바로 학교 건물로 갈 준비를 마친 아이도 있고, 다시 방으로 돌아갈 예정인 아이도 있고, 심지어 아직 교복조차 입지 않은 아이도 있다.

　늘 떠들썩한 식사 풍경이지만 오늘은 다르다.

매직비전에 나오는 학우인 왕녀가 학교 내 이벤트를 공지했다. 학생들로서는 무시할 수 없는 내용을 말한 것이다.

어느샌가 쥐 죽은 듯 고요해진 식당에 힐데트라가 재차 격투 대회 개최 소식을 전하고 있었다.

그래, 리노키스의 말대로 나와 레리아렛은 사전에 '이런 식으로 개최를 공표할 겁니다'라는 이야기는 전해 들었다.

하지만 실제로 보니 뭐라고 할까, ……지금까지는 거의 없었던 이벤트 공지라서 그런지 조금 위화감이 느껴졌다.

그 이벤트가 외부인 출입 금지인 학교 안의 일이기 때문인지…… 마치 내부 사정을 당당히 알리는 듯한, 영상으로 내보내면 안 되는 것을 내보내는 것 같은 이질감이 느껴진다고 할까. 말로 잘 표현은 못하겠지만.

그러나 아까 한 말로 짐작건대 리노키스도 마찬가지로 형언할 수 없는 위화감을 느끼고 있는 것 같았다.

뭐, 이미 해 버린 건 어쩔 수 없지만. 이제 와서 철회할 수는 없다.

애초에 목적은 '학교에 있는 아이들의 모습을 부모에게 보여주기' 위한, 매직비전 보급 활동의 일환이다.

볼 수 있는 대상층이 좁은 선전이기에 위화감이 있는 것일지도 몰랐다.

일반적인 프로그램은 기본적으로 '보는 사람을 즐겁게 하는 것'이 목적이다.

하지만 이 공지는 학교나 학교의 아이에게 관심이 있는 사람만을 향한 것이니까. 거기에 위화감이 있는 것일지도……

아니, 아무래도 상관없나.

매직비전 보급 활동은 앞으로도 계속될 것이다. 그러니 앞으로도 이런 식의 공지는 늘 있겠지.

시청자도, 기존 매직비전에 익숙한 우리도 머지않아 익숙해져야 한다. 위화감이 뭐 어떻다는 건가. 안 팔리면 곤란하다고.

"니아 씨, 니아 씨! 격투 대회라니 무슨 소리예요?!"

이런. 아무래도 매직비전에 나온 힐데트라가 나와 레리아렛도 대회 준비에 협조한다는 뜻을 밝힌 것 같다.

"앞으로 조금씩 공표될 테니까 기대하고 있어. 한꺼번에 다 알면 분명 재미없을 테니까."

힐데트라의 공지에 반응해 몰려드는 아이들에게 나는 그런 말로 타이른 뒤 식사를 이어갔다.

"니아! 레리아!"

그날 점심시간부터 우리의 일은 시작됐다.

방과 후에는 각자의 촬영이 있는 경우가 많았기 때문에 우리가 움직일 수 있는 시간은 이른 아침과 점심시간 정도였다.

손을 흔들며 이리 오라는 신호를 보내고 있는 힐데트라가, 감사하게도 틈새 시간에 할 수 있는 일을 떠올려 주었다.

점심시간, 초등학부의 교사 앞에서 만나기로 약속한 힐데트라와 합류하고…… 가장 먼저 신경 쓰이는 것이 몇 가지 있었다.

"……저기, 그쪽 촬영반……."

어떻게 된 거야, 하고 놀라는 내 옆에서 똑같이 놀란 레리아렛이 쭈뼛거리며 입을 열었다.

"촬영반은 외부인 취급을 받고 있어요. 그래서……."

그래서 학생들로 촬영반을 구성한 건가.

그렇긴 하다. 왕도 방송국 촬영반이라 해도 학교 관계자는 아니니 그들은 부지 안에 들어올 수 없다. 굳이 말하자면 일반인이니까.

어느 영지 촬영반이나 어른들로 구성돼 있었다.

얼굴이 느끼한 벤델리오는 영상에도 나오지만 본래 촬영반 책임자다. 카메라를 움직이는 사람도, 잘 나오도록 메이크업을 해주는 사람도 어른이었다.

그런데 지금 힐데트라 주변에서 기자재를 들고 다니는 무리는 분명 어른이 아닌 집단이었다. 게다가 학교 교복을 입고 있다. 이건 누가 봐도 학생이었다. 중등학부 혹은 고등학부 둘 중 하나.

즉, 이들은 학교 내 촬영을 위해 급하게 만들어진 즉석 촬영반이라는 뜻이었다.

"이래 봬도 진짜 촬영반에 동행한 적도 있어서 필요한 기술은 습득한 상태예요. 짧은 촬영 정도라면 괜찮을 거예요. 참고로 대회 때는 왕도 촬영반이 들어갈 예정입니다. 이쪽은 이미 허가를 받아 놨거든요."

그렇군. 그럼 대회 때는 안심이다.

하지만 문제는 지금이다. 새삼스레 보니 어른이라고도 아이라고도 하기 어려운 연령대를 가진 촬영반은 다들 엄청나게 긴장하고 있었다.

얼굴이 굳어 있거나, 이상한 땀을 흘리고 있거나, 기자재를 든 손이나 어깨가 떨리거나, 한 점을 응시하며 "나는 할 수 있다"라고 중얼거리는 사람도 있다.

그걸 보고 레리아렛도 불안해했고, 힐데트라도 사교적인 미소를 무너뜨리지 않고 있었다.

……아니, 이럼 안 되지. 괜찮을까, 라는 걱정을 해도 소용없다. 물어볼 필요도 없고 확인할 필요도 없다.

괜찮지 않기 때문에 이런 것이다.

질 수 없는 사투일수록 더욱 냉정함과 평정을 유지해야 한다. 그렇지 않으면 실력도 발휘하지 못한 채 죽고 만다. 그런 건 누구라도 억울할 수밖에 없다.

"여유롭게 가죠."

나는 과거 벤델리오가 촬영 전에 꼭 던지던 한마디를 꺼냈다.

──여유롭게 가자고. 여유롭게.

수상쩍고 느끼한 미소로 긴장을 풀던 그는 현장의 불필요한 긴장감을 불식시켜 주었고, 딱딱하게 굳은 현지인들을 향해 늘 이런 식으로 말해 주었다.

"어차피 편집으로 어떻게든 할 수 있으니까 실패해도 돼요. 차라리 실패할 생각으로 하죠. 그것도 좋은 경험이 될 테니까."

 …….

 조금은 긴장이 풀렸을까?

 지금은 이것으로 됐다. 반복하다 보면 익숙해질 테니까.

 "그럼 시간도 아까우니까 시작할까요? 힐데, 우선 어디부터 하지?"

 우리의 일은 학교 내 무술과 검술 도장을 돌아다니며 출전하는 유파와 학생들을 인터뷰하는 것.

 다가올 대회를 앞두고 사람들의 기대를 부풀리는 것이었다.

 촬영반이 서툴다는 것에 대한 불안감도 있지만, 시간이 없는 것도 문제였다.

 "정해진 질문은 다 외우셨죠?"

 빠른 걸음으로 이동하면서 힐데트라가 나와 레리아렛에게 물었다.

 "질문만 4개니까요. 그 정도는 기억했어요."

 응, 나도 마찬가지다.

 별다른 기발함을 연출하는 것도 아니고, 상식 수준의 질문뿐이다. 외우는 것은 그리 어렵지 않았다.

 앞으로 도장 사범 대리나 출전자의 인터뷰를 할 예정이지만, 질문할 것들은 이미 정해져 있다.

 1, 무술의 명칭과 자기소개를 묻는다.

2, 고향을 묻는다.

3, 대회를 향한 각오를 묻는다.

4, 그 밖에 할 말.

이 네 가지가 대본에 적힌 내용이며 이를 바탕으로 촬영하게 된다. 나머지는 인터뷰를 진행하는 우리의 반응이나 애드리브로 적절히 넘긴다.

한 사람에게 할당된 시간은 짧다.

최대한 많은 출전자를 촬영해 매직비전에 나오게 하는 것이 목적이기 때문이다.

참고로 격투 대회는 무기 미포함과 포함으로 부문이 나뉘고, 마지막에는 원할 경우 쌍방 우승자끼리 싸울 수도 있다고 한다.

참가자는 초등학부와 중등학부 학생뿐이며 대회도 초등학부와 중등학부로만 나뉘어 있다.

해마다 가을이면 이종교류회라는 이름의 격투 대회가 열리고 있다고 한다. 레리아렛의 언니이자 준우승자인 리리미 실버와 나에게 도전해 온 우승자 사노월 바도르도 이곳에서 결과를 남겼다.

아마도 이번 격투 대회는 그 이종교류회를 향한 예행 연습……혹은 실적을 쌓기 위한 장이 될 것이다.

여기서 실적을 쌓아서 가을에 열릴 이종교류회 때는 왕도 촬영반을 투입해 대대적으로 방송해 보자고 한다. 이번 대회는 그 목적을 위한 첫걸음, 발판이 될 것이다.

한번 해내면 그다음은 하기 수월하다.

성공하면 더욱 그렇다. 시청자들이 지지하는 목소리가 클수록 실현되기 쉽다.

어지간히 실패하지 않는 한.

역시 촬영반이 가장 걱정이지만…… 아니, 말하지 말자.

소용없는 투정을 해 봐야 어쩔 수 없다. 무엇보다 학교 내 촬영반이 탄생한다면 이점이 무척 많다. 향후 매직비전 보급 활동에는 반드시 그들이 필요해질 것이다.

불안하다든가, 믿을 수 없다는 말을 할 때가 아니다. 어떤 업계도 후진을 배제하면 남은 것은 쇠퇴의 길뿐이니 받아들일 수밖에 없었다.

오히려 우리들이 키워내야 한다. 준전문가 수준까지는 바라지 않더라도 최소한의 촬영을 할 수 있을 정도로는.

……음, 나도 좀 도와줄까. 그들은 앞으로 더 열심히 해 줘야 하니까.

우리가 가장 먼저 찾은 곳은 알폰 검술 도장이다.

학교에서는 가장 강한 검술 도장으로 불리며 매년 이종교류회에서는 우승 경쟁을 벌인다고 한다. 문하생도 가장 많기 때문에 가장 인기 있는 도장이라고 할 수 있었다.

격투 대회에 관한 영상을 찍는다면 누구라도 당연히 여기가 가장 먼저 소개될 것이라 예상한다고.

듣자 하니 과거의 영웅이 시작했다는 유파라는데…… 자세히는 모른다. 어차피 알아봐야 텐파류 같은 이름값 못하는 유파일

테고. 실망만 할 뿐이다.

점심시간이라 문하생은 거의 없었다.

"실례합니다. 시간 좀 내주시겠어요?"

힐데트라가 말을 걸자 사범으로 보이는 장년의 남자와 연습을 하고 있던 도복 입은 소년이 뒤돌아보며 이쪽으로 왔다.

"어서 오세요, 힐데트라 님. 저는 이 알폰 검술 도장의 사범을 맡은 사람입니다. 이런 차림으로 왕녀님 앞에 서는 무례를 용서해 주십시오."

장년의 사나이는 무인이라고 하기에는 몸집이 작았다. 가늘고 작고, 그렇게 강해 보이지는 않았지만…… 강하긴 했다. 도복 아래에 있는 몸은 예사로이 단련한 것이 아니었다.

흠음. 의외로 재밌는 사람도 있네.

그래도 뭐, 내 상대는 아니지만. 풀린 신발 끈을 매면서도 이길 수 있을 것이다.

애초에 그의 경우는 달인이라기보단 가르치는 것에 능한 타입으로 보였다.

"……."

그 증거로 사범 뒤에 서 있는 소년은 나이에 비해 꽤 강하다. 얼마 전 상대했던 사노월과 비슷하려나. 뭐, 내가 보기엔 거스러미가 난 손가락 끝보다도 신경 쓰이지 않을 정도의 상대다.

"아뇨, 저야말로 바쁘신 와중에 불러내서 죄송합니다."

힐데트라가 정중하게 인사를 건넨다.

인터뷰를 한다는 사실은 미리 전해두었기 때문에 아마 이 시간에 만날 수 있도록 약속을 잡아놨을 것이다.

"가젤 씨도 와주셔서 감사합니다."

"어쩔 수 없이 응한 거다. 나는 한가하지 않아."

오오.

사범 뒤에 있는 소년이 혀를 차기까지 하며 왕녀에게 공격적인 말을 던졌다. 좋아, 좋아. 권력에 굴하지 않는 그 기상, 그야말로 무인.

안타깝게도 실력이 그 기상을 따라잡지 못하고 있지만.

그리고 힐데트라다.

정면에서 아랫사람에게 공격적인 말을 들었음에도 불구하고 한순간도 미소가 흔들리지 않았다.

솔직히 다시 봤다.

왕녀라는 신분이면서도 일에 충실히 하고자 하는 그 자세, 그 태도는 그야말로 매직비전업계에서 살아온 자였다.

싸워봤자 소용없고, 트러블은 촬영에 지장이 간다는 것을 잘 알고 있는 자의 모습이다.

그리고 레리아렛.

내 귓가에 "힐데 님께 감히…… 저 자식, 해치워버려"라고 속삭이지 마라. 나는 이유 없는 주먹도 싫어하지 않지만, 저 정도의 비난에 무를 의지할 만큼 속이 좁지 않다.

"가젤."

"알고 있습니다. ……빨리 용건을 끝내줘."

사범이 꾸짖는 소리에 소년 가젤은 마지못한 얼굴로 인터뷰에 응하는 것이었다.

어색한 촬영반이 촬영 준비를 완료했다.

다행이다. 준비 정도는 역시 할 줄 아는구나. 안심했어.

초면인 힐데트라와 사범, 가젤의 대화 모습을 촬영반 전원이 멍하니 서서 보고 있을 때는 놀랐지만. 내가 "기자재 준비를 해 줘"라고 말할 때까지 아무도 움직이지 않았기 때문에…… 정말 놀랐지만.

뭐, 실패에서 배울 수 있는 것도 많으니까.

처음부터 할 수 있는 사람은 아무도 없다. 앞으로 차차 익숙해지면 된다. 최대한 도움도 줄 예정이다.

"첫 번째로는 그 마왕 살해자로 알려진 성기사 알핀 알폰이 만들었다고 하는 알폰 검술 도장을 소개합니다. 이번 대회에 출전하는 것은 작년 이종교류회 검술 부문에서 준우승을 차지한 가젤 브록 씨입니다."

인터뷰가 시작되었다.

힐데트라가 정해진 질문을 했고, 뚱한 얼굴의 가젤이 거기에 대답했다.

붙임성 있는 힐데트라와는 대조적으로 가젤은 언짢아 보였지만, 그 태도는 무인답고 나쁘지 않았다. 서투른 쪽이 더 '답다'는 생각이 들어서.

하지만 가젤의 말수가 워낙 적은 탓에 이대로 가면 재미가 없었다.

단적이고 정보량도 너무 적어 인터뷰를 하는 의미가 없다고 할까, 볼거리가 없었다. '이 아이를 보고 싶다'라고 생각하게 만들 만한 매력이 없다. 마음이 동하지 않는다.

이런 생각을 하는 나도 완전히 매직비전업계에 물들어버린 것일까. 무인은 그저 무를 추구하는 법. 말 따윈 필요하지 않은데.

나는 옆에 있는 촬영반 여자아이가 들고 있던 작은 칠판을 빌렸다.

여기에 글을 적어 말이 아닌 글로 힐데트라에게 지시를 내리려는 것이다. 목소리로 지시를 내리면 음성이 영상에 들어가 버리니까.

칠판에 글자를 써서 힐데트라에게 보여주었다.

내가 들고 있는 칠판을 본 힐데트라가 얼굴로는 드러내지 않지만 일순 침묵으로 동요하더니…… 곧 지시한 대로 말을 꺼냈다.

"작년 이종교류회에서는 아쉽게 준우승이셨죠. 이번 대회에서는 역시 우승을 노리시나요?"

그 질문에 시종일관 언짢아 보이던 가젤의 얼굴이 더욱 언짢아졌다.

"이번에야말로 사노윌 바도르에게는 지지 않겠다. 기필코 놈의 얼굴을 땅에 처박아주겠어."

좋아, 그 표정. 굴욕으로 일그러진, 복수에 불타는 자의 얼굴이다.

이로써 시청자들은 가젤과 사노윌을 멋대로 라이벌 관계로 간주하고 두 사람의 대결을 기대하게 될 것이다.

우등생다운 대답은 재미없다. 이런 개인적인 이야기가 엿보이면 보는 쪽은 더욱 달아오르는 것이다.

…….

역시 물든 것일까, 나도.

느끼한 얼굴의 벤델리오에게 받은 가르침은 확실히 내 안에 살아있었다.

힐데트라가 개시한 출전자 인터뷰는 출전 접수 기간인 일주일간 이어졌고, 찍은 것부터 순차적으로 방송되었다.

점심시간에 찍은 알폰 검술 도장 가젤의 영상은 그날 저녁 시간에 방송되었다.

그 결과, 반응은 굉장했다.

각 기숙사에 비치된, 원리는 알 수 없는 공중에 뜬 판자에 매일 비치는 '그곳에는 없는' 영상과 음성.

그리고 그곳에는 같은 학교에 다니는 나와 레리아렛, 힐데트라가 자주 등장한다.

출연자가 가까이 있어 친숙한 탓인지, 입학 안내로 뒤죽박죽된 영상부터 시작해 초등학부에서는 매직비전에 대한 관심도가 제법 높았다.

　귀인의 자식 중엔 원래부터 알고 있던 사람도 많았지만, 학생 수는 서민의 자식이 더 많았다. 그리고 주로 그쪽 층의 주목을 받고 있었다.

　덕분에 격투 대회 출전을 마음먹은 아이들이 속출했다.

　누가 봐도 장난으로, 클럽 무소속, 그저 눈에 띄고 싶어서, 무술을 해본 적도 없는 자가 기세만으로 출전을 결정할 정도였다.

　어쨌든 매직비전에 나오고 싶다는 마음을 가진 아이들이다.

　이런 반응을 보면 격투 대회 외에도 촬영할 수 있는 학교 행사나 이벤트가 있을 것이다. 조만간 힐데트라와 상의해 보자.

　뭐, 앞일은 차치하고.

　이른 아침과 점심시간에는 나와 레리아렛이 학교 부지를 돌아다니며 흩어져 있는 각 도장을 방문해 출전자 인터뷰를 진행했다.

　그리고 방과 후에는 힐데트라가 담당한다. 우리도 각자의 촬영만 없다면 방과 후에도 인터뷰를 하고 싶었다.

　분담해서 둘러보자 무술이나 검술, 창술 등 싸우기 위한 힘을 배울 수 있는 도장이 꽤 많았다.

　검술 도장만 세 개나 되고, 텐파처럼 맨손이 주류를 이루는 유파도 하나 더 있었다. 뭐, 실력은 말할 것도 없지만. 참고로 무기가 있는 모든 것은 '검술 부문'으로 출전한다. 옛날에는 도장이라고 하면 검술뿐이었기 때문에 그 잔재로 인해 생긴 명칭인 것 같았다.

그리하여 지난 일주일은 매우 분주하게 지나갔다.

"반향이 굉장해요. 의도한 대로 학생의 부모님들께 문의가 많이 오고 있습니다."

그리고 일주일 뒤.

경쾌하게 전해진 힐데트라의 말대로, 매직비전 보급 기획으로 보자면 이미 성공이었다.

출전 접수가 종료되면 인터뷰 기간도 끝난다.

이걸로 일단 우리의 일은 끝.

출전자 중에서도 대회를 향해 마음을 다잡고 총력을 기울이는 사람도 있을 것이다. 우리가 방해한다면 기껏 애쓴 보람이 없지 않은가.

이제 우리가 할 일은 없다. 물론 아직 할 일이 남았다면 최대한의 협조는 해 주겠지만.

여기서 잠시 멈춤이었다.

한발 앞선 내부 미팅을 위해 나와 힐데트라는 레리아렛의 기숙사 방에 모였다.

힐데트라가 왕성에서 가져온 애플파이를 먹으며 조금은 우아한 티타임을 즐기고 있었다.

뭐, 모인 명목은 반성회지만.

"우리 영토에서도 반응이 좋은가 봐요. 마정판도 조금은 팔렸다고 하고요."

실버령도 그런가. 리스톤령에서도 같은 현상이 벌어지고 있다는 것을 편지로 전해 들었다.

즉, 이런 것이다.

"아이를 이용해서 매직비전을 권유하는 방책이 성공했다, 라는 거네."

"니아. 말투 좀."

"네, 아이를 아끼는 부모일수록 아이의 건강한 모습을 보기 위해서라면 큰돈도 아끼지 않는 법이니까요."

"힐데 님. 말투 좀."

함께한 시간이 쌓이면서 레리아렛 역시 힐데트라에게 익숙해졌다. 점점 스스럼이 없어졌다.

서로의 고생을 위로한다, 까지는 아니지만 각자가 인터뷰 중에 있었던 일을 이야기했다.

사고나 해프닝, 즉석 촬영반의 성장이나 실패 등 화제가 끊이질 않았다.

기본적으로 세 사람 모두 개별적으로 움직이고 여기저기 흩어져서 일하다 보니 서로 어떤 일을 하는지 모르는 것이다.

매직비전에 나오는 분량은 다 체크하고 있었지만, 편집으로 잘린 부분은 본인이나 현장에 있던 사람밖에 모른다.

이곳에서 촬영된 영상은 왕도 촬영반으로 넘어가게 된다.

그리고 필요한 부분을 더하거나 불필요한 부분을 없애서 편집해 보기 좋은 영상으로 내보낸다.

요컨대 시청자들이 볼 수 없는 무대 뒤편의 이야기가 많이 있는 것이다.

잡담으로밖에 들리지 않겠지만, 이 또한 다음으로 이어지는 진정한 의미의 반성회이기도 했다.

여기서 매직비전과 관련된 세월이 가장 긴 것은 힐데트라지만, 어차피 셋 모두 나이도 차지 않은 아이들이다.

인생 경험이 부족하다는 의미에서는 여러 부분에서 그만큼 대응력도 낮다. 특히 사고나 해프닝에 대한 대처법 등은 어떻게든 배워두고 싶었다.

나도 전생이 있긴 하지만 정작 중요한 기억이 없기 때문에 트러블에 대한 대응력은 별반 다르지 않다. 때릴 수 있다면 이야기는 다르겠지만.

"물어보는 건 이쪽인데, 반대로 매직비전에 관한 걸 계속 물어보는 거예요. 자기도 나오는 쪽으로 가고 싶은데 어쩌면 좋겠냐면서요."

레리아렛은 한정된 짧은 인터뷰 시간에 말 많고 눈에 띄고 싶어 하는 여학생을 만난 탓에 일정이 크게 틀어진 것 같았다.

이 역시 어떤 의미로는 사고였다.

이런 건 대체로 편집으로 잘리기 때문에 영상만으로는 알 수 없다.

"그래서 레리아는 뭐라고 대답했나요?"

"모른다는 말밖에는 할 말이 없었죠. 그런데 잘 생각해 보니 지금으로서는 연줄로 나오는 사람밖에 없지 않나 하는 생각도 들더라고요……."

아아, 하긴. 리스톤령도 그런 느낌일지도.

매직비전업계의 역사는 아직 짧다. 아직 확립되지 않은 부분도 많았다.

리스톤령에서 프로그램을 진행하고 있는 벤델리오도 제작사쪽 사람이라는 연줄로 기용된 것이고.

나도 레리아렛도 가정의 사업이라는 연줄로 프로그램에 나오고 있다.

힐데트라도 아마 그렇겠지.

어쨌든 매직비전의 발상은 국정이니까. 그녀의 일족에게서 비롯된 것이다.

"그렇군요……. 그럼 나중에는 학생 중에 매직비전에 나오고 싶은 사람을 모집하는 방법도 생각해 볼 수 있겠어요."

"찬성이야."

싸우는 것에 능한 사람도 있고 산술에 능한 사람도 있다. 예술에 재능을 가진 사람도 있을 것이다.

이번에는 격투 대회이지만, 다음에는 다른 이벤트로 촬영을 진행할 가능성도 있다.

실적을 쌓아가면서 학교 촬영반이 성장해 나간다면 다시 학교 내에서 촬영할 기회를 만들 수도 있을 것이다.

"이번 기획은 이미 보급 활동의 효과를 보고 있어. 조금이나마 마정판도 팔린 것 같고, 촬영반도 경험을 쌓으면 기술도 움직임도 더 나아지겠지. 규모의 크고 작음은 있겠지만 학교 내 촬영은 자주 해야 한다고 생각해. 쓸모가 없어질 때까지는 아이들을 이용해서 계속 보급하면 돼.”

“그러니까 니아. 말투 좀 신경 쓰라니까.”

“그렇죠……. 하지만 이번에는 이벤트라는 명목으로 발을 들여놓을 수 있었지만, 아무것도 없을 때 촬영하는 건 조금 어려울지도 몰라요. 저로서도 자신의 아이를 생각하는 부모의 마음을 최대한 이용하고 싶긴 하지만…… 학교 내부의 정보를 누설하는 것에 반대하는 사람도 있거든요.”

“힐데 님. 말투 좀 신경 써 주세요.”

“일단 격투 대회가 끝나고 다시 얘기하죠. 지금은 눈앞의 일에 집중합시다.”

음, 좋지.

“그럼 이제 본론으로 들어갈까요?”

얼추 촬영 뒷이야기가 끝나자 레리아렛이 그런 말을 했다.

“……?”

나는 알아듣지 못했지만…… 말을 꺼낸 레리아렛은 둘째치고 힐데트라 역시 나를 보고 있었다.

아니, 내 뒤에 대기하고 있던 리노키스도, 급사로 일하고 있던 레리아렛의 시녀 에스엘라도 나를 지켜보고 있었다. 뭔가를 기대하는 눈빛으로 보고 있다.

"……뭐야?"

마침내 확신을 가진 분위기로 모두가 나를 보고 있었지만……
정작 나에게는 '본론'에 짐작 가는 것이 없었다.

무슨 일이 있었을까. 그녀들이 흥미를 가질 만한 일이.

아, 그러고 보니.

"알았다. 오빠 얘기구나?"

오라비 닐을 인터뷰한 것은 나였다.

좀 어려운 부분도 있었지만, 일단 영상으로는 남매라는 사실도
가볍게 설명했다.

오라비는 사토미 속검술이라고 하는, 속도를 중시한 검술 도장
의 문하생이었다. 도장 내에서는 꽤 강한 편에 속한다고 한다.

내가 학교 기숙사에 들어가기 전까지는, 집에 돌아올 때마다
실력이 늘고 있다는 것은 알고 있었다.

학교에 검을 제대로 가르치고 있는 스승이 있다는 뜻이었다.

현재 오라비는 초등학부 3학년임에도 초등학부 중에서는 정상
급 실력을 자랑한다고. 웬만한 중등학부생들에게도 쉽게 지지 않
는다고 한다.

우연히 학교에서 만났을 때 "격투 대회, 니아가 안 나가면 내가
나갈까?"라고 말하길래 "나는 안 나가"라고 했더니 정말로 출전
을 결정한 것이다.

솔직히 농담인 줄 알았다. 오라비는 매직비전에 나오는 걸 싫

어하니까.

"그것도 좀 궁금하긴 하네. 하지만 그건 아니야."

어? 아닌가?

"저 귀여운 남자는 누구야, 지금 당장 소개해 줘. 그런 말을 엄청 들었는데. 모르는 상급생이나 중등학부생한테."

내 주변에서 일어난 급격한 변화는 그 정도인 것 같은데.

"그나저나 힐데, 학교에서의 오빠는 어때? 잘하고 있어?"

오라비는 초등학부 3학년으로 힐데트라와 같은 학년이다. 두 사람 사이에 친분도 있는 것 같은데…… 그러고 보니 얼마나 친한지는 못 들었다.

"닐 군은 우등생이에요. 학업도 운동도 잘하고, 누구에게나 차별 없이 상냥하고요. 나무랄 데가 없어요."

그렇군, 차별 없이 누구에게나 상냥한가.

"그렇다면 오빠를 둘러싸고 늘 여자들의 싸움이 벌어지는 건가?"

"그럴 리가 없잖아."

"뭐, 물밑에서는 여러 가지 일들이 있는 것 같지만요. 얼마 전에도 닐 군을 두고 여자애들끼리 주먹싸움으로 발전했고요."

"싸움이 있었어?! 그러면 물밑이 아니지!"

"아니요, 정말 물밑이에요. 누구 앞에서 시작되든 욕설이 시작되든 닐 군 앞에서만은 하지 않으니까요."

"그래, 그렇다면 안심이네."

안심이다. 오라비 앞에서 유혈사태를 일으키는 것은 곤란하다.

그는 나보다 훨씬 섬세하다. 아이 마음에 상처가 남을 만한 짓은 보이지 않길 바란다.

"아니, 안심은 아니지 않아?!"

레리아렛이 소리쳤지만 어쩔 수 없다.

오라비 정도의 미모라면 충분히 일어날 수 있는 사태였다. 여자를 울리는 존재가 될 것이라는 점은 한눈에 봐도 알 수 있는 일이다. 여차하면 남자도 울릴지도 모른다. 여러 의미로.

"오라버니에게 정혼자라도 있다면 그나마 나을 텐데. 그렇지, 레리아는 어때? 우리 오빠 좀 받아줄래?"

"뭐?! 따, 딱히 상관없는데?!"

"힐데라도 상관없지만. 아, 힐데한테 정혼자는?"

"후보는 있는 것 같아요. 하지만 정식 결정은 아직입니다. 매직 비전의 보급률에 따라 약혼 상대는 달라질 거라고 생각하지만……. 하지만 닐 군은 전도유망하니 제게도 이의는 없어요."

"아니, 아니! 닐 님은 내가! 왕녀님은 그, 다른 나라 왕자님 같은 멋진 사람을 얼마든지 찾을 수 있잖아요!"

"어머, 그런가요? 그럼 레리아가 받으면 되지 않을까요?"

그렇군. 힐데트라는 물러나는 건가.

리스톤 가문 입장에서는 왕족과 인연을 맺을 수 있는 것은 큰 플러스 요소라고 생각하지만.

하지만 더는 신분을 중시하는 시대는 아닐지도 모른다.

자유연애라.

뭐, 그럼 알아서들 해.

"그럼 오빠한테 얘기해 놓을게. 레리아가 결혼하고 싶을 정도로 좋아한다고."

"그, 그, 그러지 마! 그, 그런 건! 언젠가 내가 할 테니까!"

얼굴을 붉힌 레리아렛이 거세게 고개를 저었다.

흐음…… 어차피 말할 거라면 하루라도 빠른 편이 나을 것 같은데.

어영부영하며 결단을 내리지 못하는 사이에 사태가 움직이는 것은 흔한 일. 상황을 관망하는 사이에 이미 늦어버렸다, 라는 건 연애사에 자주 있는 이야기였다.

"그, 그, 그보다! 그 얘기가 아니잖아!"

음? 아아, 그러고 보니 오빠 얘기는 아니라고 했지.

그럼 뭘까.

"그거야! 사토미 속검술 문하생 우승 후보! 사노월 바도르!"

이대로는 진척이 없을 것이라 생각한 걸까, 아니면 당장이라도 화제를 바꾸고 싶었던 걸까.

레리아렛은 단번에 문제의 인물 이름을 입 밖으로 내뱉었다.

……사노월…….

아, 그렇구나.

"그거, 난 얼마 전까지 몰랐어. 직접 들은 게 아니라서."

"어?"

의외였나 보다.

하지만 당사자에게 듣기 어려운 화제도 있는 법이다. 이번에는 거기에 해당하는 것 같다.

"그 인터뷰를 말하는 거지? 그리고 너희가 궁금한 건 그 후의 일이고?"

그 일에 관해서는 거의 누군가에게 질문받은 적이 없었다.

조금 인연이 있어 나는 사노월 바도르와 겨룬 적이 있다.

아무리 그래도 아이에게 주먹은 휘두르면 안 될 것 같아 그가 가진 목검을 파괴하는 데 그쳤다.

그런 만남 이후 그를 인터뷰한 것이다.

"지난해 이종교류회 중등학부 검술부문에서 우승한 사노월 바도르 씨입니다."

"……."

"저기, 제가 아니라 카메라 쪽을 봐주시겠어요?"

"응, 아아, 응."

"그럼 다시 한번 유파와 성함을 알려주세요."

"사토미 속검술의 사노월 바도르입니다. 저기, 저번 일 말이야."

"얘기는 나중에. 지금은 인터뷰. 알겠죠?"

"……응."

"출신은 어디인가요?"

"리스톤령에서 남쪽에 있는 작은 부유섬입니다. 너희 집 근처야."

"아, 그렇군요. 이번 대회를 향한 각오는 어떠세요? 이번에도 우승할 수 있을 것 같나요?"

"우승이라니…… 나보다 어리고 더 강한 사람이 있다는 걸 알고 있는데……."

"……으음…… 아, 작년 이종교류회 결승전에서 싸운 알폰 검술의 가젤 씨가 이번에야말로 지지 않겠다며 라이벌 선언을 했습니다. 그에 대해 한마디!"

"가젤? 가젤보다 난 네가…… 부탁해! 다시 한번 나와 겨뤄줘!"

이건 이미 틀렸네.

그때 마음속으로 생각했던 말이다.

이런 이야기를 나누다 보니 편집으로는 어쩔 수 없을 정도로 엉망진창인 내용이 됐는데, 결국 그대로 방송되고 말았다.

개인적으로는 방송할 수 없다고 판단해 보류되지 않을까 생각했지만……. 사노월은 우승 후보였기 때문에 빼놓을 수 없었을지도 모른다.

나로서는 방송된 영상을 보고 "아, 역시 엉망진창이네"라고 생각하는 선에서 끝났지만…… 레리아렛이나 힐데트라, 시녀들의 반응으로 짐작건대 나 외의 주위에서는 무슨 일이 있었던 것 같다.

"여러 일들이 있었던 것 같아. 무시당한 모양새가 된 가젤이 사노월에게 덤벼들어 하마터면 싸움이 날 뻔했다든가. 늘 쿨하고 검술 이외에는 관심이 없는 태도의 사노월이 누가 봐도 니아를 의식한 모습이 수상하다든가. 사노월과 니아 사이에 뭔가 있는 게 아니냐는 소문이 돌기도 하고."

호오.

그런 종류의 소문은 나에게까지는 하나도 들어오지 않았다. 역시 여러 일들이 있었나 보다.

"알고 있었어?"

리노키스에게 묻자 그녀는 태연하게 고개를 끄덕였다. 뭐야, 좀 알려줘. 몰랐던 건 나뿐인가.

"왜 안 알려줬어?"

"아가씨하고 사노월인지 뭔지 모를 개뼈다귀 같은 놈과 이어지게 되는 건 싫어서요. 조금도 의식하게 만들고 싶지 않아서 절대로 이 입에서 녀석의 이름을 꺼내지 않는 방향으로 갈 생각이었습니다."

……아, 그래.

"그래서, 어때? 사노월, 니아가 보기에는 어떤데? 외모도 멋있고 강하고 장래도 유망하지 않아? 실제로도 인기가 많다나 봐."

어떠냐고 물어봤자.

"좀 더 강해졌으면 좋겠어."

가능하면 나보다 강해졌으면 좋겠지만.

"그런 게 아니라 연애나 사랑 쪽 말이에요."

아, 그쪽?

"멋있는 걸로만 보자면 오빠한테 익숙해져서 아무렇지도 않은데……."

"어, 그래? ……아, 그러고 보니 니아의 아버님도 멋있으셨지. 우리 아빠는 이미 할아버지인데."

"올닛 리스톤 님 말이시죠. 직접 뵌 적은 없지만, 확실히 매직 비전으로 봤을 땐 미형이시더군요."

음, 참고로 모친도 꽤 미형이고 오라비는 모친을 닮았다.

"그러고 보니 힐데 님의 정혼자 후보는 어떤 분인가요? 역시 미형?"

"음…… 나이로 보자면 아저씨 쪽일까요?"

"윽. 전형적인 정략결혼이군요……."

"정략결혼밖에 없어요. 이래 봬도 전 왕족이니까요. 이런 시대임에도 마찬가지입니다. 하지만 올닛 님처럼 생기신 중년도 있으니, 작지만 희망은 있다! ……라고 믿고 싶은데 말이죠……."

힐데트라는 절실하게 중얼거리는가 싶더니…… 와락, 자신을 강하게 껴안았다.

"아아! 몸을 불태우는 사랑을 하고 싶어! 그리고 멋진 분이 나를 멀리 데려가줬으면 좋겠어!"

"이 파이 맛있네."

"응, 꿀이 조금 들어 있지? 맛있다."

바삭한 파이를 입으로 나르는 우리를 보며, 본인을 끌어안은 채 굳어 있는 힐데트라가 가냘픈 목소리로 항의했다.

"……뭐라고 좀 말해 주세요."

"아뇨, 보지 말아야 할 걸 봐버린 것 같아서……."

동감이다.

"어쩐지 안쓰럽고, 잘못 건드리면 데일 것 같아서 좀."

"니아! '안쓰럽다'랑 '건드리면 데인다'는 안 돼!"

그럼 거의 다 안 되는 거잖아. 모든 발언이 다 안 된다고 하면 될 걸.

"……내게 권력이 있었다면 당신들도 원치 않는 결혼의 길동무로 삼아줬을 텐데……."

그러지 마라. 힐데트라가 그런 말을 하면 농담으로 들리지 않으니까.

이후, 반성회는 어디로 가고 이런저런 연애 이야기로 달아올랐다.

대회 준비는 순조롭게 진행되었다.

1년에 한 번, 가을에 열리는 이종교류회라는 이름의 격투 대회는 고등학부 학생도 포함해 일반인의 관람이 허용된다.

이날만큼은 우리 아이의 활약을, 또 학교 안을 어느 정도 구경할 수 있었기에 사실상 왕도 전체의 대규모 이벤트였다.

그에 반해 다소 돌발적인 행사라는 것을 부인할 수 없는 이번 격투 대회는 매직비전으로는 공개되지만 일반 관람은 허용되지 않는다.

즉, 직접 볼 수 있는 것은 학생뿐인 소규모 이벤트였다.

그 덕분에, 조금 더 구체적으로 말하면 일반인의 출입이 없으니 규제도 유도도 할 필요가 없었기에 준비 자체는 상당히 순조롭게 진행되고 있다고 했다.

참가자 인터뷰도 마지막 마감 직전에 응모해 온 아이를 추가하고, 심지어는 준비 풍경까지 매일 촬영하고 방송하게 되어 준비에 참여하는 학생도 많았다.

요컨대 공짜로 사용할 수 있는 일손이 많았기에 순조롭게 진행될 수 있었다.

인터뷰 시점에서 반응이 별로였다면 이후부턴 대회까지 내보내지 않는다.

당초엔 그렇게 정해두었던 것 같다.

촬영에 사용하는 기자재도, 영상이나 음성을 기록하는 마석도 절대 싸지 않다. 수요가 없는 촬영은 돈과 자원 낭비나 다름없으니 그 부분은 어쩔 수 없다.

이익이 되지 않는다면 즉시 중단이다.

만약 중단하게 되면 그때까지 찍은 인터뷰 영상만 계속해서 재방송한다는 방침으로 움직이고 있었는데.

반응이 좋아서 제법 이른 단계에서 추가 인터뷰와 준비 풍경 방송이 결정됐다.

그래서 나와 레리아렛, 힐데트라 세 사람도 일주일 정도 더 촬영에 함께하게 되었다.

준비 풍경을 소개하거나 출전자의 단련 풍경을 찍거나 하는 것이다.

일의 양은 그다지 많지 않지만, 대회까지는 도울 일이 계속 있어 보였다.

그러던 중의 일이었다.

대회가 며칠 남지 않은 어느 날.

나는 방과 후 곧바로 텐파류 도장을 방문했다.

누구보다 앞서 달려왔기 때문에 아직 아무도 오지 않았다.

앞으로 대회 참가자들의 훈련 풍경을 촬영할 예정인데, 나는 촬영반을 기다리지 않고 한발 앞서 현장에 왔다. 오늘은 여기서 촬영이 있다.

촬영반도 곧 오겠지만, 그래도.

어떻게든, 아주 조금이라도 좋으니까 단독으로 움직일 수 있는 자유 시간을 갖고 싶었기 때문이다.

"──니아 님. 잘 오셨습니다."

비록 짧은 시간이지만 은밀하게 이 남자를 만나기 위한 시간이 필요했다.

텐파류 사범 대리, 바위 같은 덩치 큰 사내 간돌프.

도장에 홀로 앉아 문하생을 기다리던 그가 나를 보자 달려오더니 놀랄 만큼 머리를 심하게 낮췄다. 어린 여섯 살짜리 아이인 나보다 더 낮아지도록 몸을 낮춰 인사했다. 아니, 그만해.

"그런 거 하지 마. 부탁이니까."

오히려 이렇게까지 받으면 반대로 바보 취급을 당하는 것 같다.

그런 과도한 건 필요 없다.

"아뇨, 하지만 무의 길에는 연상도 연하도 없지 않습니까."

강함이야말로 전부니까요, 라고.

고개를 든 간돌프가 실로 진지한 눈빛으로 나를 내려다보았다. 체격 차이가 대단했다.

"허락만 된다면 니아 님을 스승이라고 부르고 싶을 정도입니다."

무슨 소리를 하는 거야. ……윽, 눈부셔. 그렇게 반짝반짝 정제되지 않은 소년 같은 눈으로 보지 마라.

"딱히 불러도 상관없는데."

"정말입니까?! 니아 스승님!"

"그런데 당신은 텐파류잖아. 난 아니야. 그런 나를 스승이라고 불러도 돼? 그건 텐파류를 버린다는 뜻 아니야?"

"……고민하는 중입니다."

아니, 고민하지 마. 몇십 년 동안 매진해왔던 것을 쉽게 버리면 안 되지.

"강한 자를 따른다. 가르침을 청한다. 고리타분한 무협 같은 이치도 싫진 않지만, 지금은 그런 시대도 아니잖아."

뭐, 그 고리타분한 방식은 내게는 어울릴지도 모르지만.

상대가 자신보다 강하다는 것을 깨닫자 연하라는 것에 개의치 않고 순순히 고개 숙여 가르침을 청한다. 그 무를 향한 자세는 싫지 않다. 반대로 좋다고 생각할 정도다.

그래도 요즘은 그런 방식이 아니잖아.

"게다가 넌 내 아버지 역할이니까. 그냥 평범하게 말해."

"네, ……그럼 그렇게 하겠습, 니다요."

그래 뭐, 천천히 적응해 줘.

"그보다 그 이야기는 어떻게 됐지?"

그랬다, 지금 말해야 할 것은 그 암투기장 이벤트에 대해서였다. 이 이야기를 하기 위해 시간을 낸 것이다.

당연히 나는 전혀 포기하지 않았다.

리노키스와는 그 이후 암투기장 이야기를 하지 않았다. 그녀는 내가 완전히 포기했다고 생각한 것이 분명하다.

하지만 어쩌나! 전혀 포기하지 않았다! 오히려 격투 대회라는 표면적인 무대 뒤에서 암투기장에 갈 계획은 착착 진행되고 있었다.

"그에 관한 것인데, 새로 알게 된 것이 몇 가지 있습니다요."

음, 말투가 이상하긴 한데 신경 쓰지 말고 물어보자.

이 간돌프에게 말을 걸어 결과가 빤히 보이는 승부를 걸었고, 아무 반전 없이 예상대로 승리를 거두며 지금에 이르렀다.

나에게 패배하고 마음을 굳힌 간돌프는 암투기장 이벤트에 대해 알아볼 테니 시간을 달라고 했고, 그렇게 하게 두었다.

솔직히 나는 정확한 개최일조차 모르기 때문에 바라던 바이긴 하다. 이 협력자는 참으로 유능하다. 도움이 된다.

그리고 이 얼마 안 되는 자유 시간에 그에 관한 이야기를 듣고자 찾아온 것이다.

"니아 님은 검귀라는 이름을 들어보신 적은?"

검귀?

"없어. 유추하건대 검의 달인에게 붙은 별명이겠지?"

"아아, 네. 모험가의 일면을 가진 검사입니다. 그의 별명이랄까, 통칭되는 말입지요."

흐음, 좋은데!

"화려한 별명을 가진 사람이 있다는 말을 들으니 설레네. 얼마나 강하지?"

어차피 이름값은 하지 못할 거라고 생각하지만.

하지만 그래도, 어쩌면 나보다 강할지도 모른다는 약간의 희망이 있다고 생각하면 피가 들끓고 살이 떨리고 심장이 요동쳤다. 설레지 않을 수가 없다.

"유명한 모험가이기도 하니 실력자인 건 틀림없겠죠."

오, 그런가! 그거 점점 좋네!

"이미 아시겠지만 암투기장에 온답니다요."

역시나! 좋아, 좋아!

즉 이번 암투기장에서 그 검귀인지 뭔지가 게스트로 참전한다는 거네!

"그리고 개최일도 결정됐고요. 기이하다고 할지, 우연이라고 할지, 며칠 후에 열리는 학교 격투 대회 밤입니다요."

아, 의외로 빠르네.

막연하게 대회의 며칠 후 정도가 아닐까 하고 생각하고 있었는데…… 그러고 보니 '어슴푸레한 영서정'에서 이야기를 들은 것이 대략 2주 전이다. 그렇게 생각하니 이해가 갔다.

"기대된다!"

아이들밖에 나오지 않는 격투 대회를 기대하는 것은 아니지만, 그 격투 대회 당일 밤에 검귀라는 별명을 가진 달인을 보러 간다.

남들과는 다른 이유와 다른 장소이긴 하지만 나도 기대되기 시작했어!

"……저는 마음 놓고 기뻐할 수는 없지만요. 역시 아이를 데리고 가는 것엔 저항감이 들지만…… 그래도 약속은 약속이지요. 저는 니아 님을 데리고 가겠습니다요."

음!

"기대하고 있을게. 잘 부탁해, 간돌프."

"네. ……저, 다른 얘기지만, 시간이 되신다면 연습을 봐 주실 수 없을까요."

좋아, 좋지.

"나는 지금 아주 기분이 좋아. 상관없어. 준비해. 봐줄게."

"네! 감사합니다!"

"그리고 말투 좀 정말 조심해. 너 거동이 너무 수상해."

"네! 조심하겠습니다!"

그러고 나서 바로 촬영반이 찾아왔기 때문에 간돌프의 수행은 정말 짧은 시간밖에 봐주지 못했다.

하지만 그래도 그는 무척 기뻐했다.

텐파류 사범 대리 간돌프와 이야기를 나눈 후 며칠 동안은 긴 것 같으면서 동시에 눈 깜짝할 새이기도 했다.

격투 대회가 조금씩 가까워지면서 준비로 바빠졌고, 결국 촬영은 고사하고 잡일까지 하는 신세가 되었다.

그렇게 일에 쫓기는 사이 격투 대회는 당일을 맞이했다.

이번에는 고등학부 학생은 참가권이 없었는데 매직비전 효과 덕분인지 참여 인원은 많았다.

타임 스케줄이 조금 걱정되긴 했지만 어떻게든 예정대로 오전에 예선을 마쳤고, 오후에는 본선을 치를 수 있었다.

하지만 본선에서는 시간이 조금 밀려서 결국 모든 경기가 끝난 것은 저녁 무렵이었다.

학교의 즉석 촬영반과 왕도 방송국에 근무하는 프로 촬영반이 협력해 찍은 영상은 편집을 거쳐 내일 방송될 예정이다.

관람하던 학생들은 우승자도, 온갖 사투도, 우연히 벌어진 휴먼 드라마도 알고 있겠지만 매직비전 앞의 시청자들이 이를 알게 되는 것은 내일이다.

장래가 유망하다, 천부적인 재능이 느껴진다, 소질이 있다, 감이 좋다, 무기가 안 맞는다, 단련법이 부족하다 등등.

아이만 나온 격투 대회인 만큼 나는 부모나 보호자에 가까운 마음으로 지켜보았다.

이건 이거대로 즐거웠다.

답답하기도 했지만.

사노월이나 가젤 같은 중등학부의 유명한 곳은 확실히 실력도 좋고 재능도 있었다.

무엇보다 경험을 쌓아야만 얻을 가능성이 있는 승부에 대한 감각이 조금씩 보였다. 이런 감각적인 것은 재능에 의존하는 경우도 많으니까.

입장상 "내가 키워줄게"라고 말할 수는 없겠지만…… 적어도 스승이 좋다면. 그러면 극적으로 성장할 것 같기는 했다.

아니, 말에 오해가 있다.

그들의 스승도 실력이 나쁘지는 않다. 보통 사람과 비교한다면 손색없을 만큼 강하다.

그래, 나쁘지는 않다.

하지만 모든 강도에는 단계가 있다. 몇 가지 존재하는 '사람의 기량을 초월한 벽'을 그들 자신이 최소한조차 넘지 못했다.

셋…… 아니, 한 개라도 넘었다면 꽤 달라졌을 텐데…….

그런 생각을 하며 아쉽게 보고 있는 사이 대회는 끝났다.

그 결과, 무기 포함 부문은 사노월의 우승.

참고로 오라비 닐은 6위로 아쉽게도 5위 입상은 하지 못했다.

뭐, 체격이 완전히 다른 중등학부생도 포함해서 이 정도의 결과라면 훌륭한 업적이었다. 오히려 오라비를 격파한 상대편 아이가 엄청나게, 정말이지 여자에게 온갖 욕을 다 들어서 울상이 됐던 것이 안쓰러웠을 정도였다.

무기 미포함 부문에서는 레리아렛의 언니 리리미 실버가 승리했다.

그녀에 관해서는 솔직히 얕보고 있었다.

겉보기엔 그렇게 강하지 않았지만 움직임 구석구석에서 숨길 수 없는 재치와 노련함이 엿보였고, 경기 시간이 지남에 따라 점점 움직임이 좋아졌다.

저것은 집중력이 증가함에 따라 강해지는 타입이다.

평상시는 그렇지 않지만, 승부에 빠져들면 강해진다. 격투가에겐 누구나 그런 경향이 있지만, 그녀의 성장세는 남달랐다. 흔하게 볼 수 없는 흥미로운 인재였다.

이리하여 큰 실수 없이 대회는 종료.

드디어 암투기장에 갈 시간이 다가오고 있었다.

"대회는 어떠셨나요?"

식당에서 저녁 식사를 마치고 방으로 돌아오니 내가 식사하는 동안 목욕을 끝내고 수행의 땀을 흘린 리노키스가 시녀복이 아닌 잠옷 차림으로 홍차를 준비하며 기다리고 있었다.

"무사히 끝나서 안심했어. 사고도 없었으니 이대로 다음 촬영으로 이어질 거야."

오늘 격투 대회의 반응에 따라 앞으로도 학교 내 촬영은 계속 진행될 것이다.

뭐, 시작 전부터 반응이 좋았으니 격투 대회 기획은 하기도 전부터 성공한 것이나 다름없었다.

준비 기간 때부터 이미 성공을 해버려서 오히려 큰 트러블이나 실수를 걱정하게 됐다.

그런 상태였으니, 어쨌든 지금은 안심이다.

성공할지 어떨지는 모르니까 지금은 믿고 힘내자! ……그렇게 생각하는 편이 심정적으로는 더 편했을지도 모른다. 뭐, 이미 끝난 일이지만.

격투 대회 모습이 방송되면 매직비전의 인지도도 나름대로 올라갈 것이 분명하다.

앞으로도 아이를 아끼는 부모의 마음을 이용해서 쭉쭉 더 퍼뜨려 나갈 수 있다면 좋겠다.

"리노키스도 봤다면 좋았을 텐데."

"어쩔 수 없죠. 시중드는 시녀는 엄밀하게 분류하면 일반인이니까요."

오늘의 격투 대회는 일반인에게 공개되지 않았다.

그래서 시녀조차 관람이 허용되지 않았던 것이다.

뭐, 리노키스는 내일 방송을 보면 되겠지.

"오라버니, 열심히 했어."

"아, 결과는 말하지 마세요. 닐 님의 건투는 내일 제 두 눈으로 확인할 테니까요."

오, 그런가.

"그럼 식당에 안 오길 잘했네. 그런 얘기로 시끄러웠거든."

누가 이겼네, 졌네.

나이도 어린 귀인의 딸들이 흥분이 채 식지 않은 모습으로 누가 멋있었다느니, 귀여웠다느니, 저놈은 용서할 수 없다느니, 저마다 얼굴을 맞대고는 들떠 있었다.

즐거웠다면 다행이다.

내 즐거움은 이제부터지만.

평화롭게.

누구보다 평화롭게, 설레는 심정 따위는 추호도 보이지 않고.

정말이지 평화롭게 리노키스의 상대를 하고, 취침 시간이 되어 나는 침대로 들어갔다.

"안녕히 주무세요, 아가씨."

"잘 자, 리노키스."

불을 끈 어두운 방에서 리노키스가 나갔다.

…….

…….

얌전히, 조용히. 그저 시간이 지나기만을 기다렸다.

옆방인 하인방에 있는 리노키스의 기척을 살피며 이제나저제나 잠들기를 하염없이 기다렸다.

머지않아 리노키스가 잠에 든 것을 알아차린 나는 조용히 침대를 빠져나와 창밖으로 뛰어나갔다.

내가 나가자마자.

"······정말 갔어."

잠들었을 리노키스가 방의 상태를 보러 온 것을 알게 된 것은 얼마 뒤의 일이었다.

"······하아······ 정말 어쩔 수 없는 사람이네."

답답한 듯 한숨을 내쉬며, 이때를 위해 준비해둔 리노키스도 짐을 들고 똑같이 창문으로 나왔음을 알게 된 것도 얼마 뒤의 일이었다.

내가 간돌프라는 협력자를 얻은 것처럼.

리노키스도 오라비 닐의 시녀인 리넷이나 레리아렛의 시녀 에스엘라라는 협력자를 얻었다는 것을 알게 된 것도 얼마 뒤의 일이었고.

애초에 내가 학교에서 수업을 듣는 동안 나보다 훨씬 자유롭게 움직일 수 있는 그녀가 움직이지 않았을 리 없다는 것을 깨닫는 것도 얼마 뒤의 일이다.

또 내가 쉽게 포기할 리가 없다는 걸 알면서도 갑자기 아무 말도 안 하게 된 시점에서 '아, 이 녀석 누구한테 부탁해서 데려가 달라고 할 예정이구나?'라는 추측을 했다는 걸 알게 되는 것도 얼마 뒤의 일이고.

애초에 '어디로 가는가'를 알고 있으니 이판사판이라는 심정으로 결단을 내린 리노키스가 대책을 세우고 있었다는 것을 알게 되는 것도 얼마 뒤의 일.

좀 더 말하자면, 억지를 부려 강제로 말려봤자 결국 실력 승부가 되면 반드시 질 것을 알고 있던 리노키스가 굳이 내가 움직일 수 있도록 차분하게 놔두고 있었다는 것을 알게 되는 것도 얼마 뒤의 일이었다.

그리고.

암투기장 같은 수상한 장소에서, 만일의 사태에 나를 지키기 위해서는 어디에 서면 좋을까.

최종적으로 리노키스가 어디에 서기로 했는가.

그것을 내가 아는 것도 얼마 뒤의 일이었다.

간돌프 로겐

강해지는 것을 최우선으로 생각하며
살아온 무인. 니아와의 만남을 통해
그 마음이 더욱 견고해진다.

Status

연령

23 살

직함 / 직무

> 텐파류 도장 알투아르 왕국
> 왕도지부 사범 대리.

선호하는 싸움 방식

> 맨손.

텐파류란 어떤 유파인가요?

> 무용국 우하이튼에서 탄생한 아주
> 오래된 무술입니다. 현대에는 무술
> 외에도 건강과 다이어트에 효과적인
> 가벼운 운동으로서 전 세계적으로
> 사랑받고 있습니다. 당신도 부담없이
> 도장에 다녀보시는 건 어떻습니까?

격투가에 뜻을 두게 된 이유는?

> 옛날의 나는 몸집은 크지만 마음은
> 약했습니다. 그런 나를 바꾸고 싶다는
> 마음으로 입문하여 현재에 이르렀습니다.

니아 님을 스승이라고
부르고 싶을 정도입니다.

심야.

기숙사를 빠져나온 나는 서둘러 왕도와 학교 부지를 나누는 외벽의 한 지점으로 향했다.

거리로만 따지면 몇 걸음만 가면 왕도다. 학교 부지를 나가게 된다.

하지만 그 몇 걸음은 높은 벽에 의해 가로막혀 있다.

윗부분에는 장식인지, 아니면 실용성도 생각한 것인지 창끝처럼 뾰족한 것이 죽 늘어서 설치되어 있다. 어쩌면 침입자 방지를 겸한 것일지도 모르겠다.

학교 아이들을 지키기 위한 벽이자, 또한 학교 아이들을 밖으로 내보내지 않기 위한 벽이기도 했다.

그래서 어른들도 그렇게 쉽게는 넘을 수 없는 높이였다.

뭐, 나한테는 낮은 편이지만. 없는 거나 다름없을 정도로.

벽 건너편의 기척을 살펴보니…… 아, 간돌프는 벌써 있네. 좋아, 좋아.

미리 수풀 속에 숨겨둔 짐 가방에서 옷을 꺼내 텐파류 도장에서 사용하는 도복으로 갈아입었다.

텐파류의 경기용 예복이다. 잘 만들어진 깔끔한 흰옷이다.

평범한 연습복으로도 상관없을 것 같았지만, 일단 조화를 생각한 결과였다. 물론 간돌프가 준비해 주었다.

잠옷을 입은 채라면 눈에 띄고 움직이기도 어렵다. 만일 되돌아왔을 때 피 같은 것을 뒤집어써서 더럽혔다간 리노키스에게 들키고 만다. 당연히 싸울 생각은 없지만. 그래도 무슨 일이 일어날지 모르니까. 혹시 모르잖아. 혹시라도 싸우게 될 수도 있잖아. 무인이란 자고로 한 발짝만 밖으로 나가면 언제 어느 때 진검승부를 할지 모르는 법이니까.

짐 가방에는 꺼낸 도복 대신 잠옷을 담아 다시 수풀 속에 숨겨 두었다.

이걸로 됐다. 새삼스럽지만 비가 안 와서 다행이다.

그리고 살짝 도움닫기를 하고 벽을 박차 그대로 뛰어올랐다.

윗부분의 창끝도 깔끔하게 피해 가볍게 벽을 넘었다.

"니아 님."

"서두르자."

벽 너머에서 대기하던 간돌프와 재빨리 합류한 뒤 우리는 말없이 밤의 왕도로 사라지는 것이었다.

"그쪽 방을 써."

안젤이 문을 열어주었고, 뒷문을 통해 '어슴푸레한 영서정'으로 들어갔다.

이 근처에서 나는 완전히 유명인이었다. 그러니 간돌프와 함께 있는 모습은 남에게 보이지 않는 편이 낫겠다고 판단했다.

소중한 아이를 맡기는 학교 관계자인 간돌프가 한밤중에 아이와 함께 이런 곳에 드나든다는 사실이 알려지면 곤란하겠다는 생각에서 나온 배려였다.

최악의 경우 간돌프 해고 및 텐파류 파문. 혹은 학교 부지에서 도장째로 철거될 수도 있었다. 아니면 그 전부이거나. 감옥에 갈지도 모른다.

그런 지적을 하자 "니아 스승님의 제자가 될 수 있다면 텐파에서 파문당하더라도……"라며 잠이 덜 깬 소리를 해 온다. 농담이 통하지 않는 진지한 얼굴을 하고 있는데, 의외로 농담도 할 수 있는 것 같다. 농담이겠지? 그래, 응. 본인이 몇 년 동안 일궈온 유파를 그렇게 쉽게 버리지는 못할 거다. ……못 버리겠지?

뭐, 아무튼.

가게 입구에는 불량배들이 모여 있는 경우가 많았고, 가게 안에도 대체로 불량배들이 있었기에 뒷문을 통해 가게로 들어갔다.

뒷문을 통해 가게로 들어서자마자 보이는 방――희미하게 술과 담배 냄새가 풍기고 침대와 가구가 조금 있는 안젤의 침실로 들어와 그곳에서 준비했다.

"그 물건을 가져올게. 여기는 맘대로 써."

안젤이 나가자 간돌프가 자신의 겉옷을 잡고 나를 내려다보았다.

"옷 좀 갈아입어도 될까요?"

"그래."

이런 어린아이라도 일단 여자 취급을 해 준 간돌프는 여성의 양

해를 받은 뒤 옷을 벗고 갈아입기 시작했다.

평상복에서 미리 가져온 자신의 정장으로.

나름대로 값이 꽤 나가는 단벌 정장인 것 같은데…….

"꽉 끼네."

"으음……. 만들었을 때보다 몸이 더 커진 것 같네요. 평소 정장은 입을 일이 없으니까…… 나름 비쌌던 옷인데 말이죠."

좀 답답해 보이는데…… 뭐, 굳이 작은 사이즈의 옷을 입어서 근육을 과시하려는 무언의 귀여운 자기주장이라고 생각하면 이 정도 빠듯함은 상관없으려나.

"기다렸지."

"안녕, 릴리. 내가 해 줄게."

안젤이 글래머 여종업원 프레사와 함께 돌아왔다.

"당신 옷은 너무 조이는데. 팔은 올라가?"

"음…… 이상한가?"

"이상하지만 문제는 없지. 굳이 작은 옷을 입는 녀석들도 있고, 이 정도면 허용 범위야."

신인 마스터와 우락부락한 정장이 그런 대화를 나누었고, 흰머리는 글래머의 의자에 앉았다.

참고로 안젤과 간돌프는 내가 촬영이다 뭐다 하며 움직이지 못하는 사이에 간돌프에게 일을 맡기면서 알게 됐다.

사실 뒷세계에서 보디가드 안젤의 이름은 유명했고, 또 격투가 간돌프도 나름대로 이름이 알려져 있었기에 서로 이름만은 아는 상태였다고 한다.

뒷세계의 상식으로 '이름이 조금 알려진 자'라는 것은 그것만으로 자기소개 대신이 된다.

그래서 저 두 사람은 쉽게 가까워졌다.

"그럼 시작할게."

그리고 나의 마지막 마무리.

프레사가 손에 든 것은 이날 이때를 위해 구매한, 일시적으로 머리를 물들이는 마법약이 든 작은 병. 아까 안젤이 말했던 '그 물건'이었다.

효과는 거의 하루 정도 가지만 해제약도 있으니 효과 시간이 긴 것에 불만은 없었다.

왕족이나 귀인의 은밀한 용도를 위해 개발된 것으로 값이 꽤 나간다. 하지만 뭐, 어쩔 수 없지. 내 흰머리는 너무 눈에 띄어서 이 정도가 아니면 갈 수 없을 것이다. 참고로 정보 제공과 구매 대행과 계산은 싸구려 술집의 신인 마스터였다.

사전에 살짝 시도해 봤으니 마법약에 문제는 없었다.

프레사가 익숙한 손놀림으로 내 머리에 액을 뿌리고 빗으로 쓸어나갔다.

거울은 없지만 나를 보고 있는 안젤과 간돌프의 반응으로 머리 색깔이 변하고 있음을 알 수 있었다.

"자, 끝."

순식간에 작업을 마친 프레사는 하는 김에 뒷머리도 가볍게 묶어 머리 모양까지 바꿔주었다.

색깔도 헤어스타일도 다르다. 이것으로 나라는 사실은 쉽게 알 수 없으리라.

말꼬리처럼 된 뒷머리를 잡고 색을 확인하기 위해 눈앞으로 가져왔다.

음, 좋아. 간돌프와 같은 검은색에 가까운 갈색으로 물들어 있다. 이거라면 부모와 자식이라는 설정도 먹힐 것이다.

"어때?"

혹시 모르니 이 모습을 보고 있는 세 명의 어른에게 물어보았다.

"귀여워."

"흰머리라는 특징이 사라지니까 의외로 수수하구나, 너."

"잘 어울립니다. 스승님."

아아, 그래. 왜 아무도 듣고 싶은 말을 해 주지 않는 걸까.

딱 한 마디, "다른 사람 같다"라고 아무나 말해 줘. 귀엽다거나 수수하다거나 잘 어울린다는 말은 필요 없어.

……뭐, 특징이 사라지면서 수수해진 것 같으니 괜찮겠지.

눈 색깔을 바꾸는 마법약도 있다는데, 이번엔 거기까지는 필요 없을 거라고 판단했다. 값이 비싸기도 하고.

"그보다 염색 비용은 좀 내줘."

값이 비싼 것을 따지기 이전에 염색도 안젤에게 빚을 내서 구매했다.

내 용돈은 리노키스에 의해 관리되고 있기 때문에 용도를 알 수 없는 사용은 할 수 없었다. 애초에 나는 내가 돈이 얼마나 있는지도 파악하지 못했다.

"어른이 되면 갚을게. 암투기장에 나갈 수 있는 나이까지 자라면 말이야."

내기 시합만 나갈 수 있으면 몇 초 만에 벌어주지.

미개의 부유섬 탐색도 좋고 던전의 자원 채집도 좋다. 법적으로 그것이 가능한 나이가 되면 얼마든지 돌려주고말고.

"몇 년 후냐고…… 이자 붙일 거야."

뭐, 아마 얼추 10년은 걸리겠지만.

"이자는 붙여도 되지만, 이자보다는 빚으로 달아두는 편이 낫지 않을까?"

"……좋아, 돈은 됐어. 하지만 두 개 빚진 거다. 빌린 것과 이자 두 가지. 만일의 경우엔 날 위해서 움직여줘."

두 개의 빚이라. 뭐, 상관없겠지.

"좋아, 그거면. 그럼 갈까?"

정장을 입은 간돌프와 텐파류 경기용 예복 차림을 한 나.

설정상으로는 무에 미친 부모와 부모의 광기에 휘둘리는 아이라는 느낌이다.

암투기장을 드나드는 사람 중에 제대로 된 무리는 없다.

굳이 말하자면 전원에게 나름의 사정이 있다.

설령 친부모든 아니든 누군가가 끈질기게 캐물을 일도 없을 것이다. 그게 허락되는 자리도 아닐 테니까.

그 때문에 간돌프에게 정장, 그러니까 '언뜻 봤을 때 귀인으로 보이는 모습'을 하게 한 것이다. 사정 있는 일반인은 덜 다가올 테니까.

"초대장은 갖고 있어?"

"있습니다."

안젤의 연줄로 준비한 것이다. 이래저래 신세를 지고 말았다.

"마스크."

"있어요. 그보다 이미 썼습니다."

간돌프는 뒷세계에 나름대로 이름이 알려져 있다고 하니 얼굴을 아는 사람도 있을 것이다. 만일을 위해 신분이나 얼굴이 드러나지 않도록 얼굴 전체를 가리는 마스크를 썼다.

암투기장 같은 곳에 드나드는 귀인 중에는 신원을 숨기기 위해 마스크를 착용하는 사람도 드물지 않다고 하니, 이 역시 문제없다.

"내 이름은?"

"릴리."

"당신의 이름은?"

"돌프."

순간적으로 그 이름이 나올 수 있을지, 그리고 불렸을 때 반응할 수 있을지는 모르겠지만 본명을 부르는 것은 피하고 싶었다. 이것도 만일을 위해서다. 안 부를 수도 있다.

마지막 점검을 마치고 나는 고개를 끄덕였다.

이제 정말 암투기장에 갈 준비가 됐다.

"나머지는 말투네."

"아, 으응. 이거면…… 됐나?"

"정말로 조심해야 해요. 아버님."

"어, 으응, 네, 요."

간돌프의 말투는 꽤나 수상했지만, 뭐 상관없겠지.

안으로 들어가기만 하면 남들 앞에서 주절주절 떠들 일도 없을 테니까. 목적은 어디까지나 관전이고, 여차하면 전부 다 때려눕 혀서 입을 다물게 하면 된다.

안젤이 준비해 준 초대장만 있다면 귀인 대우를 받아 체크도 없이 들어갈 수 있을 것이다. 입구만 돌파하면 조금 더 수월해지 겠지.

그럼.

"가자."

어둠 속에서 걸어 나온 우리는 어느 귀인이 소유한 항구로 향 하는 것이었다.

목적한 장소는 인적 없는 항구의 창고 거리에 자리한 한 창고.

이곳은 귀인용 출입구였기에 경비가 잘 되어 있었고, 불량배나 노숙자가 서성거리지도 않았다. 밤이 되니 더욱 한적했다.

"실례. 초대장은 갖고 계십니까? ……이쪽으로."

고요한 창고 거리를 걷고 있자 기척이 희미한 남자가 접촉해 왔다. 간돌프가 내민 초대장을 확인하자 그대로 안내하기 시작한다.

꽤 강해 보이는 남자다. 경비도 겸하고 있는 거겠지.

안젤에게서 들은 그대로의 흐름이었기에 이것으로 점검은 끝이었다. 이대로 암투기장까지 안내될 것이다.

역시 간돌프가 정장을 입고 있는 것이 크게 작용했다. 이렇게 꽉 끼는 옷을 입고 수상한 마스크까지 착용한 데다 아이까지 대동했다. 아무리 봐도 떳떳한 귀인으로는 보이지 않는 덩치 큰 사내인데.

뭐, 이런 데 드나드는 귀인 중에 제대로 된 녀석 자체가 없으려나.

일은 순조롭게 진행되어 우리는 무사히 목적지에 도달할 수 있었다.

어느 빈 창고를 지나 그곳에서 지하로 가는 계단을 내려갔다.

몇 번의 문지기 앞을 지나고, 그들이 열어주는 문을 지나고, 그리고——.

"……훌륭해."

나도 모르게 목소리가 나오고 말았다.

문을 사이에 두고 있던 투기장이 눈앞에 펼쳐졌다.

한없이 적나라한 폭력의 기운을 느끼고 뺨이 느슨해졌다.

널찍한 이 공간에 사람의 원한과 억울함, 투기가 배어 있다.

그것을 온몸으로 느끼자 그립다는 생각이 들었다.

이런 평범하지 않은 장소에는 위험한 것들이 다가오기도 하는 것이다. 산 자도 죽은 자도. 원한이나 원망 같은 부정적인 감정도 말이다.

이번 검귀도 여기에 불렸을지도 모르고, 어쩌면 나도 그럴지도 모른다.

어쨌든 피는 볼 수 있을 것 같았다.

가운데가 움푹 들어간 원형 회장은 중앙 최심부에 있는 모래만 깔린 전투장을 중심으로 관객이 주위에서 내려다보는 형태로 되어 있었다.

조명은 중앙만 밝게 비추고 있어 객석인 주위는 어둡다. 좌석 좌우로 간이 칸막이가 놓여 개인실 같은 공간이었다.

간이로라도 칸막이가 돼 있다면 무리하게 간돌프에게 아버지 역할을 시킬 필요는 없을 것 같았다. 주위의 눈은 어느 정도 가려지니까.

"어서 오십시오. 이쪽으로."

유난히 노출이 많은 차림새의 급사…… 아, 저런 걸 버니 슈트라고 하나. 아무튼 그런 느낌의 짙게 화장한 글래머 여성이 빈 개인실로 안내해 주었다.

원형 관객석의 중간쯤으로, 낮은 의자와 테이블만이 마련된 개인실이다.

신분이 높은 귀인이라면 더 좋은 자리를 배정받았을지도 모르지만. 뭐, 여기서도 충분히 볼 수 있으니 문제없다.

"와인으로 하시겠습니까?"

"……."

간돌프는 말없이 고개를 끄덕였다. 어조가 영 수상해서 그에게는 최대한 말하지 말라고 일러두었다.

"아가씨는 주스로 괜찮으실까요?"

오, 도복 입은 아이에게도 제대로 응대해 주는 건가. 당연하게도 술은 안되는 것 같지만.

"네"라고만 대답하자 버니는 곧바로 와인병과 주스를 가져와 테이블에 두고 떠났다. 바빠 보였다.

"나가본 적 있어?"

"아뇨. 권유받은 적은 있습니다만…… 저는 뒷골목에서 싸우고 푼돈을 버는 정도밖에는 해본 적이 없습니다."

그렇군. 스트리트 파이터인가.

"그런 불량배들이랑은 상대가 안 되잖아?"

"지금은 그럴 겁니다. 그런 짓을 했던 건 돈 한 푼 없던 젊은 시절이니까요."

작은 목소리로 그런 얘기를 하는 동안에도 속속 방문한 귀인들이 개인실을 채워 나갔다.

모두 간략하게나마 얼굴을 가린 것을 보아 진짜 신분 있는 권력자라는 분위기가 감돌았다. 우락부락한 간돌프와는 큰 차이다. 옷의 소재도 비싸 보였다.

그리고.

여자 동반자나 남자 동반자가 아주 많았다. 얼굴을 숨기지 않은 동반자는 연인이거나 정부겠지.

세상에는 피를 보면 흥분하는 자도 있으니, 뭐 밤 상대를 데리고 나오는 심정을 모르는 것은 아니다.

하지만 뭐, 모두가 말했듯이 아이가 오기에는 이른 장소임에는 분명했다. 나도 인정하는 바다. 나 이외의 아이는 전무했다.

하지만 주스는 진했다.

귀인도 오는 장소인 만큼 안젤의 가게보단 더 좋은 과일을 들여놓은 것 같았다.

기다림도 잠시.

나는 조금씩 마셨지만 간돌프는 와인을 잔에 따르지도 않은 채, 그때를 맞이했다.

"여러분, 환영합니다!"

사방에서 울리는 남자의 큰 목소리에 웅성거리던 암투기장이 조용해졌다.

"오늘 밤도 피가 튀고 살이 찢기고 목숨을 잃는 격투의 시간이 왔습니다! 편히 즐겨 주십시오!"

와아아아, 하는 함성이 터져 나온 곳은 원형 아래쪽에 있는 서민들을 위한 객석이었다. 위쪽의 귀인석은 차분하지만, 아래쪽의 열기는 상당하다.

"그럼 바로 시작하겠습니다! 우선 이 녀석들입니다!"

원형 맨 아래, 마주 보던 쇠창살이 동시에 올라가며 어둠 속에서 남자들이 등장했다.

"오늘 밤도 그 주먹은 붉게 물든다! 붉은 주먹 드라이장!"

팔을 올린 것은 상반신을 중심으로 단련한 것 같은, 전체적인 밸런스가 좋지 못한 상반신 나체의 남자. 위쪽만 크다는 느낌이었다.

자랑하듯 드러낸 거대한 근육은 문신투성이여서 정말로 불량배 같은 느낌이다.

근육은 연동된다. 상체를 지탱하는 것은 하체다. 전신을 단련했다면 반대로 힘을 더 잘 전달할 수 있었을 텐데. 적어도 싸울 정도로는.

"재빠른 발차기는 그 누구도 볼 수 없다! 다리신의 은총을 받는 자, 우비!"

반대편에서 늘씬한 남자가 자신의 손바닥에 주먹을 부딪치며 고개를 숙였다.

이쪽도 상체는 나체였지만, 극한으로 단련하여 불필요한 살을 빼내 날씬한 몸매를 유지하고 있다. 재빠른 발차기라고 했나? 하지만 저 체격이라면 특기는 발차기만이 아닐 것이다.

음…… 그렇군. 저 두 사람이 이제부터 서로 맞붙는 건가.

"베팅하시겠습니까."

"──……아얏."

찾아온 버니가 베팅은 어떻게 할 것인지 물어보러 왔다.

간돌프는 고개를 저었지만, 나는 그의 옆구리를 때렸다.

비난하듯 이쪽을 바라보는 간돌프에게 속삭였다.

"문신 쪽에 베팅해."

내가 보기엔 문신이 더 강하다. 개인적으로는 격투가 쪽을 응원하고 싶지만, 역량 차이를 생각하면 승산이 희박했다.

"아뇨, 베팅은 좀."

"여기까지 와놓고 뭘 사양하는 거야. 모처럼 왔으니까 최대한 즐겨."

"에엑⋯⋯."

질색하지 마. 덩치 큰 사내가 아이 상대로 질색하지 말라고. ⋯⋯좀 어이없나? 암투기장에 가고 싶어 하는 것도 모자라, 오니까 베팅까지 하라는 여섯 살짜리 아이는 역시 좀 어이없나? 그래도 질색하지 마라.

"저 돈도 별로 없어요. 만약 진다면 당분간 밥은 빵 한 개가 고작⋯⋯."

"흐음? 그건 내 말을 못 듣겠다는 뜻?"

"전 재산을 걸겠습니다."

좋아, 좋아, 가라, 가. 승부 조작이 아닌 이상 결과는 뻔하다. 꼭 이길 테니까 가라고.

"붉은 주먹으로."

속닥거리는 동안에도 차분히 기다리던 버니에게 간돌프는 제법 속이 가벼워 보이는 가죽 주머니를 건네주었다.

이렇게 해서 오늘 밤 암투기장이 시작되었다.

처음에는 숙제하면서도 이길 수 있을 것 같은 지루한 무리만 나와 재미가 없었지만, 경기가 진행되면서 신경 쓰이는 선수들도 생겨났다.

결과적으로 내 열기나 흥도 점점 올라갔고, 간돌프의 판돈도 점점 올라가게 되었다.

"니아 님. 땀이 멈추질 않습니다."

"당당히 갖고 있어."

사투가 진행될 때마다 눈앞에 놓인 로우테이블에는 형형색색의 칩들이 산더미처럼 쌓여갔다.

단순 계산으로 봐도 이 정도면 마정판 두세 개는 살 수 있을 정도의 양이라고 했다. 환금하면 상당히 큰돈이었다.

나로서는 지금은 돈보다는 펼쳐지는 피와 고기의 축제라고 할 수 있는 사투 쪽이 더 즐겁지만.

그러나 간돌프는 눈앞에 쌓여가는 팁이 더 신경 쓰이는 모양이다.

"그렇지만 이렇게나 큰돈, 저는 본 적도 없습니다……."

베팅은 순조롭다.

지금까지 모든 싸움에 전액 베팅을 이어가며 모든 베팅에서 승리했다. 뭐, 내가 보기엔 결과를 알기 쉬운 조합이었을 뿐이지만. 당연한 결과라고 밖에는 할 말이 없다.

"그럼 이제 베팅은 그만할까?"

"네…… 이 이상은 좀 무섭습니다……."

체격은 크면서 배포는 소심한 남자다. 아니, 금전적으로 소심한 것은 미덕이라고 봐도 좋겠지.

뭐, 나로서도 딱히 돈을 벌 생각은 없다. 그저 베팅을 하고 있기에 참가했다, 정도의 일이었다.

아니면 지금 현재진행형으로 민폐를 끼치고 있는 간돌프의 용돈으로 삼으면 되겠지, 싶은 정도의 가벼운 마음이었다.

당사자가 됐다고 하면 무리하게 계속할 이유는 없다.

"괜찮으신가요? 이제 곧 메인 이벤트가 시작되는데……."

"됐어. 더는 베팅은 안 해."

다음 베팅 패를 가져온 버니에게 간돌프는 더 이상 베팅을 하지 않겠다고 선언했다.

"……?"

내친김에 나는 버니를 손짓으로 불렀다.

그리고 가까이 와 무릎 꿇은 그녀의 가슴 골짜기에, 보기 좋게 모아져 있는 그 협곡에, 적은 옷감 사이로 흘러넘칠 것 같은 두 개의 언덕 깊은 곳에 넘칠 정도의 고액 칩을 대량으로 쑤셔 넣어 주었다. 꾹꾹. 아주 꾹꾹 눌러서. 마구잡이로 변형되는 것도 신경 쓰지 않고 힘있게.

"술값하고 주스값하고 팁이에요. 신경 쓰지 말고 갖고 가세요."

"……고, 고맙습니다."

간돌프에게 맡겨봤자 인색하게 굴 것 같아 직접 했다.

설마 아이에게서 이런 팁을 받아본 적은 없었으리라. 그녀는 당황하며 감사의 인사를 하고는 가버렸다.

이렇게까지 이겨 버린 이상 비록 돌아오는 금액이 적어지더라도 베팅원에게 조금은 돌려주는 것이 도리다. 그러지 않으면 원망을 살 테니까. 그것도 단골이 아니라 뜨내기라면 더더욱 그렇다.

분명 절반 정도는 베팅원의 손에 들어가겠지만, 나머지는 그녀의 팁이 될 것이다. 그렇다 쳐도 꽤 많겠지만.

이제 그녀는 이 자리에 오지 않을 것이다.

손님의 상태를 주의 깊게 관찰하는 만큼, 주위를 물리고 싶다는 의미로 팁을 받았다는 것을 짐작했을 테니까.

"모처럼이니까 지금부터는 사투에 집중하자."

"네, 꼭 니아 님의 판단과 해설을 바탕으로 관전하고 싶습니다."

더는 돈이 늘지도 줄지도 않는다는 사실을 알게 되자 간돌프의 땀도 가라앉은 듯했다.

그 후 두 판정도 승부의 향방을 지켜보다 보니 신경 쓰이는 선수가 나왔다.

"저건……."

딱 맞는 반바지와 평범한 셔츠를 입은, 꽤 가벼운 차림을 한 여자다. 간돌프 외에 여기 있는 귀인들처럼 얼굴에 마스크를 쓰고 있다.

보자마자 한눈에 알았다.

저 여자, '기'를 두르고 있다.

지금까지의 사투 동안 이 정도의 경계선에 도달한 사람은 없었다. 도달하려는 자라면 몇 명 있었지만.

그들 덕분에 나도 즐겁게 볼 수 있었다.

거기까지만 가면 아주 작은 계기로 '기'에 도달할 수 있기 때문이다.

그것이 이 사투, 지금 이 순간에 벌어질지도 모른다. 그렇게 생각하니 눈을 뗄 수가 없었다.

뭐, 그런 기적은 일어나지 않았지만.

하지만 그녀는 다르다.

명확하게 이미 '도달'해 있었다.

전신에 넘쳐흐르는 '기'는 아직 갓 태어난 병아리 정도의 수준이었지만——일단 도달하면 키우는 것은 수월하다.

그녀는 앞으로 쭉쭉 뻗어나갈 것이다.

게다가 저 몸매는 어떤가.

성실하게 단련된 근육으로 이루어진 그 몸은 아주 날씬했다. 아까 그 버니처럼 풍만한 군살이 붙어 있지도 않다.

하지만 너무 단련하지 않은 것이 포인트다.

그렇다. 순발적인 근력은 '기'로 충분히 보강할 수 있다. 속도를 방해하는 근육은 붙여서는 안 되는 것이다.

여성이라면 더욱 그렇다. 남자와 비교하면 아무래도 체격이

나 근육량에서 떨어지는 부분이 많다.

그렇다면 어떻게 할까?

자신의 우위를 넓히면 된다.

정면에서 체격이나 근력으로 승부할 필요는 없다.

속도를 살려 체격도 근력도 의미가 없는 일격 필살을 감행하면 된다. 어렵게 생각할 필요 없다. 그저 심플하게 그거면 되는 것이다.

"좋네, 저 여자."

마음에 든다.

하나부터 열까지 내 이상에 가까울 정도로 만들어진 몸이다. 나도 언젠가 저런 육체를 만들고 싶다.

"어? ⋯⋯저기, 니아 님?"

"대전 상대는 누구지? 상대도 그만큼 할까?"

처음 본 순간 시선을 떼지 못했지만, 문제는 대전 상대다.

과연 그녀와 맞설 수 있는 존재일지⋯⋯ 아니, 그렇게 입맛에 맞게 흘러가진 않으려나.

"다음은 여자들끼리의 대결! 오늘 밤이 첫 출전인 수수께끼의 여전사 미스 서번트! 고작 십대에 이 큰 무대에 서는 그 실력은 어느 정도인가?!"

호오, 그녀는 미스 서번트인가. 기억해 두자.

그리고 상대는⋯⋯.

"그에 맞서는 밤의 독나비 스칼렛! 오늘도 그녀가 가진 채찍이 사냥감의 선혈을 흩뿌린다!"

음…… 뭐, 이쪽은 외울 필요 없겠네. 노출도 높은 글래머가 채찍을 휘두른다는 느낌의 여성이다. 사투장의 꽃으로서 보기는 좋으나 실력은 없다.

같은 여성이고, 여성 간의 대전 상대로 선택된 것인가……. 그거라면 좀 가엾다. 이렇게까지 뚜렷한 실력차가 보이면 동정이 든다.

하여간. 조합을 고안한 사람은 누구야. 안목이 없군.

전체적인 레벨이 이 정도면 미스 서번트는 메인 이벤트에 써도 될 정도로 강한데.

"마스크가 이길 거야."

"아뇨, 니아 님. 저기…… 니아 님. 니아 님? 진심으로 하시는…… 니아 님?"

뭐야, 시끄럽게. 자꾸 이름 부르지 마.

"왜? 곧 시작이야. 너도 잘 봐."

아마 일격일 것이다.

미스 서번트는 시작 직후 한 수만에 승부를 가릴 것이다. 1초도 안 걸리겠지. 시간을 들일 만한 상대도 아니고.

승부는 한순간. 그 순간을 놓치지 않기 위해 집중하고 있는데, 간돌프가 옆에서 앵앵 시끄럽다.

"아니, 뭐라고 해야 할지……."

열받는 타이밍에 말을 걸어온 덩치 큰 사내에게 비난 어린 시선을 향하자 그는 상당히 난감하다는 표정을 짓고 있었다.

……뭐야? 저 말하기 어려워 보이는 표정은. 뭐 말 꺼내기 어려운 거라도 있나?

"저, 니아 님. 이건 제 착각일지도 모릅니다만……."

"뭐야, 빨리 말해."

"그, 뭐랄까요……."

여기까지 말해놓고 웅얼거리는 간돌프를 향해 빨리 말하라고 재촉하자, 그가 결심한 듯 입을 열었다.

"저 사람, 당신의 시녀 아닙니까?"

…….

"뭐."

뭐라고 했어?

얘 지금 뭐라고 했어?

"시합 시작! ……오오?! 무, 무슨 일이죠?! 미스 서번트의 주먹에 스칼렛이 날아간…… 건가요?!"

순식간에 결정된 승부의 향방을 조금도 보지 못했다.

판돈의 향방에 아비규환이 터져 나오며 오늘 가장 큰 소동이 벌어졌다.

그 북새통 속에서, 우리가 있는 개인실에만 움직임도 목소리도 아무것도 없었다.

──저 사람, 당신의 시녀 아닙니까?

심장을 꽉 쥐는 듯한 충격적인 말에 나는 그저 당황했고 두려웠다.

어째선지 잘 움직이지 않는 목을 힘겹게 비틀어 아래의 투기장을 바라보았다.

정확히는, 무슨 일이 벌어지는지 놓치지 않으려 했는데 완전히 놓쳐버린, 승부의 결과를 알려주고 있는 승자이자 가벼운 옷차림의 여자를.

……

리노키스다.

듣고 보니 어딜 어떻게 봐도 저건 리노키스다. 체격도 행동도 틀림없이 리노키스다.

생각도 못 했다.

처음부터 이런 곳에 그 시녀가 있을 리 없다고 속단하고 있었던 탓에 그 사실을 의심조차 하지 않았다.

그런데 아무리 봐도 저건 리노키스다.

그래. 매일 보고 있는 '기'를 두르는 방법, 내가 지도해서 만들게 한 몸이잖아. 그러니 내 이상에 가깝겠지. 지시를 통해 내가 좋아하는 육체를 만들게 하고 있으니까.

"어, 어째서……"

깜짝 놀란 나에게 간돌프가 말을 이었다.

"왜, 라고 할지…… 이유는 하나일 것 같습니다만."

"어? 그 이유라는 건, 자신보다 강한 녀석과 싸우고 싶어서?"

"……아뇨, 분명 당신을 지키기 위해서일 겁니다."

어, 안 지켜도 되는데? 내 쪽이 강한데?

…….

아니, 아니지.

그래, 그렇구나.

리노키스의 주장은 처음부터 계속 한결같았다.

처음부터 끝까지 그녀는 내 몸과 리스톤 가의 안위를 걱정했다. 그래서 암투기장에는 가지 말라며 강고하게, 스승의 협박에도 굴복하지 않고 주장했던 것이다.

그런 리노키스가 왜 여기 있는가.

답은 정해져 있지 않은가.

정공법으로는 내 곁에 있을 수 없었기에, 출전자로서 곁에 있는 것을 선택한 것이다.

누군가의 소개가 아니고서야 암투기장에 제대로 숨어들기란 어렵다.

나는 안젤의 연줄을 이용했지만, 뒷세계와의 연줄 같은 것은 갖고 있지 않을 리노키스는 정면으로 파고들지 못했다.

이대로는 내 곁에 있을 수 없다.

그래서 출전자로 숨어들어, 입장은 다르지만 내 근처에 있는 것을 선택한 것이다.

내가 간돌프나 안젤에게 협력을 부탁하고 있을 무렵.

분명 그녀는 뒷골목 근처에서 적당히 날뛰면서 암투기장에서 스카우트를 받았을 것이다. 정말 재미있었겠다, 부러워…… 아니, 이런 소릴 했다간 역시 혼나겠지.

"……당했네."

설마 리노키스가 이렇게까지 할 줄은 몰랐다.

매번 그녀는 나에게 위험한 장소에는 가지 말라고 했는데. 그런 말을 하는 본인이 위험 한복판에 뛰어들었다.

나보다 약한데도.

원래라면 내가 가고 싶었던 장소로 가버렸다.

좀 아이러니한데…… 아니, 아니다.

이번에는 내가 잘못했다.

아무리 귀찮아도, 버릇없는 시녀라도, 그렇더라도 그녀를 설득하고 왔어야 했다. 차라리 실력 행사로 나서는 편이 그나마 나았다.

제자의 사투, 진검승부를 지켜보는 것은 좋다.

그동안 지켜본 출전자들을 보면 리노키스가 질 이유는 없다.

다만 우려되는 사람이 한 명 있다.

이번에 내가 암투기장에 오기로 결정한 원인이 된, 검귀라는 별명을 가진 자.

메인 이벤트에 나오지 않을까 예상되는 검귀.

이러다 리노키스와 검귀가 맞부딪히는 것은 아닐까.

그건…… 음, 그건 평범하게 부럽네.

시간은 조금 거슬러 올라간다.

니아와 간돌프가 '어슴푸레한 영서정'에서 변장 등의 준비를 하고 암투기장으로 향하기 시작했을 무렵.

이미 리노키스는 암투기장 대기실에 도착해 있었다.

이곳에 오게 된 흐름은 대체로 니아의 상상과 일치했다. 골목에서 난동을 부려 스카우트를 받았기 때문이다.

니아가 학교 건물에서 공부에 힘쓰고 있을 무렵, 학교 부지에서 나온 리노키스는 골목에서 불량배들을 상대로 폭력에 힘쓰고 있었던 것이다.

리노키스는 끝까지 믿고 싶었다.

그렇게까지 자신이 반대했으니 니아는 마음을 돌려 암투기장에 가지 않을 것이다. 자신의 나이와 입장을 자각하고 분별 있게 행동해 줄 것이다. 아무리 평소 모습이 그렇더라도 넘지 말아야할 선은 지켜줄 것이다. 적어도 넘는 것에 주저하긴 할 것이다. 망설이는 정도는 해 주겠지, 라고.

그러나 막상 뚜껑을 열어 보니, 니아는 중지하긴커녕 밤의 왕도로 나가버리고 말았다. 조금의 주저함 없이, 망설임 없이.

그 결과, 만일의 경우를 위해 준비해 둔 모든 것이 필요해지게 되었다.

암투기장에 출전할 권리.

움직이기 편한 가벼운 옷차림과 이런 곳에서 얼굴을 드러내긴 싫어서 준비한 마스크.

쓸 일이 없기를 바랐는데, 만약을 위해 준비한 이것들을 사용하게 되고 말았다.

"이봐, 신입. 인사는 왜 안 하냐."

대기실은 커다란 방으로 남녀 불문하고 출전자들이 나설 차례를 기다리고 있었다.

다들 상당히 단련되어 있었다. 골목에 있는 불량배들과는 확연히 달랐다. 척 보기에도 강해 보였고, 무엇보다 넘치는 혈기와 살기로 가득했다.

어쩔 수 없이 참가하게 된 신입 리노키스를 향해서도 거침없이 달려든다. 몸집 큰 사내였다. 전초전을 벌이려는 것인지, 마음이 고양된 것뿐인지.

어느 쪽이든 상대할 생각은 없다.

"이봐, 안 들려?!"

시끄러워서 손바닥 한 대만으로 입을 다물게 했는데.

퍽, 하는 꽤 큰 소리가 나서 주위에서 상황을 지켜보던 선수들이 놀라고 있었다.

아니, 놀란 이유는 리노키스의 손바닥이 묘하게 빨랐던 것에 대해서였지만.

모두 나름대로 실전 경험을 쌓아왔다. 그런 상대를 정면에서 제대로 타격할 정도의 속도를 가진 일격. 맞은 상대조차 맞은 것을 깨닫기까지 시간이 필요할 정도의 속도였다.

"말 걸지 마. 꺼져."

어째서인지 얻어맞고 살짝 기뻐 보이는 덩치 큰 사내에게 차갑게 쏘아붙인 뒤, 리노키스는 깨달았다.

——아, 나 지금 상당히 열받았구나.

니아에게 배신당했다.

그런 생각이 가슴속에 있는 탓에, 자신의 기분이 몹시 나쁘다는 것을 지금에서야 깨달은 것이다.

"있었잖아. 베는 보람이 있을 법한 놈이."

그런 리노키스를, 검귀라는 별명을 가진 남자가 광기에 찬 눈동자로 바라보고 있었다.

프레사

안젤의 동업자.
마침 일이 없는 시기였기에
안젤에게 고용되어 술집에서
일하고 있다.

Status

연령

20살

직함 / 직무

뒷세계의 보디가드, 암살자.

선호하는 싸움 방식

암기(暗器).

애인은 있나요?

모집 중.

크시네요?

보는 대로인데?

어느 정도?

칼과 독병을 숨길 수 있을 정도.
확인해 볼래?

무슨 일 있어?
떼를 다 쓰고,
어린애같이.

미스 서번트 리노키스가 순식간에 승부를 결정지으면서 관객들은 달아올랐다.

뭐, 베팅에 진 무리들에게선 불만의 목소리도 컸지만.

…….

리노키스다.

아무리 봐도 리노키스란 말이지. 잘못 봤다거나, 뭐 그런 거라면 좋겠는데, 이 이상 의심할 여지도 없다.

살짝 이쪽을 쳐다봤다. 지금 무조건 이쪽을 봤다. 나를 본 것이다. 완전히 들켰다. 이럴 수가. 다 들켰잖아.

음…… 일단 사과와 변명과 돌변과 발악 등의 대처는 돌아가서 생각하기로 하자.

"그럼 오늘 밤 메인 이벤트! 오늘은 이 녀석이 와줬습니다!"

열기가 최고조에 달했다고 판단했는지, 리노키스와 대전 상대가 들어간 순간 드디어 메인 이벤트의 시작을 알렸다.

밤도 깊어지고 있으니 확실히 이쯤에서 슬슬 메인으로 들어가야 할 것 같았다.

예상치 못한 리노키스의 등장으로 식은땀이 흐르긴 했지만, 이미 여기까지 온 이상 반대로 걱정할 필요도 사양할 필요도 없었다.

지금만큼은 즐기자. 모처럼 무리해서 여기까지 오지 않았나. 만족할 때까지 본래의 목적을 이루자.

자, 보여달라고, 검귀를! 강자를 보여줘!

"던전 털이, 현상금 사냥꾼, 골렘마저 베어버린다는 대검호! 검귀라는 별명을 가진 모험가 아스마 히노키!"

드디어 메인 이벤트가 시작된다는 소식에 두근거리는 상황에서 '던전 털이'니 '현상금 사냥'이니 '대검호'니 하는 수식어가 들려오자, 그야말로 기대치는 오늘 밤 최고치에 달했다.

대검호라. 좋네.

약한 격투가는 여러 명 봐왔지만, 아직 강한 검사는 보지 못했다.

과연 화려하게 검귀라고까지 불리는 자의 힘은…… 아.

모래를 밟으며 투기장에 나타난 것은 낡은 왜(倭)복을 입은 청년이었다.

마른 편이고 키도 크지 않다.

나이는 20대 중후반 정도. 뒤에서 아무렇게나 묶은 검은 머리가 이 나라 사람이 아님을 증명해 주었다.

그리고 허리에 걸치고 있는 휘어진 외날의 검──왜도(倭刀).

"저게 검귀…… 상상한 것보다 젊네."

간돌프가 그런 말을 했지만, 지적할 부분은 거기가 아니었다.

"내가 싫어하는 패턴인가."

저 왜도, 마검이다. 왜국식으로 말한다면 요도(妖刀)일까.

전생 때 실컷 휘둘러왔던 종류였다.

마검.

간단히 말해 사용자의 의지를 빼앗는 마(魔)력을 가진 검을 말한다.

검의 의지란?

존재의 의의란?

그 의문이 향하는 끝은 목숨을 베는 것이다.

검은 자신의 존재 의의를 '베는 것'에서 찾고 그것을 요구한다. 그러기 위해 태어났으니 당연한 귀결이라고 생각한다.

그러나 검은 단독으로는 움직일 수 없다. 그대로 있으면 비록 마력이 있더라도 한낱 도구일 뿐이다.

그래서 사용자의 의지를 빼앗는 것이다.

이성이니 도덕심이니 하는, 그런 '벨 수 없는 이유'를 무시하기 위해서.

그리고 나는 남의 의지를 무시하고 사람을 베는 마검을 싫어한다.

무를 단순한 폭력이나, 그저 죽이는 기술로 폄훼시키는 것을 용납할 수 없었다.

이성과 자제와 신념과 야망.

그것들이 공존할 때 비로소 무는 무가 될 수 있는 것이다. 단순한 폭력과는 다르다고 단언할 수 있는 근거이기도 하다.

그것을 무시하고 그저 사람을 베고 싶거나 목숨을 베고 싶어 하는 존재를 용서해 줄 의리는 없다.

마검은 빨아들인 생명의 수에 비례해 마력을 더해간다.

처음에는 검에 의한 보조로 강해진 기분이 든다.

기분이 고양되어 점점 더 사용하고 싶어진다.

거기서 더 나아가면 기억이 날아가거나 무의식중에 검을 휘두르고 있는 등, 사용자가 모르는 곳에서 상황이 움직이기 시작한다.

그리고 결국에는 마검에게 의식을 빼앗기는 것이다.

심지어 죽인 시체나 영혼의 질, 수에 따라 검에 뚜렷한 자아마저 생겨난다.

이 정도가 되면 더 이상 마검이라고 부를 수 없다.

사용자의 의식을 빼앗는 걸 넘어서서 스스로 자신의 육체를 만들 수 있게 되는 것이다.

스스로 마왕을 자처하는 마검도 있었던 것 같다.

그리고 이 정도 수준까지 올라오면 싸우는 것이 즐겁다.

심신이 한순간도 방심할 수 없는 공방을 밤낮으로 끝없이 이어갈 수 있다. 그것은 사람을 상대로는 쉽게 할 수 있는 일이 아니다. 그때의 나는 먹고 자는 것조차 잊고 끝없이 놀았었던가. 그리고 결국에는 부러뜨렸던가. 허망하게.

아마도.

정확히 기억은 안 나지만. 아마 그런 일도 하지 않았을까 싶다.

근데 어쩐지 그립다.

전생에서는 많이 부러뜨려왔겠지만, 이 시대에도 마검이 있었구나.

착각해서는 안 된다.

의지를 빼앗는 마검은 싫어하지만 마검을 쓰는 달인은 싫지 않았다.

마력을 갖고 있다고 해도 검은 검, 도(刀)는 도였다.

사용자가 사용자의 의지대로 행동하고 있다면 이를 탓할 이유가 없다. 그건 훌륭한 무사일 뿐이니까.

마검에 따라서는 구조도 훌륭하고 명공이 혼이나 공을 담아 만든 경우도 많다. 마검과 명검은 정말 종이 한 겹 차이인 것이다. 좋은 검이라면 쓰고 싶은 마음은 잘 안다.

하지만 그게 아니라면.

내가 싫어하는 패턴이라면.

만약 그렇다면 실수로 부러뜨리러 가야 하나? 방치했다가는 무차별적으로 사람을 덮칠지도 모르니까.

"검귀 아스마, 여섯 명을 제쳤습니다! 노도의 기세로 여섯 명 탈락!"

안젤이 전에 주었던 정보대로 검귀의 승자전이 벌어졌고……벌써 여섯 명이 탈락하고 말았다.

검을 든 자, 창을 든 자, 메이스를 든 자 등등.

검귀가 왜도를 쓰는 만큼 맨손 선수는 나오지 않았다. 그렇지만 검귀는 아무 문제 없이 평범하게 압승을 이어갔다.

실력은 제법 좋다.

마검이라는 보조가 있는 것 같지만 사용자 자신도 나름대로 쓸 만했다.

그렇기 때문에 판별하기가 어려웠다.

마검에 사로잡혀 있는 건가?

아니면 사용자의 의지로 싸우고 있는 건가?

어느 쪽이든 실력이 어중간하다……. 내가 보기엔 강하지도 않고 약하지도 않다는 느낌이다. 저런 건 머리 위에 홍차가 든 컵을 올려두고도 이길 수 있다.

게다가 검귀는 상대를 베긴 해도 목숨까지는 빼앗지 않았다. 무기를 들지 못할 정도, 서지 못할 정도로 팔다리의 피부를 얕게 베고 있는 정도다. 실로 양심적이다.

확실하게 이성이 있는 싸움 방식이다. 거기가 또 판단하기 어려운 대목이었다.

그렇다기보단 상대가 너무 약했다.

좀 더 실력이 팽팽하게 맞서지 않는 이상 검귀 쪽도 실력을 발휘할 수 없을 것이다.

하지만 어쨌든 피는 흐르고 있고 검귀라는 게스트의 강인함도 증명되고 있었기에 투기장은 한껏 달아올랐다.

……나가고 싶다.

어느 정도의 실력인지 마검의 상태를 살피면서 이 손으로 몰아붙이고 싶다.

"──조용! 조용히!"

격렬하게 투쟁심이 들끓고 있는 와중, 베여서 설 수 없게 된 대전 상대가 담당자에게 끌려가는 것을 보고 있는데,

이목을 끄는 검귀의 큰 목소리가 울려 퍼졌다.

몇 번째 내지른 소리에 겨우 투기장이 조용해졌다.

이렇게까지 위기감 없는 연승을 보여준 게스트는 과연 무슨 말을 할까.

조용해진 회장 안에서 기대에 찬 시선이 검귀에게 모여들었다.

그리고 그는 선언했다.

"나는 미스 서번트와의 싸움을 원한다!"

뭐라고?

오늘 밤 처음 투기장에 선 무명이지만 한순간에 승부를 결정지은 미스 서번트, 리노키스.

저 녀석, 리노키스를 상대로 지명한다는 건가.

그녀의 이름이 거론된 순간 관객들의 반응은 두 개로 갈렸다.

이 암투기장 챔피언이나 베테랑 선수와 싸워줬으면 하는, 어느 쪽인가 하면 기존 멤버를 응원하는 관객과.

다음 베팅을 위해 미스 서번트의 실력을 알고 싶어 하는, 뿌리부터 도박사인 관객.

뭐, 예외도 있겠지만 대체로 이 둘로 나뉘어 함성과 고함이 서로 부딪치고 있었다.

"니아 님 시녀, 괜찮을까요?"

"모르겠어."

리노키스의 실력은 알지만 검귀의 실력을 모르겠다.

지금까지의 여섯 경기는 연습조차 안 됐으니까.

지금의 리노키스라면 이길 수 있을 것 같긴 한데, 불안 요소가 크네.

"뭐, 그래도 리노키스가 나올지 안 나올지는 모르지."

그렇게 말한 바로 그 순간이었다.

"지명받은 미스 서번트 입장!"

아, 나오는구나.

……좋겠다, 지명. 나도 지명받고 싶다.

가벼운 차림으로 마스크를 쓴 미스 서번트가 다시 투기장에 섰다.

여기서 보니 검귀와 무슨 얘기를 하는 것 같다. 당연히 대화 내용까지는 들리지 않는다.

"그럼, 시합……."

개시 신호를 눈앞에 두고 리노키스와 검귀가 자세를 취했다.

"시작!"

후욱.

시작의 목소리에 섞여 하늘을 베는 검섬이 조용히 울려 퍼졌다.

동시에 리노키스의 오른팔이 선혈을 흩뿌리며 허공을 날았다.

리노키스의 오른팔이 허공을 날았다.

모두가 모든 것을 잊은 듯 경악했다.

불과 몇 초, 공백 같은 시간이 지나고 뇌우 같은 목소리가 암투기장을 가득 메웠다.

환성.

비명.

노호.

숨을 죽이는 억눌린 목소리, 더욱 광기를 바라는 목소리.

여러 감정이 뒤섞인 듯한 목소리가 빈틈없이 지하투기장을 가득 메웠다.

"니아 님! 지금, 지금 그건……!"

간돌프가 몸을 떨었다.

아무래도 그도 제대로 본 것 같다. 하지만 큰 소리로 이름을 부르진 마라. ……이 함성 속이라면 아무에게도 안 들리려나.

"음. 훌륭하네."

그렇게 말하고 나는 눈앞의 로우테이블에 있는 와인병을 잡고 일어섰다.

하여간.

아직 반쪽짜리 무인인 주제에, 즐겁게 해 주는구나.

그렇기 때문에 가야 했다.

"……음?"

나쁘진 않아.

하지만 아직 멀었다.

함성이 그치지 않는 가운데──나는 투기장에 내려앉아 있었다.

주위는 흥분이 지나쳐 혼란스러울 지경이라 나 같은 아이가 승부의 장에 내려선 것을 깨닫지 못하는 사람도 많다.

물론 검귀는 금방 알아차리고 나를 바라보았다.

"애……? 애가 왜 여기 있지?"

음.

"질문에 대답할 테니 그 전에 검을 넣어줘. 이제 결판은 났잖아?"

팔을 베인 리노키스는 아픈 나머지 두 무릎을 꿇고 왼손으로 오른쪽 어깨 부근을 누르고 있었다.

그리고 그 옆에서 검귀는 왜도를 치켜들고 있었다.

마치 목이라도 내리치려는 듯이.

아니, 내가 말리지 않았다면 아마 그렇게 했겠지.

"여기는 암투기장. 죽이는 것도 용인된다. 그만둘 이유는 없어."

"그렇지. 하지만 그 뜻을 좀 굽혀줬으면 좋겠는데."

지금의 싸움은 평범하지 않은 승부였다.

그저 순수하게 리노키스가 검귀에게 졌다. 그뿐인 이야기다.

그것에 관해 불평은 없다. 오히려 칭찬하고 싶을 정도다. 정말 멋진 한판 승부였다고 생각한다.

그 한순간.

먼저 달려든 것은 리노키스였다.

시작 신호와 동시에 리노키스가 날카롭게 파고들어 몸 전체로 오른쪽 찌르기를 날렸다.

매일 수행을 거듭하며 그녀의 성장을 봐왔다. 그런 나마저 신음할 정도의 빠른 진입이었다. 저것에 반응할 수 있는 사람은 그렇게 많지 않을 것이다.

하지만 검귀는 반응을 보인 것이다. 왜도 중앙 부분으로 주먹을 받아내고 미끄러지듯 쳐낸 뒤 카운터로 리노키스의 팔에 날을 세웠다.

그리고 팔이 날아갔다.

반쪽짜리 승부치고는 고차원적인 내용이었다.

무에 대해서 잘 모르거나 너무 빨라서 보지 못한 사람도 많았을 것이다.

하지만 쉽게 볼 수 없는 고차원적인 공방이 벌어졌다는 것은 피부로 느낀 거겠지.

그래서 관객들이 들끓은 것이다.

잘은 모르겠지만 단순히 팔이 베이는 것 이상으로 대단한 일이 벌어졌다, 라면서.

간돌프도 자신이 아직 도달하지 못한 무의 경지를 보며 떨고 있었다. 저것은 흥분의 떨림이었다. 피가 끓어오른 탓에 격투가들의 살과 뼈가 환희하는 것이다.

실로 무인 간의 좋은 승부였다.

메인 이벤트라고 부를 만한 한판이었다.

그렇기 때문에.

"그녀는 아직 약해. 앞으로 더 강해질 거야. 그러니 지금 죽기는 아까워."

"……."

"당신도. ……그보다 당신의 경우는 강해지기 위해서 죽일 생각이었던 걸까? 마검의 의지? 아니면 당신의 의지?"

역시 지금 것은 흘려들을 수 없는 말이었을 것이다.

검귀가 나에게 칼끝을 향했다.

"어째서 마검을 알지?"

"어째서일까?"

표적이 옮겨지면서 비로소 나는 리노키스에게 다가설 수 있었다. 섣불리 다가갔다간 리노키스의 목을 베어버릴 것 같아 의식을 이쪽으로 돌리는 것을 우선시했다.

물론 나를 상관없이 베려고 했다면 자비 없이 때려눕혔겠지만.

무릎을 꿇은 채 움직이지 않는 리노키스의 왼쪽 어깨에 손을 얹고 속삭였다.

"베인 오른팔에 '내기(內氣)'를 집중해. 출혈이 멈추고 통증도 완화될 거야."

"――."

안 되나. 아픔을 참느라 정신이 없어서 안 들리는 것 같다.

"잠깐."

나는 리노키스의 몸에 '기'를 흘려보내 그녀의 흐트러질 대로 흐트러진 '기'를 유도하여 오른팔로 향하게 했다.

주룩주룩 흘러내리던 피가 천천히 잦아들었다.

"……아, 가씨……?"

그제야 주위를 살필 여유가 생긴 것일까. 출혈량은 많지만, 의식이 있다면 괜찮겠지.

그보다 괜찮지 않으면 곤란하다.

"이대로 집중해."

이제 리노키스는 괜찮다. 잘린 곳도 깔끔하니 빨리 처치한다면 팔도 붙을 것이다.

자, 그럼.

리노키스의 치료도 있으니 빨리 끝내버릴까.

완전히 표적이 나로 바뀐 검귀를 향해 돌아섰다.

"이건 보답이야. 멋진 사투를 보여준 것과 미스 서번트를 눈감아준 것에 대한 나의 작은 보답."

나는 가져온 와인병을 거꾸로 뒤집어 내용물을 땅에 쏟아부었다.

"높은 경지를 보여줄게. 무인에게는 그게 무엇보다 좋은 보상이잖아?"

"……그 병으로?"

"아, 이거?"

내용물이 전부 쏟아진 빈 병을 그럴듯하게 잡아보았다.

"너 유명인이지? 불쌍하니까."

아이가 나온 것도, 그 아이가 하는 말도, 그리고 지금 한 발언도. 분명 모두 이해할 수 없을 것이다.

검귀는 눈썹을 좁히는 것으로 말뜻은커녕 상황도 이해하지 못했다는 뜻을 내비쳤다.

하지만 그런 건 중요하지 않겠지.

중요한 것은 여기에 무인이 두 명 있고, 한쪽은 반쪽짜리 수준이며 다른 한쪽은 압도적으로 강하다. 그뿐이다.

"맨손인 아이에게 지는 것과 무기를 든 아이에게 지는 것은 주위에 주는 인상이 전혀 다르잖아."

광기에 가까울 정도로 열광하는 관객이 다수 있는 이 자리에서.

지금부터 검귀라는 별명을 가질 정도로 유명한 이 모험가에게 창피를 주게 될 것이다.

그러니 맨손보다는 무기를 든 아이에게 졌습니다, 라는 편이 그나마 마음의 위안이 되겠지.

"……훗. 마치 이미 이긴 것 같은 말투로군."

검귀는 웃으며 자세를 취했다. 음, 좋네. 눈은 전혀 웃지 않고 살기도 적나라하다.

"평범한 애가 아니라는 건 알았다. 그 실력, 확인해 주마."

그래? 그럼 다행이네.

어린애가 상대라고 몸에 힘을 빼는 녀석이었다면 흥이 깨진다. 실망할 뻔했다.

"아, 마지막으로 물어 볼게. 그 검은 누가 만들었어?"

"검? ……쿠도 사사노스케다."

오, 사사노스케! 그리운 이름이구나!

"그럼 그건 전기작 아냐? 아름답고 품위 있지. 사사노스케의 중기부터 후기는 담긴 살의가 너무 강해서 품위가 떨어지거든. 물건만 보자면 후기가 더 나은 것 같긴 하지만."

이제 확신이 갔다.

평생 사람을 죽이기 위한 검을 계속 추구해 왔던 병든 도장 쿠도 사사노스케의 전기작이라면 사람의 의식을 빼앗는 마검은 아니다.

아직 사사노스케가 사람을 베기 위한 칼을 만들던 풋내기 시절 작품이니까.

중기에서 후기의, 사람을 죽이기 위한 칼과는 담긴 신념과 의지가 차원이 다르다.

좋아, 그럼 부러뜨리는 건 봐줄까.

"그럼 시작할까?"

리노키스 치료도 해야 하니까 얼른 끝내자.

시작 신호는 필요 없었다.

아직 소란이 그치지 않은 가운데 검귀와 내가 마주 보고 서 있다.

남은 건 상대의 타이밍뿐.

빈틈없이 시선이 맞물리는 가운데, 순간 검귀의 모습이 흔들렸다.

"윽?!"

좋은 찌르기다.

조금도 어긋나지 않고 목을 겨누어 온, 죽일 생각으로 넘쳐나는 첫수. 나쁘지 않아.

하지만 그 칼끝은 내 목 바로 옆을 꿰뚫었다.

나는 한 발짝도 움직이지 않았다.

손을 아주 살짝만 움직여, 병으로 받아쳐서 칼날을 피했다. 그것만으로 피한 것이다.

검귀는 순간 놀란 얼굴을 지어 보였다.

놀라줘서 다행이네. 원래라면 칼날을 맨손으로 받는 기술이지만, 나 정도가 되면 물건을 써도 상관없었다. 뭐, 상대가 강해지면 어렵겠지만. 나는 역시 맨손이 좋다.

"에잇!"

하지만 경직되지는 않았다.

검귀는 놀라면서도 두 번, 세 번 태도(太刀)를 휘둘렀다.

나를 죽일 생각으로.

참으로 좋은 살기였다. 이 녀석도 스승만 좋다면 더 강해질 것이다.

──자, 그럼.

"이제 됐을까?"

불과 몇 초 만에 50번이나 칼을 휘두른 검귀.

그런데도 그 자리에서 단 한 발짝도 움직이지 않고 계속 대처하는 나. 게다가 병에는 흠집 하나 나지 않았다.

육안으로도 실력차는 뚜렷했다.

"네, 네놈은 대체……?!"

그 역시 동요하고 있었다.

분명 이미 내놓을 수 있는 모든 패를 보였을 것이다.

그럼 슬슬 끝내도 되겠지.

검귀를 쓰러뜨렸다.

심플하게 병으로 후려쳐서 기절시켰다.

그리고 이번에는 물을 끼얹은 것처럼 투기장이 조용해졌다.

리노키스와 검귀의 사투보다도 훨씬 고도의 경지를 보였는데.

아, 그래서 그런가. 그래서 다들 충격을 받은 거구나. 나한테.

너무 강한 것의 폐해인가…… 이런.

"서둘러!"

오, 난장판이 일상인 만큼 역시 구호반의 대응은 빠르다.

내가 검귀를 쓰러뜨리자마자 구호반이 투기장으로 들어섰다. 리노키스를 데리러 온 것이다.

그들은 나와 검귀의 사투를 보지 못한 사람처럼 나를 무시하고 부상자를 들것에 태워 데려가 버렸다. 아, 데려가는 김에 검귀도 데려가는구나. 잘 부탁해.

뭐, 아무리 살인이 허용되는 자리라고 해도 대놓고 사람이 죽는 것은 원치 않을 테니까.

나도 잘린 리노키스의 오른팔을 회수해 뒤를 쫓았고, 쥐 죽은 듯 고요한 투기장을 빠져나갔다.

등 뒤에서, 그제야 분노가 담긴 외침이 들렸다.

굳이 되돌아볼 만한 것은 아니었다.

넓은 대기실을 지나 리노키스는 의무실로 옮겨졌다.

소독약과 피가 뒤섞인 냄새에 마음이 들떴다.

"지혈과 진정제! 빨리 상처 세척해!"

여의사…… 불법 여의사가 조수로 보이는 여자 두 명에게 지시를 내리면서 응급 처치에 들어갔다.

의사로서의 실력은 모르겠지만, 나도 도울 수 있는 일이 있을지도 모르니까 지켜보도록 하자.

아, 맞다.

"이거, 붙일 수 있을까?"

"뭐? 왜 애가 팔을 들고 있어?!"

조수 중 한 명이 내 목소리를 듣고 돌아섰고, 내가 든 것을 보고 눈에 띄게 흠칫 놀랐다. 뭐, 당연히 놀라겠지. 나도 어린아이가 사람의 팔을 들고 있는 모습을 갑자기 보면 놀랄 것이다. 오싹한 괴담이 따로 없다.

"베인 지 얼마 안 돼서 아마 괜찮을 것 같은데."

나의 '기'를 사용하여 지혈과 활성으로 신선도를 유지하고 있는 상태였다. 단면에 모래가 좀 묻어 있긴 하지만 이 정도는 씻으면 된다.

"혹시 막을 생각이었어?"

깨닫고 보니 거침없이 지시를 내리고 조치를 취하던 여의사가 냉정한 눈으로 나를 보고 있었다.

그에 호응하듯 정신없이 분주했던 조수 두 명도 딱 멈춰 서서 나와 여의사를 주목했다.

그리고 여의사는 조용히 말했다.

"너도 도와줄래?"

"응, 할 수 있는 일이 있다면."

"그 팔에 전해지고 있는 '힘'을 빌려줘."

……호오. 강해 보이지는 않는데.

"알아봤어?"

"아니, 다만 지금 그 팔이 정상적인 상태가 아니라는 건 알아. 묶지도 않았는데 피가 멈춰 있고 상태도 좋아 보이니까. 그런 거, 전에 본 적이 있어. 아마 그것과 같은 이치겠지."

그 '전에 본 적이 있다'라는 것을 나는 모르기 때문에 뭐라고 말할 수는 없지만.

그러나 간파한 부분은 정답이다. 실력은 모르겠지만 경험만은 풍부해 보였다.

"참고로 돈은 갖고 있어?"

"돈?"

"약품을 사용한 치료는 저렴하지만 이건 마법 치료로밖에 낫지 않는——."

"해 줘."

나는 즉답했다. 그런 우문은 듣고 싶지 않다. 지금 치료하지 않으면 되돌릴 수 없다.

"얼마가 들어도 상관없어."

만일의 사태가 벌어졌을 때 제자를 돌보는 것은 스승의 몫이다. 이번에는 내 고집 때문에 리노키스가 암투기장에 나와서 이렇게 됐지만, 내 잘못이 아니더라도 답은 바뀌지 않는다.

지금은 돈을 아낄 때가 아니다.

"그래, 알았어."

진정제를 투여받은 리노키스는 곧바로 의식을 잃었고, 그 사이 치료는 진행되었다.

"힐."

상처를 씻어내고 마법이 잘 흡수된다는 약을 붙인 여의사가 치유마법을 외웠다. 하얗고 희미한 빛이 누워 있는 리노키스의 오른팔 상처를 감싸나갔다.

"——."

거기에 더해 나는 '외기(外氣)'를 움직여 리노키스의 '기'를 조종하여 자연 치유력을 강제로 높였다.

이치로만 보면 일찍이 이 신체의 병을 고친 것과 거의 같았다.

사람은 본래 치유력이나 정화력이라는 것을 갖추고 있다. '기'로 그것을 높여주는 것이다.

리노키스 본인이 좀 더 '기'에 정통했다면 베인 팔을 허공에서 잡고 그 자리에서 붙이는 정도는 할 수 있었을 것이다. 나는 전생에 몇 번인가 그런 일을 했다, ……했던 것 같다.

"아."

여의사의 목소리가 새어 나왔다.

"……벌써 다 나았네."

오, 붙었구나.

"역시 힘을 합치니까 빠르네."

마법과 '기'인가.

서로 다른 힘이라고 알고 있는데, 이런 방법도 있구나.

"……힘을 합쳤다기보단……."

뭐야, 빤히 보지 마.

"하아…… 뭐, 됐어. 여기서 누군가를 추궁하는 건 허락되지 않으니까."

무거운 한숨을 내쉰 여의사는 지켜보던 조수에게 "뒷정리 부탁해"라고 말하고는 떨어진 책상 의자에 앉았다.

"돈 얘기를 해볼까. 여기서 믿을 건 돈뿐이거든."

"그래, 그렇구──응?"

문득 무슨 소리가 들린 것 같아 뒤를 돌아보니, 그와 동시에 곰 같은 덩치 큰 사내가 쾅 하고 문을 젖히고 들어왔다.

"그러니까 내 딸이라고 몇 번을 말해!"

아, 간돌프.

담당 직원과 관계자 등 대여섯 명이 매달렸지만, 그는 제지를 무시하고 들이닥쳤다.

……맞다. 간돌프를 두고 온 걸 잊고 있었네.

"하아…… 부상자가 자고 있으니 조용히 해. 그래도 이제 치료는 끝났으니까 그 사람은 두고 가도 돼."

여의사는 다시 한숨을 내쉬고는 직원이나 관계자에게 간돌프를 두고 나가라고 말했다.

"아뇨, 괜찮습니다. 원래부터 가져갈 생각도 없었으니까요."

재차 리노키스의 치료비에 대해 듣는데, 간돌프에게 저 돈을 써달라는 귓속말이 들려왔다.

들어보니 제시된 액수는 아마도 간돌프가 베팅에서 이긴 돈으로 낼 수 있다는 것.

아까 테이블에 산더미처럼 쌓여 있던 칩 말이다.

"저는 저런 큰돈 절대 감당 못 해요. 적당한 사용법도 생각나지 않고요."

뒷세계 인간에게 돈을 빌리는 것은 성가셨기 때문에 일단 지금은 빌려두기로 했다.

또 뭔가 돈이 될 만한 일이 있을 때 간돌프를 끌어들여야겠다.

"어머. 꽤 엄청난 액수였는데 낼 수 있어?"

조용히 결론을 말하자 여의사는 그렇게 말하며 조수에게 팁 회수를 부탁했다.

칩을 자리에 둔 채 달려온 간돌프 대신 조수는 칩을 현금으로 바꾸는 일까지 해야 할 것이다. 바쁘겠네, 여기 조수.

그리고 의외라는 듯, 하지만 즐거운 듯 웃은 여의사는 청구서에 펜을 놀렸다.

"혹시 바가지 씌운 거야?"

"그렇기도 하고, 그렇지 않다고도 할 수 있지. 누구든 처음부터 바가지요금으로 설정돼 있어. 주위를 둘러봐. 여긴 암투기장 의무실이잖아."

아아, 그런가. 그런 부분도 뒷세계라는 건가.

설사 출전자라도 받아낼 수 있는 부분에서는 인정사정없이 돈을 받아내겠다. 이런 곳에 공평함도 적정 가격도 없다.

"선생님. 돈을 회수했습니다."

"알겠어."

잠시 기다리니 조수가 돌아왔다.

"조금 남았습니다."

"오, 오오."

돈을 내고도 아주 조금, 그야말로 용돈 정도는 남은 것 같다.

"그럼 이쪽에 사인을. 가명으로. 귀인이라면 본명이라도 상관없지만."

여의사에게는 간돌프가 귀인이 아니라는 것을 들켰다. 아마 우리가 부자가 아니라는 것도 들켰을 것이다.

"이걸로 끝이야. 그녀를 데리고 돌아가도 돼."

하지만 누가 봐도 사정이 있어 보임에도 캐묻지는 않는다.

이곳은 암투기장 의무실이니까.

이리하여 암투기장 이벤트는 끝을 맞이한 것이었다.

오래 있을 필요가 없었기에 나와 간돌프는 곧바로 밖으로 나왔다.

아직 자는 리노키스는 간돌프의 등에 업혀 있다. 내가 업어도 됐지만, 해 준다길래 그에게 맡겼다. ……뭐, 덩치 큰 남자 옆에 있는 어린 여자가 어른 여자를 짊어지고 다니면 남이 보기에 이상하기도 하겠지.

"스승님, 아까의 승부 굉장했습니다!"

눈에 띄지 않도록 어두운 골목을 골라 빠른 걸음으로 이동했다. 그 와중에도 간돌프는 흥분이 식지 않는 모습이었다.

"재미있었어?"

나와 검귀의 싸움이 즐거웠던 것 같다.

"네, 무척! 저라면 50번은 베였을 겁니다!"

"한 번 정도는 피해."

오십 번이면 그 녀석이 휘두른 횟수 전부잖아.

아니, 하기야 지금 간돌프의 속도로는 피하기 어려우려나. 오히려 그렇다는 자각이 있으면서도 몇 번 휘둘렀는지 제대로 봤다는 것을 칭찬해야 할까.

"참고로 말입니다만, 병 없이도 문제없이 처리할 수 있으셨겠죠……?"

"당연하지. 오히려 방해됐어."

"역시나!"

"네가 가장 원하는 말을 들려줄게. 맨손이야말로 최강이야."

"그렇죠~!"

서로가 맨손으로 연마해 온 무인이다. 거기에 집착하는 마음은 똑같다.

그리고.

"……아, 역시 왔구나."

"네?"

내가 걸음을 멈추자 간돌프도 멈춰 섰다.

"암투기장에서의 추격자."

그 정도의 일을——사투를 방해한 것이다. 그렇게 쉽게 놔줄 거라고는 생각하지 않았다. 뒷세계에서는 무엇보다 체면이 중요하니까.

"무슨 생각으로 쫓아왔는지는 모르겠지만, 뭐 스카우트겠지."

몇 명의 기척이 점점 다가왔다.

속도로 봤을 때 저쪽도 조금은 싸울 수 있는 자들이다. 가끔 멈춰서는 걸 보면 수색하면서 다가오고 있다는 느낌이었다.

"간돌프, 먼저 술집으로 돌아가 있어."

"네? 스승님은요?"

"추격자를 상대하고 갈게. 이대로 데려가면 안젤에게 폐를 끼칠 테니까."

"그럼 저도……."

"너한테는 리노키스를 맡길게. 부탁해."

간돌프 걱정은 하지 않지만, 의식이 없는 지금의 리노키스는 위험하다. 추격자 인원으로 봤을 때 인질로 잡힐 가능성도 있다.

그렇게 되면 추격자들을 좀 강하게 때려야 한다.

어설픈 각오로 뒷세계 주민에게 손을 대면 두고두고 귀찮다. 손을 대려면 철저하게 해야 했다.

하지만 지금은 그럴 생각이 없다.

이래저래 오늘 밤은 즐겁게 보냈으니까. 기분이 아주 좋은 것이다.

그렇지 않아도 무인 간의 사투에 난입한다는, 내가 생각하기에도 재미없는 짓을 해서 찬물을 끼었었다. 게다가 베팅 도중에 말이다. 이 이상 상대의 체면을 구길 필요는 없을 것이다.

게다가 어쨌든 리노키스의 안전이 제일이다.

"……알겠습니다. 제가 있으면 발목을 잡는다는 걸 잘 알고 있으니까요."

서운한 표정을 지으며 간돌프는 가버렸다.

그리고 머지않아——.

뒷골목 한가운데 우뚝 서 있던 나를 검은 옷을 입은 무리가 에워쌌다.

앞에도, 뒤에도, 건물 안이나 그늘이나 위에도. 누가 봐도 험한 일을 업으로 삼고 있는 것 같은 기척을 가진 사람들이 열 명 정도.

에이, 뭐야.

열 명이 합쳐 덤벼도 사과를 한 손으로 으깨는 것보다 쉬운 패 거리네.

"기다리게 했나?"

그중 두 사람이 내 정면에 섰다.

한 명은 별로 특징이 없는, 어디에나 있을 것 같은 평범한 아저 씨. 걸음걸이 하나만 봐도 그는 무인이 아니다. 뭐, 검은 옷을 입 은 걸 보니 관계자이긴 하겠지만.

그리고 또 한 명, 서른 중반 정도의 검은 머리의 남자다. 이 녀 석은 무인이다. 검은 옷들의 리더일까.

"신경 쓰지 마. 그 정도는 아니니까."

내가 여기서 멈춰 있는 의미를 짐작해준 것 같다.

"그래서? 무슨 일이야?"

"뭐, 외상값은 내고 가달라는 거지."

"외상값?"

"검귀 아스마 히노키. 녀석의 시합에는 많은 돈이 걸려 있었다. 그걸 아가씨가 방해했지. 그 손실을 메꿔줬으면 해."

그렇군. 이해하기 쉬운 얘기네.

"당신은 협상역?"

"맞아, 난 난폭한 짓은 특기가 아냐. 가능하면 아가씨도 순순히 응해 줬으면 좋겠는데, 어때?"

으음.

"솔직히 잘못했다고 생각해. 당신 말은 이치에 맞아. 내가 일방적으로 난입해서 방해한 꼴이지. 그건 인정해. 정말 미안해."

"그 말로 끝내려는 건 아니겠지? 어른의 세계에서는 미안하다는 말만으로는 통하지 않거든."

"하지만 보시다시피 나는 아직 어린애잖아. 사회 견학의 일환으로 암투기장에 오긴 했지만, 더 이상 관여할 생각은 없어."

"그 말도 통할 거라 생각하나?"

"반대로 물어볼게. 통하지 않을 이유가 있을까?"

그리고 나는 발밑에 구르는 조약돌을 주웠다.

"세상에는 관여하지 않는 게 좋은 사람이라는 게 있지? 내가 그런 경우 같은데. 아니라면——."

손끝으로 가지고 놀던 조약돌을 손끝으로 으깨 부숴버렸다.

"나랑 엮이고 싶어? 정말? 후회 안 해?"

"⋯⋯."

순간 협상역인 남자의 얼굴에 동요가 스쳤다.

"그런 논리를 말할 수 있다면, 매듭이 필요하다는 것도 이해하겠지?"

말문이 막힌 협상역 대신 입을 연 사람은 옆에 있던 무인이다.

"우리 세계에서는 모든 일에 매듭이 필요하다. 넌 아까 잘못했다고 했지. 본인의 실수를 인정했고? 그럼 매듭을 지어라."

응.

"내가 말하는 것도 좀 그렇지만, 이 일에 관해서는 너희들 말이 맞아. 난 너희의 체면을 구겼어. 매듭을 짓지 않으면 주위에 본보기가 되지 않겠지."

"……뒷세계 사정에 밝은 꼬맹이라니, 기분 나쁘군."

그런 말은 말아줘. 육체는 어린애라도 속은 늙었으니까.

"그래, 기분은 좋지만, 소화가 살짝 안 되는 것 같기도 하니까 조금만 놀아줄게."

"뭐?"

"마음대로 덤벼도 돼. 나를 쓰러뜨릴 수 있다면…… 아니, 한 방이라도 먹일 수 있다면 너희 말을 따를게. 이걸로 매듭을 짓지 않을래?"

"……대체 무슨 말을 하는 거지?"

뭐야, 그쪽 주민치고는 눈치가 없네.

"너희들에게 기회를 줄 테니까 얼른 덤벼, 라고 말하는 거야. 싫으면 내가 너희를 때려눕히고 갈 거고. 매듭이 필요한 거지? 이런 식으로 매듭을 짓겠다고 말한 거야. 좀 더 알기 쉽게 말해 줄까? 난 지금 싸움을 걸고 있어."

이제야 알아들었나 보다.

주위의 검은 옷들에게서 공기가 술렁일 정도의 살기가 배어 나왔다.

좋네. 약한 그들 나름대로 의욕이 생긴 것 같다.

"죽어도 모른다."

그 말이 신호였다.

한층 살의가 커지더니, 그것이 파열되듯 일제히 달려들었다.

옆에서 날아온 칼을 피하고 위에서 내려온 검은 옷들을 페인트 한 번으로 넘겼다. 시간차를 두고 날아온 단검을 반대로 접근해 흘려보내고, 발밑으로 날아온 채찍 끝을 신발 뒤축으로 날렸다.

막힘없는 연계.

익숙하지 않은 집단전은 아군이 방해가 되어 원활하게 움직이지 못한다. 심지어 더 약해지는 경우도 있다.

그러나 그들의 움직임은 아주 좋았다. 개개인이 방해되지 않는 행동은 하루아침에 만들어지는 것이 아니다. 각자의 힘이 서로를 받쳐주고 있다. 20% 정도.

아주 훌륭해.

한 명, 한 명은 스웨터의 보풀을 따는 것보다도 더 쉽게 쓰러뜨릴 수 있지만, 집단전이 되면 이야기는 다르다. 현격히 강하다. 테이블 매너만큼이나 귀찮다.

반격해도 좋다면 모를까 계속 피하는 것은 꽤 어렵다. 좋잖아. 생각보다 즐거운데.

"어머."

그들의 리더도 참전해 왔다. 촌철(寸鐵)이구나. 고전적인 무기를 가지고 있네.

"후, 후후."

끊임없는 연격에 웃음이 새어 나왔다.

즐겁다.

기대도 안 했는데 생각보다 즐겁게 해 주잖아?

"후후, 하하하."

연격이 멈추지 않는다.

연계를 거듭하는 이들의 초조함이, 당혹감이, 움직임 구석구석에서 전해져 왔다.

그런데도 과감하게 공격하는 그들에게 사랑스러움마저 느껴졌다.

이 정도 수준을 가진 녀석들이라면 벌써 실력 차이 같은 건 깨달았을 텐데.

자아.

슬슬 물러설 계기를 줘야겠다고 생각한 그 순간이었다.

"이런."

이질적이라고도 할 수 있는 다른 살기가 섞인 것을 느낀 나는 바로 움직였다.

무료하게 서 있던 협상가에게 달려가 그 녀석의 멱살을 잡고 내 뒤로 내던졌다.

"우억?! 잠깐, 무, 무슨……!"

땅바닥을 나뒹군 남자가 항의의 소리를 내려다 입을 다물었다.

무슨 일이 있었는지 알아차린 것이다.

그래, 거기 있었으면 꼼짝없이 베였다.

"이번에는 진짜 마검이네. 역시 따로 갖고 있었구나."

지금 협상역이 있던 그곳에, 검귀 아스마 히노키가 서 있었다.

오른손엔 태도(太刀)를.

왼손엔 소태도(小太刀)를 들고.

기이한 분위기와 이지를 잃은 듯한 텅 빈 눈동자.

그리고 조용한 살기.

검은 옷들과도 다르고, 암투기장에서 느낀 것과도 다른 평온한 살기.

태도는 암투기장에서 확인했지만, 문제는 소태도 쪽이다.

저건 마검이다. 그것도 사용자의 의식을 빼앗는 타입의. 내가 싫어하는 타입의 마검이다.

나쁘지 않아.

하지만 좋지도 않네.

"의식은 있어? 없지? 그래서 마검을 싫어하는 거야."

태도와 소태도를 든 이도류 자세.

그것은 검귀가 갈고닦은 유파에 의한 것인가, 아니면 몸에 익힌 기술이 빚어낸 독자적인 형태인가.

이지를 잃었음에도 베어야 할 상대는 알고 있다는 듯, 검귀는 나를 향해 자세를 잡고 즉시 달려들었다.

살기, 발놀림, 속도.

어느 것 하나 나무랄 데 없다.

한 번 휘두른 것에서 끝나지 않는 검격은 폭우처럼 쏟아졌다.

그러나 조용하고, 한없이 유려하다. 미쳐서 날뛰는 살의가 거짓말 같다.

응, 그렇구나.

"그냥 그래."

백 번.

순식간에 벌어진 백 번 정도의 검을 나는 여유롭게 피했다. 베이기는커녕 긁히지도 않았다.

당연하다.

아직도 상식의 범위 내에서 고차원에 지나지 않는 애송이다. 그러니 이 정도인 거겠지.

좀 더 말하자면, 검은 옷들을 상대하는 것이 더 즐거웠다.

솔직히 흥이 식었다.

"그어어어어어어어어어!"

검귀가 울부짖었다.

이렇게 검을 휘두르고도 죽일 수 없는 상대에게 분노한 것 같았다.

그것은 마검의 의지인가, 아니면 검귀의 의지인가.

어느 쪽이라고 해도.

"이제 됐지? 무기로 쳐줄 수 있는 무인과는 충분히 어울렸어."

다음 수.

휘두른 태도를 피하고 소태도를 오른손으로 받아냈다.

뚝, 하는 가벼운 소리가 났다.

칼날이 부러진 소리다.

"흥. 그저 그랬네."

근성 없는 마검이다. 손바닥으로 받으니 부러져 버렸다. 짓뭉 개주려고 했는데.

그리고 검귀는 쓰러졌다.

마검이라는 의지를 잃어버렸기 때문이다.

삼류 마검에 의식을 맡기면서까지 대체 무엇을 하고 싶었던 것일까.

자, 그럼.

"계속할까?"

간섭이 들어와 중단됐지만, 지금은 검은 옷들과의 매듭 짓기가 한창이었다.

그런데.

"이제, 됐어."

멍하니 서 있던 검은 옷들 가운데 쥐어짠 듯한 목소리로 말한 것은 검은 옷의 리더로 보이는 사내였다.

"이제 됐어. 매듭은 이제 충분해. 우리는 너와 상관없다. 그러 니까 너도 우리한테 관여하지 마. 오늘 밤에 있던 일은 잊어버리 고, 너에 대해서도 발설하지 않겠다. 찾지도 않을 거야."

……흐음.

검귀의 등장이 물러날 계기가 된 것 같았다. 나로서도 마침 흥 이 떨어진 참이었지만.

"다우 씨!"

"그만!"

협상역에게 비난하듯 이름이 불리자 남자가 소리쳤다.

"이 정도면 알잖아! 우린 계속 이 애송이 손 위에서 놀아나고 있었던 거야! 만약 이 이상 계속한다면——우리는 모두 여기서 죽을 거다."

그렇지. 이 정도의 일들이 벌어진 이상 초심자라도 역량 차이는 알 것이다.

그 증거로 협상역도 입을 다물었고.

"그럼 나는 갈 건데, 괜찮겠지?"

"……"

말없이 고개를 끄덕이는 것을 확인하고 나는 발길을 돌렸다.

"아, 맞다. 그 검귀에게 전해 줘. 내가 무시할 수 없을 정도로 강해지면, 내가 먼저 만나러 가겠다고. 그때까지 최대한 실력을 갈고닦아 놓으라고 말이야."

"알았다."

이리하여 나는 그 자리를 떠났다.

아무도 쫓아오지 않았다.

"음……"

작은 신음이 새어 나왔다.

시선을 돌리자 리노키스의 눈꺼풀이 희미하게 열려 있었다.

"정신이 들어?"

말을 걸자 이쪽을 바라본다.

"······아가씨."

"몸은 어때? 어지럽지는 않아?"

아무리 일찍 지혈됐다고는 하지만 팔을 베인 만큼 출혈량은 많았다. 무슨 문제가 있어도 이상하지 않다.

예전의 나까지는 아니지만, 음식을 거절할 정도로 약해져 있으면 완치까지 시간이 걸릴 것 같은데······.

"······윽!"

약간 몽롱해 보이던 리노키스가 갑자기 각성했다. 눈을 부릅뜨고 상체를 벌떡 일으키더니 왼손으로 오른팔을 만진다.

"······있어."

오른팔을 쓰다듬는다.

잃었을 그것이 있다는 것에 믿을 수 없다는 표정을 짓더니.

"어? 꿈?"

"아니, 넌 분명 암투기장에서 검귀와 싸워서 팔을 베였어. 그건 붙인 거야."

자신의 기억과 현재와의 차이에 꿈을 의심했지만, 그렇지 않았다. 리노키스의 경우는 여러 가지 의미에서 그랬으면 좋겠다는 바람일지도 모르겠지만.

나는 밤에 몰래 빠져나와 암투기장에 가지 않았고, 자신도 암투기장에 선수로 출전하지 않았다.

결과적으로 팔을 베이는 일도 없었다.

모든 것이 꿈이었다. 그렇게 생각하고 싶었을지도 모른다.

"리노키스."

잃었을 그것을 움직이고 있는 그녀에게 나는 말해야 했다.

"미안해."

그녀의 눈이 이쪽을 향했다.

"네가 나를 막기 위해, 지키기 위해 그렇게까지 할 줄은 몰랐어. 너와 제대로 대화를 해서 쌍방이 납득할 결론을 내렸어야 했는데. 너무 후회돼."

검귀와의 승부는 무엇 하나 문제 될 것 없는 승부였다. 그것에 관해서는 할 말이 없다.

칭찬해 주고 싶을 정도의 훌륭한 싸움이었다. 역시 내 제자라고, 내 제자로서 부끄럽지 않은 싸움이라고 생각했다.

하지만 리노키스가 그 승부에 도전한 이유가 나에게 있다면 그것은 또 다른 이야기다.

리노키스가 원했던 승부라면 상관없다.

비록 죽는 결과가 되더라도 무인으로서 바라던 바일 것이라고 나는 생각한다.

하지만 그 승부의 원인은 나에게 있다.

곁에 있는 것은 아니지만, 그래도 호위 업무상 나를 지켜야 하는 그녀는 잠입하는 방법으로 투기장 출전을 선택.

그 결과, 검귀와 승부했다.

리노키스가 한 사람 몫을 해낸다면 언제 어느 때든 무인의 승부에는 응해라, 져도 되지만 죽지 마라, 죽임을 당할 바에야 차라리 죽여라. 그 정도는 말할 수 있겠지만.

그녀는 아직 반쪽짜리다. 그렇게까지 요구할 생각은 없고, 요구하는 것은 가혹하다.

"······하지만 오히려 폐를 끼치고 말았습니다."

"뭐, 그건 그렇지만."

"네?"

"내 제자라면 그 정도는 이겨줘야지."

"······."

"리노키스가 당한 뒤에 내가 쓰러뜨려놨어. 병으로 때려서. 한 방에."

"······아가씨. 좀 더 사과하셔도 좋을 것 같은데요."

응? 왜?

"아가씨는 본인이 잘못했다고 생각하시는 거죠?"

"응."

"전 아직 그거 안 받아들였거든요?"

"어? 그래?"

"받아들일 때까지는 사과하셔야 하지 않을까요? 상대방이 일단 예의상 사양하는 경우도 있으니까요."

"사양? 방금 예의상 사양한 거야?"

"말했어요! 지금 그러고 있잖아요! 그럴 수밖에 없고요!"

아니, 그럴 수밖에 없다고 해도. 뭐야, 갑자기 기운이 넘치네.

"처음부터 받아들이면 적나라한 느낌이 들잖아요! 당연히 시녀로서 두세 번 예의를 차리고, 그쪽에서 강하게 나와주면 반쯤 억지로 떠밀리는 느낌으로 받아들이는 모양새가 그럴싸하죠! 하인이란 그런 거잖아요! 적나라함을 대놓고 드러내면 안 되는 직책이잖아요! 상대방의 입장을 생각하라고요! 그쪽이 먼저 배려해 줘야죠!"

아니, 전혀 모르겠는데. ······그렇게까지 직접 주장할 수 있다면 상관없지 않나?

"맨손으로 검을 든 상대에게 맞서다니 얼마나 무서워요! 근데 전 했잖아요! 아가씨를 위해서 했어요! 팔까지 베이면서! 몇 번이든 사과하시고, 예의를 차린 절 칭찬해 주셨으면 좋겠어요!"

그녀가 무슨 말을 하는지 100% 정도 이해가 되질 않았다. 무슨 착란 증상인 걸까. 부상의 후유증일까.

"자! 옆으로 오세요!"

어?

"같이 자 주셔야죠, 이건! 이건 그 정도는 받아도 되는 거잖아요! 그 정도는 받아도 될 정도로 애썼잖아요! 제 옆에서 자요! 같이 자요!"

······.

"그 정도로 건강하다면 괜찮지 않을까?"

"괜찮지 않아요! 절대! 같이 자요!"

응, 이제 괜찮네. 평소의 불신감도 아주 충만하고. 무척 건강해 보인다.

일단 리노키스가 괜찮아 보여 안심했다.

일말의 불안감과 불신감을 느끼는 모습도 평소와 같다.

평소의 불신감을 느끼고 안심한다는 것도 좀 이상하지만.

"설 수 있겠어? 떼쓰는 건 나중에 하고."

"떼쓴 적 없어요!"

완전 칭얼대는 어린애가 된 것 같은데.

"슬슬 눈치챌 때도 되지 않았어? 여기 기숙사 아니야."

"기숙사예요! ……어?"

응, 기숙사 아니야. 아니니까 주위를 봐.

언제까지나 암투기장에 있을 수도 없고, 오래 머물 수 있는 장소도 아니다.

검귀 사건으로 인해 나까지 눈에 띄었기 때문에 불법 의사와의 계산이 끝난 직후 바로 나온 것이다.

치료가 끝나고 아직 자고 있던 리노키스는 간돌프에게 부탁해 옮겼다.

아니나 다를까 추격자가 따라붙었지만, 뭐 조금 놀아주니까 만족한 것 같았으니 문제없겠지.

그리고 '어슴푸레한 영서정'까지 돌아왔다.

지금 리노키스가 칭얼대고 있는 곳은 안젤의 방 침대였다.

"그리고 더 말하자면 이미 새벽이야. 슬슬 학교로 돌아가야 해."

이제 곧 날이 밝아온다.

머리색을 되돌린 나는 리노키스 옆을 지키며 그녀가 눈을 뜨기만을 기다렸다.

여섯 살짜리 몸이 원하는 수면을 필사적으로 참으며, 졸면서 기다리고 있던 것이다.

아이는 자는 동안 성장하는 법이다. 수면에 대한 욕구가 어마어마했다. 내가 아니었다면 조는 걸 넘어 숙면했을 것이 분명하다.

리노키스가 깨어나지 않을 것 같으면 나만 먼저 학교로 돌아갈 생각이었다. 이 술집에는 언제나 안젤이나 프레사가 있으니 두고 가도 괜찮았다.

"……알겠습니다. 그럼 이후는 돌아가서 하는 걸로 하죠."

돌아가서 계속할 셈인가. 나이 많은 시녀가 칭얼거리는 모습이나 침대 위에서 방방 날뛰는 모습은 보고 싶지 않은데.

뭐, 좋아. 아니, 좋지는 않지만, 지금은 일단 놔두자.

이제 정말 돌아가야 했다. 날이 밝아질수록 누군가의 눈에 띌 가능성이 높아진다.

"일어날 수 있으면 같이 가자. 안 되면 나만 먼저 돌아갈 테니까 자."

"괜찮아요."

약간씩 다리가 휘청거리면서도 리노키스는 침대에서 무사히 몸을 일으켰다. ……하긴, 푹 쉰다고 해도 본인의 침대에서 쉬는 게 더 편하겠지. 여기는 안젤의 침실이니까.

이동 중에 컨디션이 악화된다면 다시 간돌프에게 옮겨 달라고 하자.

눈을 뜬 리노키스를 데리고 방을 나와 가게 쪽으로 향했다.

"이제 일어났어?"

이미 폐점 시간이 지난 가게 안에는 신인 마스터 안젤과 종업원 프레사, 그리고 덩치 큰 사내 간돌프가 테이블에 앉아 잔을 기울이고 있었다. 제법 어른의 분위기가 나는 공간이다.

"미안해, 안젤. 오랜 시간 실례했어."

"내 말이. 저녁 술이 새벽 술이 돼버렸잖아."

그렇구나, 부럽다. 나도 저녁 술 마시고 싶다. 없어도 잘 수 있는 몸이지만.

"이참에 소개해 둘게. 이쪽은 내 시녀. 나를 포함해서 이름은 숨겨두겠지만, 앞으로 무슨 일이 있으면 나 대신 여기 오거나 전갈을 보낼 것 같으니까. 기억해둬."

"처음 뵙겠습니다, 여러분. 아가씨의 시녀입니다. 정말로 처음 뵙겠습니다."

"……응, 알았어."

왜인지 "처음 뵙겠습니다"를 두 번 말하며 강조하는 리노키스와 뭔가 말하고 싶은 듯한 얼굴을 한 안젤.

결국 주고받은 대화는 그것뿐이었다.

"슬슬 돌아가자."

돌아갈 채비는 끝났다. 내 머리도 원래대로 돌려놨고.

꽉 끼는 정장에서 평상복으로 갈아입은 간돌프는 "네"라고 대답하더니 잔에 흔들리던 호박색 액체를 단숨에 들이키고 안정적인 걸음걸이로 몸을 일으켰다.

암투기장에서는 와인에 손을 대지 않았지만 못 마시는 것은 아닌가 보다.

"신세를 졌어, 안젤. 잘 자, 프레사."

"그래."

"또 봐."

어젯밤 암투기장 일에 대해 할 말이 없는 것은 아니었지만, 지금은 시간이 우선이었다.

신세를 진 술집의 두 사람을 향한 인사도 간단히 마치고 우리는 학교로 달려가는 것이었다.

옆자리에 있는 레리아렛이 자꾸만 하품하는 나를 보고 눈을 흘겼다.

"졸려 보이네."

암투기장의 밤을 즐긴 다음 날.

꽤 아슬아슬한 시간에 학교로 돌아온 난 잠도 거의 못 잔 채 아무 일도 없었다는 듯이 새로운 하루를 보내고 있었다.

"졸려 보이는 게 아니라 졸려."

아이의 몸 때문에 졸음이 쏟아졌다.

내가 아니었다면 아무 데서나 쓰러져서 숙면했을 정도로 졸리다.

"어젯밤에 잠을 못 잘 정도로 흥분했어?"

음? ……아아, 응.

"나름대로는?"

레리아렛은 주위와 마찬가지로 나 역시 어제 격투 대회의 흥분이 식지 않은 것이라 착각하는 듯했다.

학생들이 열광했던 격투 대회날 밤이 암투기장 이벤트였기 때문이다.

오늘은 격투 대회 다음 날.

주위의 화제는 역시 어제 일로 넘쳐났다.

내가 졸린 이유를 모르는 레리아렛이 똑같이 생각하는 것도 무리는 아니다.

아이들의 격투 대회는 물론이고 암투기장도 흥분할 정도는 아니었지만…… 뭐, 즐겁다고 하면 즐거웠나.

오랜만에…… 아니, 전생 이후로 처음 마검을 볼 수 있었고, 숨막히는 선혈 냄새를 가슴 가득 들이마시고 아주 조금 본능과 혈육이 수런거리는 느낌을 맛보았다. 암살자들의 공격도 좀 자극적이라 나쁘지 않았고.

불만이 없는 것은 아니지만 나쁘지 않은 밤이었다.

"그럼 가서 자는 게 어때?"

"그럴까?"

미리 스케줄을 조정해 둔 덕분에 오늘 수업은 오전에 끝이 났다.

그리고 촬영한 격투 대회 장면이 방송되는 것은 오늘 오후부터다.

주위 아이들의 열기가 식지 않은 것도 분명 이제부터 방송으로 어제 경기를 되돌아볼 수 있기 때문일 것이다.

덧붙이자면 직접 관중석에서 본 아이는 많지만, 그렇다고 해서 모든 경기를 다 본 아이는 적었다.

특히 선수로 참가한 아이는 필연적으로 보지 못한 경기도 있었다.

과자를 사놓자.

화장실을 미리 가두자.

내 용감한 모습을 봐라.

방송을 시작하면 누가 뭐라고 해도 매직비전에서 안 떠날 거다 등등.

그런 발언이 난무하고 있었다.

분위기는 사람마다 다르지만, 주목도는 무척 높아 보여 다행이었다.

이 정도면 마정판도 다시 잘 팔릴 것 같았다.

어제 이후로 부랴부랴 영상 편집을 마친 왕도 방송사는 고생이었겠지만. 분명 그쪽도 밤을 새웠겠지.

전체적으로 어수선한 초등학부 오전 수업이 무사히 끝나고 레리아렛과 함께 기숙사로 돌아왔다.

귀인용 여자 기숙사에서는 드물게 모두가 정신이 없어 보였다.

아무래도 다들 과자나 차를 준비하거나 지금 미리 소소한 잡일을 끝내두려는 모습이었다.

로비에 있는 마정판 앞에서 움직이지 않고 관람할 수 있도록 지금 당장 끝내둘 일을 끝내두는 것이다.

"팬케이크 먹을 사람?"

""——저요!""

아이들과 함께 있어서 그런지 기숙사장 카르메도 바빠 보였다.

……팬케이크라. 맛있겠다.

나와 레리아렛은 본가 연줄로. 그 밖에도 계급이 높은 귀인의 아이는 개인용 마정판을 가지고 있으므로 자신의 방에서 관람할 수 있었다.

하지만 뭐랄까. 적은 인원이 보는 것과 여럿이 보는 것은 분위기나 흥이 다르지.

"같이 볼래?"

레리아렛 역시 그 사실을 잘 알고 있었기 때문에 로비에서 모두와 함께 보는 것도 나쁘지 않다고 생각한 것 같았다.

경기 때마다 일희일비하며 다 함께 달아오르고 싶은 거겠지.

"나는 무리야. 도중에 잘 것 같아."

대회 중 힐데트라가 인터뷰를 하거나 경기 안내를 하기도 하니 나도 그 부분은 체크하고 싶은데.

하지만 지금은 참을 수 없이 졸리다.

이제 정말 심각하게 졸려.

아마 지금 앉으면 3초 만에 잘 수 있을 것이다.

아니, 정신을 놓으면 서서 잘 수 있을 정도로 졸리다.

"그렇게나 졸려?"

졸리다.

이 아이의 몸이 수면을 원하고 있다.

보고 싶은 마음도 당연히 있다. 분명 방송국 사람들이 밤새 편집했을, 혹독한 스케줄로 완성해 줬을 격투 대회 영상을 나도 보고 싶었다.

하지만 수마가 훨씬 강력했기에 더는 고민하지 않고 자기로 했다.

어차피 재방송도 있을 테니 지금 안 봐도 되겠지.

방에 돌아오니 리노키스가 자고 있었다.

내 침대에서.

"……분명 말하긴 했지만."

피를 많이 잃었으니 어쨌든 잘 먹고 잘 자라고.

아침에 방에 나가기 전에 분명히 말하긴 했는데.

그래도 내 침대에서 자도 된다고는 말하지 않았다. 한마디도 하지 않았다.

"……."

도대체 무슨 생각인지 궁금하다……. 아니, 듣고 싶지도 않지만. 잠자는 얼굴은 평온하지만, 안색이 나쁜 것을 보니 때려서 깨우거나 바닥에 내던지는 것도 내키지 않았다.

"같이 잔다라…….."

어젯밤, 이 아니라 이른 아침이라고 해야 할까.

왜 그렇게 집착하는 거냐고 묻고 싶을 정도로 함께 잠들길 원하던 리노키스가 떠올랐다.

이것은 은연중에 해달라는, 나보고 같이 자달라는.

그런 의미인 거겠지.

……어쩔 수 없네.

"——에잇."

"——으헉?!"

일단 내가 자는 동안 리노키스가 깨지 않도록 배에 살짝 일격을 넣어두기로 했다.

음, 눈을 까뒤집고 평화롭게 잠들었구나. 이걸로 당분간 일어나지 않겠지.

도대체 무슨 고집인지는 알 수 없지만, 원하는 대로 함께 잠들어 주기로 했다.

아스마 히노키

검에 홀린 검사.
산 것을 베기 위해 모험가가
되었다. 이 시대에서는 꽤 실력이
좋은 편.

Status

연령
26살

직함 / 직무
모험가

별명
검귀.

선호하는 싸움 방식
왜도.

태어난 곳은 어디인가요?
무사시국의 외딴 시골.

요도는 어디서 얻었나요?
잊혀진 신사에 봉납
되어 있었다.

그 암투기장에서는
사람을 죽여도 되는 건가?

"여러 데이터가 나와 보고 드립니다."

힐데트라에게서 나올 말을 마른침을 삼킨 채 기다렸다.

격투 대회 개최 후 일주일이 지났다.

대회 방송도 나오고 재방송도 나오고, 차차 열기도 식어가는 요즘.

매직비전 관련 보고를 듣기 위해 나와 힐데트라는 레리아렛의 방에 모였다.

우리에게는 오히려 이것이 본론이었다.

매직비전을 이용한 격투 대회 방송은 반응도 좋고, 이미 여러 차례 나온 재방송조차 다시 보고 싶어 하는 학생도 있는 것 같았다.

무관한 사람들은 매직비전에 나오는 격투 대회 상황을 즐기면 그만이지만, 우리는 그에 따른 결과를 원했다.

그 이벤트는 어디까지나 매직비전 보급 활동의 일환.

그리고 이번 결과에 따라 다음에 할 보급 전략도 좌우된다.

"결과적으로 현 단계에서는 최상의 실적을 남겼다고 할 수 있습니다."

나와 레리아렛은 동시에 안도의 한숨을 내쉬었다.

힐데트라가 최상이라고 말한다면 보급 활동은 성공했다는 얘기였다.

데이터에 의하면 격투 대회 방송은 꽤 반응이 좋았다고 한다.

물론 대회 전 반응도 좋아서 결과도 좋을 거라고 생각하긴 했지만.

그러나 승부는 결과가 나오기 전까지 알 수 없는 법이다. 우연히 타이밍 좋게 날린 일격이 어쩌다 수준 높은 상대를 쓰러뜨리기도 한다.

무에 요행수는 없다.

하지만 집중력이나 컨디션, 자만, 자신, 마음의 이완 등의 불확정 요소가 결과를 좌우하기도 한다.

무의 세계에서조차 그러한데, 잘 모르는 보급 활동의 동향이나 결과 같은 것은 나로서는 읽을 수 없었다.

"안심했어."

레리아렛은 시녀 에스엘라가 끓여준 홍차에 그제야 입을 댔다.

"그래, 이제 안심하고 돌아갈 수 있겠네."

나도 약간 건조해진 목에 수분을 보급했다. 약간 미지근해졌다.

힐데트라가 가져온 결과가 더 궁금해서 차마 손을 뻗을 엄두가 나지 않았던 것이다. 차와 함께 나온 쿠키도 마찬가지다. ……뭐? 설탕을 적게 넣었으니 쿠키에 잼을 얹어 먹으라고? ……음, 달다.

이제 조금 있으면 여름 방학이다.

많은 학생이 본가로 돌아가고, 나와 레리아렛도 귀향할 예정이다.

알투아르 학교 입학이니 왕도로의 이주니 하는 낯선 생활이 시작된 것도 있어서 입학 초기에는 각자의 촬영이 제한되었지만, 최근에는 다시 늘어났다.

레리아렛도 그런 것 같고 힐데트라는 원래부터 많았다. 촬영과 관련해 가장 바쁜 것은 그녀다.

"1학기에 할 수 있는 일은 여기까지인 것 같네요."

학교 내 촬영은 당분간 쉬기로 했다는 말은 전부터 들었다.

구체적으로는 1학기…… 여름 방학이 끝날 때까지는 없을 것이라고.

각자의 촬영으로 바쁘기도 하고, 다음 보급 활동 아이디어를 생각할 시간도 필요했다.

격투 대회도 꽤나 대규모였기 때문에 그렇게 쉽게 기획할 수 있는 것은 아니다.

"여러모로 상황이 원만하게 흐르고 있어요. 학교 촬영반은 다시 한번 방송국에서 수행을 한다는 것 같고요."

학교 촬영반이라면 학생들로만 구성된 그 즉석 집단 말인가.

듣자니 그들이 촬영한 영상을 편집하던 왕도 방송국의 높으신 분이 '여름 방학 때 본격적으로 훈련시켜 주겠다'라며 단언했다는 것 같다. 허드렛일 아르바이트를 시킨다고.

격투 대회 관련 촬영 덕분에 학교 촬영반도 학생 수준의 아마추어에서 조금씩 직업인의 마음으로 바뀌었으니 그들은 아직 더 성장할 수 있을 것이다.

이들의 성장에 따라 앞으로 할 수 있는 일도 늘어나겠지. 기대하지 않을 수 없다.

"아가씨. 그 이야기 잊지 않으셨죠?"

마정판 판매와 방송국에 도착한 사연이나 팬레터 이야기 등을 듣고 있는데, 내 뒤에 기다리고 있던 리노키스가 귓가에 속삭였다.

그 이야기?

아아, 맞다. 순간 무슨 이야기인지 이해하지 못했지만——그랬다. 힐데트라를 만나면 해야 할 말이 있었다.

"저기, 힐데. 왕도 방송국에 인사하러 가고 싶은데."

아직 각자의 촬영이 바쁘기 때문에 왕도 방송국에서의 일은 없다.

하지만 앞으로 왕도 방송국에 불려가 일을 할 수도 있겠다는 생각은 오래전부터 하고 있었기에 꼭 인사를 해두고 싶었다. 인사는 사람을 만나는 데 있어 기본이니까.

"아, 저도 가고 싶어요."

레리아렛도 같은 생각을 하고 있을 것이다. 최근에는 정말 여러 일들로 바빴기 때문에 미처 생각하지 못했다는 것도 분명 마찬가지겠지.

"인사 말이죠……. 그건 국장님을 만나고 싶다는 뜻으로 이해하면 될까요?"

……음?

"어라?"

이 사실 역시 나와 레리아렛은 동시에 알아차렸다.

"왕도의 방송국 국장…… 이라면, 혹시 폐하이신가요?"

맞아, 나도 그 부분이 마음에 걸렸다.

리스톤령의 방송국 국장은 영주인 아버지다.

실버령의 방송국 국장도 영주인 레리아렛의 아버지다.

그것을 생각해 보면…….

"아뇨, 아니에요."

다행이다. 아무리 그래도 아이가 인사를 위해 국왕을 만나기엔 좀 부담스럽다.

"전 국왕이십니다. 제 할아버지에 해당하죠."

……아아, 그렇군. 뭐, 그나마 현역인 나라의 수장보다는 편하게 만날 수 있으려나.

"하지만 확실히 말해서 할아버지는 명함뿐이고요. 이름만 빌린 느낌이라서 인사하는 상대로서는 적절치 못한 것 같아요."

호오.

"그럼 힐데는 누구한테 인사해야 한다고 생각해?"

차라리 솔직하게 물어보았다.

왕도 방송국의 사정은 잘 모르니 정확히 알려주면 좋겠다.

"국장 대리인 제2 왕자, 혹은 촬영반 부장일까요."

"부장으로 하죠."

"그러게, 부장에게 인사하면 되겠네."

나와 레리아렛은 즉답했다.

왕족은 어쨌든 성가시다. 거의 같은 세대로 같은 일을 하는 힐데트라조차 만났을 때는 성가셨을 정도니까.

"후후. 왕족과 만나는 건 싫으신가요?"

힐데트라의 미소에 레리아렛이 "그게…… 높으신 분 앞에선 긴장되니까요"라며 어색한 쓴웃음을 지어 보였다.

"하지만 알투아르는 꽤 느슨한 편이에요. 그래서 귀인이 서민들에게 경시당하는 건지도 모르지만요."

흐음, 그런 느낌인가.

"하지만 왕족도 인간이니까요. 큰 차이는 없어요."

그렇게 말한 힐데트라는 쿠키에 베리 잼을 얹어 한입에 집어넣었다.

작은 쿠키지만 아이가 먹기엔 조금 큰데.

실제로도 도토리를 머금은 다람쥐 뺨처럼 되어 있었다.

알투아르 왕족은 이런 느낌이에요, 라는 뜻을 나타낸 것이겠지.

"그건 가족이니까 말할 수 있는 거죠. 아무래도 편하게 보긴 어려워요…… 그렇지, 니아?"

레리아렛이 하는 말은 맞지만.

"신분 차이는 있을지 모르지만 같은 사람인 건 맞지."

"뭐, 그렇긴 하지만."

"왕도 때리면 피가 나잖아."

"어? 갑자기 무슨 얘기야?"

"아무리 대단해도 같은 사람이라는 얘기. 때리면 나오잖아, 피."

"때리면 안 되지. 나올 정도로 때리면 안 되지."

아니, 상황에 따라 다르겠지.

"때려도 될지 안 될지는 상황에 달렸어. 때려야 할 때는 때리는 것이 좋다고 나는 생각해."

"아니, 안 되지! 왕을 때리면 안 되지! 힐데 님, 뭔가 니아가 불경스러운 말을 하고 있는데요!"

불경하지 않다.

오히려 내게 맞을 정도의 말을 했다면 왕 쪽이 더 나쁜 것 아닌가. 비유하자면 충신의 쓴소리에 주먹이 보태진 거나 다름없다.

"왕도 인간이니까요. 때려도 찔러도 나올 건 나와요."

"왜 힐데 님까지 그런 말씀을?! 뭔가 나온다는 얘기는 이제 됐어요! 그야 찌르면 누구든 나오겠죠!"

"피는 보면 흥분되지 않아?"

"흥분 안 돼! ……잠깐, 그거 지금 왕을 때리겠다는 거야?!"

"피야 그렇다 쳐도, 저는 국왕에게 해를 입힐 생각을 하니 흥분이 되네요."

"무슨 소리예요, 힐데 님?! 당신이 말하는 국왕은 본인의 아버지잖아요?!"

"상관없어요, 그런 호색한. 친자식과는 일이 바빠서 만날 수 없다면서 새 여자 방에 드나들 틈은 있다니까요. 왕으로서는 우수할지 몰라도 아버지로서는 최악이에요. 그런 사람."

……음.

그 화제는 언급하고 싶지 않다.

그보다 언급해서는 안 된다.

힐데트라의 집안 사정은, 그거야말로 관여하면 귀찮아진다.

"니아."

일찌감치 해가 저물고 하늘에 별빛이 반짝일 즈음.

여자 기숙사를 나오자마자 기다리고 있던 오라비와 합류했다.

"좋은 밤이에요, 오라버니. 밤하늘 아래서도 미모가 빛나는군요."

생활 리듬의 차이일까, 같은 학교 같은 학부에 있어도 오라비 닐과는 거의 만날 일이 없었다. 그래서 만나는 것은 오랜만이다.

"고마워. 너도 변함없이 머리가 흰색이네."

음, 하얗다. 원래 색으로 돌아갈 기미가 전혀 없다.

……그건 그렇고, 오라비의 심상한 대답에서 묘하게 연륜과도 같은 분위기가 느껴졌다.

언제까지나 어린아이가 아니라는 거겠지.

구체적으로 말하면, 그의 미모로 인한 수라장 몇 개를 빠져나왔다는 증거가 아닐까. 격투 대회 방송 이후로 팬레터도 급증한 것 같고.

그건 그거대로 서운하네.

언제까지나 아이는 아닐 것이고, 몸도 마음도 성장해 가는 것은 자연스러운 일이긴 하지만, 이 아이 특유의 귀여움은 날이 갈수록 점점 사라질 것이다.

그리고 더욱 남녀를 불문하고 눈물 쏙 빼게 하는 남자로 자라나겠지. 참으로 개탄스럽다. 죄 많은 오라비였다.

"비행선 준비는 다 됐어. 바로 출발해도 괜찮을까?"

"네, 볼일은 다 봤으니까요."

왕도의 방송국 부장에게도 제대로 인사를 마쳤다.

텐파류 사범 대리인 간돌프와 '어슴푸레한 영서정'의 안젤이나 프레사에게도 인사해 두었다.

무대 '연모하는 여인'으로 친분이 있는 극단 아이스 로즈의 율리안 의장과 루시다의 쌍둥이에게도, 간판 여배우가 되어가고 있는 샬로와도 만났다.

그리고 《직업 방문》에서 단골로 사용되는 레스토랑 '검은 백합 향기'의 주방장에게도 일단 식사하는 겸 전해두었다.

일단 이대로 한 달 정도는 왕도를 떠나도 괜찮을 것이다.

그랬다. 내일부터 여름 방학이었다.

밤 중에 비행선을 타면 다음 날 아침 해가 밝아올 무렵 리스톤 령에 도착한다.

그런 일정으로 본가에 돌아간다.

항구가 혼잡한 낮을 피해서 한적한 야간에 탑승했다. 귀인이나 귀인의 자녀는 정기선이나 화물선이 나오지 않는 야간 이동을 선호한다고 한다. 뭐, 모르는 것도 아니다.

오라비의 고풍스러운 비행선에 올라타, 밤하늘의 별을 보며 홍차를 마시고 잠시 수다를 떨었다.

격투 대회에 대해.

격투 대회에서 활약한 오라비에 대해.

격투 대회 이후 높아지는 오라비의 인기에 대해.

격투 대회 이후 열렬한 팬레터가 잔뜩 온 것에 대해.

"……응, 이제 잘까?"

나로서는 공통의 화제를 꺼냈다고 생각했지만, 아무래도 오라비의 마음속 상처를 건드린 것 같다.

눈부시게 빛나는 미모에 그림자가 드리운 오라비를 배웅하고 나도 잠자리에 들기로 했다.

옛날에 받았던 팬레터의 내용을 아직도 잊을 수 없는 걸까?

아니면 팬레터의 내용을 아직도 신경 쓰고 있는 걸까.

어쨌든 오라비는 아무래도 섬세한 것 같으니 너무 혼자 끌어안고 있지 않았으면 좋겠다. 한마디만 상의해 주면 나도 대책을 생각해 볼 텐데.

뭐, 그건 그렇고.

내일부터는 여름 방학이다.

완전히 자신의 거처가 된 학교 여자 기숙사에서 한 달 이상을 떠나게 된다.

촬영 위주의 스케줄이 많이 잡혀 있긴 하지만, 개인적인 즐거움도 있었기에 첫 여름 방학은 나름대로 기대가 되었다.

비행선을 타고 하룻밤이 지난 다음 날.

예정대로 리스톤령에 있는 저택에 도착했다.

"어서 오십시오."

몇 달 만에 보는 하인들의 환대 속에서 무사히 귀환한 것이었다.

레리아렛 실버

동갑인 니아 리스톤의 활약에
자극받아 매직비전업계에 뛰어든
어린 소녀. 기가 세고 지는 것을
싫어하지만 심지는 곧다.
상식인. 착한 아이.

Status

연령

6살

직함 / 직무

　5계급 실버가 넷째 딸.

선호하는 싸움 방식

　맨손. 텐파류를 배우고 있지만
　강함은 나이에 걸맞은 수준.

이거라면 니아를 이긴다고 생각하는 점은?

　귀여움과 사랑스러움과 애교로는
　이긴다고 생각해!

첫눈에 반하는 일은 있다고 생각하나요?

　있어!

아, 지금 또
피비린내 날
법한 일 생각했지?

"다시 이 방으로 돌아왔구나."

오랜만에 돌아온 내 방은 나갔을 때와 별반 달라진 것이 없었다.

특별히 피곤한 것은 아니지만 피곤하다는 느낌이 들어 침대에 몸을 던져보았다. ……눈을 감자 조금씩 잠이 오기 시작하는 것을 보니 역시 조금 피곤한 것일지도 모른다.

"차를 내올까요?"

"응."

함께 돌아온 리노키스가 익숙한 손놀림으로 홍차 준비를 시작했다. 곧 점심시간이므로 다과는 없었다.

졸음이 느껴졌지만 도착하자마자 낮잠을 잘 수도 없었기에 느릿느릿 일어나 테이블에 앉았다.

"넌 안 돌아가도 돼?"

학교에서 하인은 시간 대부분을 붙어 다닌다. 당연히 본가에 갈 시간도 없다.

귀인의 자녀를 모시고 있는 하인들은 여름 방학이나 겨울 방학 같은 장기 휴가에 맞춰 휴가를 내고 본가로 돌아가곤 한다고 들었다.

그 말을 듣고 전에 리노키스에게 질문한 적이 있지만, 지금 다시 물어보았다.

"편지로 주고받고 있으니까 괜찮아요."

그 대답도 전에 질문했을 때와 같았다.

"게다가 아가씨가 더 걱정되니까요. 너무 걱정돼서 눈을 뗄 수가 없어요."

그것도 전에 들은 것과 같은 말이었다.

암투기장 때의 일 이후 리노키스의 감시와 호위가 더욱 과해졌다.

뭐, 그건 내가 저지른 일이라 어쩔 수 없다 치지만.

"그리고 같이 자야 하는 일도 있고요."

"자꾸 말하지만 저번에 같이 잤어. 그러는 동안 리노키스가 일어나지 않았을 뿐이야."

"……몇 번을 생각해도 이상하단 말이에요. 아가씨가 옆에서 자고 계신데 일어나지 못했을 리가 없는데요."

"대량 출혈 때문이겠지. 팔을 베인 직후였고."

그리고 내가 제대로 일격을 가해서 잠든 그녀를 한 번 더 잠 속으로 떨어뜨렸고.

"뭔가 이상한데……."

그날 이후로 한 달이 넘었는데 리노키스는 꽤나 끈질겼다.

그걸 떠나서 이 정도로 함께 자는 것에 집착하니 반대로 조금 무섭지만…….

여전히 불신을 씻어내지 못하는 하인 겸 제자였다.

저택에서 점심을 먹은 뒤 오후.

마당으로 나와 오라비와 오라비 전속 시녀인 리넷의 수행 풍경을 리노키스와 함께 지켜보았다. 가끔 참견도 하면서.

오라비와 리넷은 목검을 쓰기 때문에 내가 참견할 수 있는 경우가 그렇게 많지는 않았다.

애초에 타 유파의 문하생이므로 굳이 참견해서는 안 된다.

리넷의 실력 역시 좋기 때문에 불필요한 참견이었다. 먼저 요구하지 않는 한 섣불리 나설 필요는 없었다.

참고로 리노키스도 옛날에는 검을 사용했지만, 내 제자로 들어오면서 맨손으로 옮겨왔다. 일단 지금도 호신용 단검 등은 갖고 있다.

나로서는 무기를 쓰든 안 쓰든 딱히 상관은 없지만.

내 유파는…… 뭐, 생각은 나지 않지만 그렇게 엄격하게 정해진 틀이나 움직임이 있지는 않을 것이다.

모든 상황, 모든 상대에 대응할 수 있도록 임기응변의 형태를 특기로 삼고 있었던 것 같다.

그중에는 무기를 사용할 때도 있었다. 그래서 목검으로 나뭇가지를 베거나 하는 기술도 몸에 배어 있는 것이다. 참고로 목검보다 맨손이 더 날카롭다.

그건 그렇고 오라비도 리넷도 전에 봤을 때보다 확실히 강해졌네.

"좋아요, 오라버니. 순조롭게 실력이 향상되고 있어."

"넌 정말, 가끔 엄청 애늙은이 같은 말을 한다니까."

그건 어쩔 수 없다.

전생을 포함하면 오라비보다 훨씬 나이도 많고 실력도 위니까.

이 저택에서 휠체어에 타고 있던 날, 그 이후로 별반 달라지지 않은 여름 방학 풍경에 그리움이 느껴졌다.

다만 확실하게 달라진 것이 한 가지 있다.

"니아 아가씨. 한 수 지도 부탁드려도 될까요?"

리넷이 나에게 연습을 요구하게 된 것과.

"잠깐, 리넷. 니아와 겨루는 건 내가 먼저야."

오라비도 그것을 원하게 된 것이다.

흐음. 내 도움과 참견을 요구한다면.

"리노키스. 상대해 줘."

나서는 것은 제자의 일이다.

그리고 리노키스가 오라비와 리넷을 상대하는 한편, 나는.

"좀 더 이렇게. 파고들 때 보폭을 좁히고 검 끝을 가서 맞춘다는 느낌으로. 상대가 맨손이라면 무기의 이점을 살려서."

옆에서 보고 자세의 개선점을 알려준다.

오라비와 리넷이 어디까지 강해질 수 있을까.

여름 방학의 즐거움이 남몰래 하나 늘어난 것이었다.

후기

반갑습니다, 미나미노 우미카제입니다.

흉란 영애 니아 리스톤 2권입니다.

나와 버렸네요, 2권이. 여러 가지 사정으로 인해 길어지긴 했지만, 결국 여러분들의 손에 전해져 여러분들의 책장 사이 틈을 메울 수 있게 되었습니다. 구석이라도 좋으니까 꼭 넣어주세요.

이번에는 후기란이 적어 그렇게 많은 이야기는 할 수 없을 것 같습니다.

1권 후기에 적었던 '홀로그램 라이브라든가, 니지산지라는 말을 잘 모르겠다'라는 오해의 소지가 있는 발언을 사과하고 싶다거나, 모 회전 초밥집을 응원하기 위해 제가 취한 행동을 살짝 알리고 싶긴 합니다만, 별 대단한 이야기는 아니니 그만두겠습니다.

아, V 씨에 관한 발언만큼은 정말 죄송합니다. 좀 더 말을 신중하게 하지 않으면 오해를 살 수 있겠다고 생각했습니다.

미나미노는 전자의 바다에서 활약하는 요정들을 응원하고 있습니다. 늘 즐거운 시간을 보내게 해 주셔서 감사합니다.

일러스트 담당 지샤쿠 선생님, 이번에도 근사한 일러스트 감사합니다.

뭔가…… 교복 입은 여자아이는 좋네요.

저로서는 너무 좋은 것 같습니다. 좋아요 버튼이 있었다면 부술 듯이 연타했을 겁니다. 좋네요.

만화화를 담당하신 코다이 선생님, 늘 즐겁게 보고 있습니다.

일정상 이 2권의 발매일과 거의 같은 시기에 코믹스 한 권이 발매됩니다.

정말 재미있는데……. 꼭 확인해 보세요.

담당 편집자 S씨, 이번에도 많은 신세를 졌습니다.

저 이상으로 여러모로 힘드셨겠지만, 덕분에 무사히 2권이 완성되었습니다.

앞으로도 잘 부탁합니다.

그리고 독자 여러분.

여러분 덕분에 2권을 발매할 수 있었습니다. 정말 감사합니다.

또 감사하게도 3권의 발매가 결정되었습니다.

니아의 이런 장면이나 저런 장면, 리노키스의 의미심장한 대사, 매력적인 서브 캐릭터나 특히 더 매력적인 서브 캐릭터의 활약, 그 이외의 기타등등…… 아마 그런 것을 가득 담은 내용이 될 것 같습니다.

이건 기대될 수밖에 없겠네요!

그럼 다음에 또 뵙겠습니다.

`

Kyoran Reijiyou Nia Liston 2
Byojyaku Reijiyou ni Tenseishita Kamigoroshi no Bujin no Kareinaru Musouroku
©Umikaze Minamino
Originally published in Japan in 2023 by HOBBY JAPAN CO., Ltd.
Korean translation rights ©2023 by Somy Media, Inc.

흉란영애 니아 리스톤 2

2023년 12월 15일 1판 1쇄 발행

저　　　자 미나미노 우미카제
일 러 스 트 지샤쿠
옮 긴 이 이소정
발 행 인 유재옥
이　　　사 조병권
출판본부장 박광운
편 집 1 팀 박광운
편 집 2 팀 정영길 조찬희 박치우 정지원
편 집 3 팀 오준영 이해빈 이소의
디자인랩팀 김보라 박민솔
디지털사업팀 박상섭 김지연 윤희진
라이츠사업팀 김정미 맹미영 이윤서
영업마케팅팀 최원석 박수진 박소연
물 류 팀 허석용 백철기
경영지원팀 최정연
인쇄제작처 ㈜코리아피엔피
발 행 처 ㈜소미미디어
등　　　록 제2015-000008호
주　　　소 서울시 마포구 토정로222, 403호 (신수동, 한국출판콘텐츠센터)
판매 및 마케팅 (070) 8822-2301

ISBN 979-11-384-8122-9 04830
ISBN 979-11-384-8008-6 (세트)